William Kotzwinkle, Jahrgang 1943, erhielt zweimal den National Magazine Award for Fiction und den World Fantasy Award. Ehe er sich ganz der Schriftstellerei zuwandte, war Kotzwinkle unter anderem Koch, Chauffeur, Holzfäller und Weihnachtsmann in einem Kaufhaus.

D1924954

Von William Kotzwinkle sind außerdem als Knaur-Taschenbücher erschienen:

»Jack in the Box« (Band 1198)
»Weihnachten für Wellensittiche« (Band 1186)

Vollständige Taschenbuchausgabe 1988
© 1985 by Droemersche Verlagsanstalt Th. Knaur Nachf., München
Das Werk einschließlich aller seiner Teile ist urheberrechtlich geschützt. Jede Verwertung außerhalb der engen Grenzen des Urheberrechtsgesetzes ist ohne Zustimmung des Verlages unzulässig und strafbar. Das gilt insbesondere für Vervielfältigungen, Übersetzungen, Mikroverfilmungen und die Einspeicherung und Verarbeitung in elektronischen Systemen.
Titel der Originalausgabe »Queen of Swords«
© 1983 by William Kotzwinkle
Umschlaggestaltung Adolf Bachmann, Reischach
Umschlagillustration Christian Dekelver, Stuttgart
Gesamtherstellung Elsnerdruck, Berlin
Printed in Germany 5 4 3 2 1
ISBN 3-426-01578-1

William Kotzwinkle:
Königin der Schwerter

Roman

Aus dem Amerikanischen von Harry Rowohlt

Knaur

»Die Königin der Schwerter ... thront auf den Wolken. Der obere Teil ihres Körpers ist nackt, aber sie trägt einen schimmernden Gürtel und einen Sarong ... In ihrer rechten Hand trägt sie ein Schwert, in ihrer linken den eben abgetrennten Kopf eines bärtigen Mannes.«

Aleister Crowley: *Das Buch des Thoth*

»Sie ist von schneller Auffassungsgabe, subtil, eine Tänzerin; man hat sie eine Witwe genannt.«

Altes französisches Tarot

Es gab kein Omen. Es hätte welche geben sollen, aber das Meer war still, und die mysteriösen Botenvögel haben wohl gerade andere Narren über ihr Schicksal ins Bild gesetzt: Meine Frau und ich gehen die östliche Meeresküste entlang, wo das Meer morgens manchmal wie eine frisch geöffnete Wassermelone riecht. Wir sind glücklich, und in nicht allzu langer Zeit werden wir unglücklich sein.

Es war Ebbe, der Seetang hing schlaff auf den Felsen, ein Dunst umarmte den Horizont, und aus dem Dunst war das dumpfe Tuckern eines Fischerboots zu hören. Ich ließ die Augen über die felsige, von Bäumen gesäumte Küste schweifen. »Es ist etwas Wunderbares daran, wie diese einsamen Kiefern unter so rauhen Bedingungen wachsen...«

Klinge ich wie ein Pensionär mit einer 8-Millimeter-Kamera, der sich soundso viel Himmel und soundso viel Küste einpfeift? Unser Gefühl bewegt sich schneller als unsere Zunge, und es flackert und züngelt über die Landschaft, so daß sich das, was wir wissen, immer eben gerade unserem Zugriff entzieht. Wir sind allzumal Touristen in der Landschaft der Liebe.

Unser Haus lag nicht direkt am Wasser in einer kleinen Bucht. Wir hatten es außerhalb der Saison gemietet und fanden es bereits gemütlich und vertraut, als hätten wir schon seit Jahren drin gewohnt. Janet hatte ihr Studio an einem Ende des Hauses, und ich hatte mein Büro auf dem Speicher. Sie tapste den ganzen Tag in Pantoffeln und Morgenrock herum, zufrieden damit, nie vor die Tür gehen zu müssen, sondern vom Fenster aus einen Blick auf die gesamte Natur zu haben. Sie war eine Frau, die Kissen, Fensterbänke, Kaffee begehrte; wenn sie das hatte, war sie glücklich. Jetzt, am Abend, starrte sie über das Wasser zu den Lichtern des nächsten Dorfes hinüber, wo ihre unbekannte Rivalin auf uns beide wartete.

Ich saß beim Feuer und spielte auf meiner Bambusflöte. Ich bin Amateurmusiker, an Illusionen hingegeben. Ich hatte mal eine Serie von Träumen, in denen ich immer wieder einen berühmten Jazzpianisten traf. In einem Traum drehte er sich an einer U-Bahn-Haltestelle auf dem Bahnsteig zu mir um, ließ seine Zeitung sinken und starrte mir bedeutungsvoll in die Augen. In einem anderen dieser Träume besuchte ich sein Studio. Zuerst konnte ich sein Klavier nicht finden. »Wo ist es?« fragte ich.

»Da drin«, sagte er und zog einen roten Vorhang beiseite. »Es wartet auf dich.«

Unter dem starken Einfluß dieser Traumsequenz kaufte ich ein Klavier für zweitausend Dollar. Ich setzte mich an die Tasten und fand heraus, daß ich – wie durch ein Wunder – keinen einzigen Ton spielen konnte.

Wenn dies eine Liebesgeschichte ist, warum erzähle ich Ihnen dann so was?

Der Flötenschall trieb davon, feierlich und leise. Ich hatte ein paar interessante Passagen gefunden, genug, um mich vom Kauf einer Siebentausend-Dollar-Orgel mit elektronischer Rhythmusgruppe abzuhalten. Vielleicht erkennen Sie die allgemeine Tendenz meines Wesens. Gelegentlich sehe ich mich in einer Neonunterhose, wie ich Millionen mit meinem Spiel bezaubere.

Aber die Sache mit dem Zweitausend-Dollar-Klavier hatte ihren Zoll von meinem Selbstbewußtsein verlangt. Immerhin war ihr die Sache mit der elektrischen Gitarre zu siebenhundert Dollar mit Wah-Wah-Pedal und oszillierender Hirnstromwelle vorausgegangen. Auch dabei hatte ich eine finanzielle Einbuße erlitten.

Jetzt saß ich also vor dem Feuer mit einer meiner Zwanzig-Dollar-Bambusflöten, von denen ich fünf hatte, wodurch mir nur ein Verlust von hundert Dollar entstehen konnte, egal, was passierte. Diese einfachen Instrumente beruhigten meine Seele. Ihr Klang war wie ein weit entferntes Nebelhorn oder der Wind, der durch die Löcher in einem Stop-Schild aus Metall streicht. Er evozierte keine stroboskopischen Halluzinationen von Rock-and-Roll-Unterwäsche. Er versorgte einen Schriftsteller in den besten Jahren, der sich philosophischen Untersuchungen verschrieben hat, mit dem angemessenen Rahmen.

Natürlich würde Nora all das ändern, dort drüben am anderen Ende der Bucht, inmitten dieser funkelnden Lichter. Sie würde all den Neonwahnsinn tausendfach zurückbringen, und mein Verlust wäre dann vollständig, denn ich würde meine Frau verlieren.

Morgens war alles dunstverhangen, aber gewöhnlich wurde der Herbstnachmittag sonnig; die Touristen waren samt ihren Campingwagen und Kameras verschwunden und hatten nur meinen 8-Millimeter-Monolog zurückgelassen. »Diese Schnecken haben sich vom Meer befreit... Kuck mal, wie diese beiden Krebse miteinander ringen... Der Schrei der Möwen ist der Klang der Ewigkeit.« Wir gingen die felsige Küste entlang und atmeten den Geruch des Seetangs und all das ein, was sich sonst noch in der kühlen Brise befinden mochte, die vom Ozean kam. Nachdem der Dunst sich verzogen hatte, konnten wir bis zum gleißenden Horizont sehen, an dem ein langsamer Tanker vorüberfuhr.

Auf den Klippen rings um uns her standen die Sommerhäuser: verwittert, jetzt leer, die Türen und Fenster verrammelt. Das einsame Hämmern eines Hausmeisters hallte aus einem der Häuser, folgte uns um die Felsen herum und verklang dann, als wir den Scheitelpunkt der Bucht hinter uns ließen. Janet warf mit einem Lächeln auf den Lippen den Kopf zurück, als die Gischt ihr Gesicht berührte. Wie schön sie am Altar des Meeres aussah, die Hände in ihrer Parka, die Kapuze nach hinten geschlagen. Sie hatte die weiche Form eines Eskimos, breit in den Hüften, mit großer Brust und kurzen Beinen. Ihre Wangenknochen erinnerten ebenfalls an jene Rasse. Sie waren fein geätzt und warfen hübsche Schatten in Richtung des Mundes.

Wenn man Janet so sah, wenn man diesen stämmigen, kleinen Körper in Parka samt Kapuze sah, wie er das Meer betrachtete, mochte man meinen, sie warte darauf, einen Seehund zu erwürgen oder ein Kajak über den Atlantik zu paddeln. Doch sie war die unathletischste Frau der Welt. Ihre kurzen, wohlgeformten Beine waren dazu da, unter ihr auf einer Fensterbank übereinandergeschlagen zu werden; ihre breiten Hüften waren dazu geschaffen, den Genuß, den ein schönes Kissen bietet, bis zum Äußersten auszukosten.

Wir gingen weiter um die Felsen, und sie sah sich Steine und Muscheln an und gab mir eine, die aussah wie ein perlenverzierter Lampenschirm in einer Nixenhöhle. Ich hielt sie gegen die Sonne, und ihre ganze durchscheinende Färbung wurde zum Leben erweckt, in ihr aber war Janets Geflüster. Sie müssen von Janet ein Porträt wie von einer Taubstummen bekommen, aber das trifft es nicht ganz. Janet sagte durchaus: »Ach, kuck mal...« Aber dann stöberte sie schweigend weiter, als brüte sie über abstrakten Fragen. Es gab Gespräche, naturgemäß, aber wenn Sie je verheiratet waren, wissen Sie, wie die beschaffen waren: *Ist es heute kalt draußen? Ich geh' ins Bett. Laß das Zeug stehen, ich wasch' es morgen früh ab. Ich glaub', ich kauf' mir ein Fernrohr.* Ich sehe keinen Grund, Sie dieser Art von Wortwechsel auszusetzen, sondern ich hoffe, daß Sie Janet dadurch kennenlernen, daß ich soviel wie möglich von ihrer inneren Art porträtiere. Eben jetzt stapft sie mit mir die Felsen entlang, ihre Hand liegt in meiner Hand, und ihre schwerlidrigen Augen sind, während sie mich ansieht, sehr beredt.

»Wir machen uns«, antwortete ich. »Ich glaube, wir kommen voran.«

Sie lächelte, wie sie es immer tat, wenn ich von unseren Karrieren sprach, denn sie erwartete keinen Erfolg wie die meisten Maler, die das Beispiel van Goghs vor Augen haben, der zwei Dollar für ein Gemälde kriegte, und Gauguins, der drei kriegte. Ich dagegen erwarte immer ein

Vermögen. Ich rechne damit, daß ich es finde, in den Felsen versteckt.

In der Nacht saßen wir vor dem offenen Herd und beobachteten, wie das Treibholz brannte. Das Haus war groß, die Zimmerdecke kathedralenhoch über dem Herd, und die aufsteigende Hitze ließ silbrige Gespinste aus Staub an der Krone des Ofenrohrs tanzen. Das Haus gehörte einem wohlhabenden Psychiater, der es im Winter zu einem vertretbaren Preis vermietete. Wir sparten Geld und gingen dem Touristengedränge aus dem Wege. Ich war der einzige Tourist.

»... dieser Leuchtturm wird von einem Computer gesteuert ...«

Der Strahl fegte über die Bucht zu uns, raste über das Fenster und verschwand dann. Wir warteten im Licht des Feuers auf sein abermaliges Kommen, und seine Wiederkehr war beruhigend wie das allessehende Auge auf der Rückseite einer Dollarnote.

Die letzten Stücke Treibholz brannten, bis sie brachen und zusammenfielen, Funken hüpften hoch und prasselten gegen die Ofenwand. Dann war die glühende Kohle alles, was blieb, und sie schien zu atmen und langsam ihre Gestalt zu verändern, während sie sich verzehrte. Wir saßen, bis die Glut dunkel und die Hitze verbraucht war. Ich schlug auf meinen großen Meditationsgong aus dem Versandhaus, und wir gingen nach oben zu Bett.

Morgens war ich genauso stumm wie sie, und so schien es, als bewegten sich zwei Schatten durch die Küche und durch das Wohnzimmer, wo sie aß und ich im Kopfstand eine

Reihe von Jogastellungen einnahm. Es war mein Lebensehrgeiz, Janet dazu zu bringen, auf dem Kopf zu stehen. Sie starrte mich von einem bequemen Stuhl aus an, ohne mich recht zu sehen, die Augen noch schwer vom Schlaf. Zehn Stunden brauchte sie; alles, was darunter lag, war Körperverletzung. Ich versuchte immer, so wenig wie möglich zu schlafen, um Zeit für mehr Aktivitäten außerhalb des Stundenplans zu schaffen, zum Beispiel Automechaniker zu werden. In jenem Winter las ich sechs Bände über das Reparieren von Autos. Im Augenblick starrte ich sie in einem Zimmer an, das auf dem Kopf stand, und ich wußte, daß ich sie nie soweit bringen würde, die Arme über den Kopf zu recken oder ihre Zehen zu berühren.

Darüber hinaus ißt sie ein mit Zucker bestreutes Teilchen. Wahrscheinlich wird sie zwei essen.

Mein Frühstück besteht aus ungekochtem Getreide, über Nacht in Wasser eingeweicht. Es wird von jeder Menge Vitaminen begleitet, und nach diesem prachtvollen Frühstück werde ich in mein Büro auf dem Speicher gehen, mich an meinen Schreibtisch setzen und einen psychosomatischen Herzinfarkt bekommen.

Janet wird unterdessen ihre dritte Tasse Kaffee trinken, wonach sie in aller Ruhe ihren Arbeitstag an der Staffelei beginnen wird. Wie ich mir jetzt wünsche, eins ihrer Gemälde vor mir zu haben! Jede Szene war eine Landschaft wie mit der Puderquaste gemalt. So vermischten sich die Farben, wie Puder; man hatte ein Gefühl von Gelassenheit, ihrer Seelenlandschaft: verschieden getönter Puder fällt in Wolken an einer Sonne vorbei, die aus den zarten, gelben Pollen der Narzisse besteht. Wenn meine Innenwelt so aussähe, so zerbrechlich, mit diesen langsam fallenden Farben des Geistes, dann wäre ich auch ruhig und schweigsam, um meine Freude daran zu haben und daran zu wachsen. Deshalb war es empörend von mir, sie zum Joggen bewegen zu wollen.

Der Morgen ist bereits vorübergeflogen. Ich habe eine Herzinsuffizienz erlitten, mein obligatorisches Kapitel geschrieben, und nun liegt der übrige Tag vor mir: Gewichte stemmen, die ich mir an den Kopf geschnallt habe; meinen Vergaser umbauen; meine fünf Flöten spielen; Janet dazu bewegen, sich Jogging-Schuhe zu kaufen.

»Ich will keine Jogging-Schuhe, Eric.«

»Laß mir doch meinen Willen!«

»Du bist despotisch.«

Sie starrte mich von ihrer Fensterbank aus an, und ich konnte sehen, daß sie abwog, was schlimmer war: Jogging-Schuhe zu kaufen oder sich von mir unter moralischen Druck setzen zu lassen.

»Janet, ich möchte, daß wir im Leben Kopf an Kopf stehen. Ich möchte, daß wir den unvermeidlichen Verfall des Körpers solang wie möglich hinauszögern, damit wir weiter kreativ tätig sein können.« Ich deutete zu ihrem Studio hin. »Damit du deine Kunst auch noch vertiefen kannst, wenn du achtzig bist. Damit du in der Lage bist, die reiche Ernte eines langen Lebens einzufahren.«

Sie seufzte von tief unten und erhob sich von ihrem Platz.

»Ich werde sie mir im K-Mart besorgen.«

»Der K-Mart führt nicht den flachen Schuh, den du brauchst.«

»Ich brauche *gar* keinen Schuh.«

»Schön, aber wenn du überhaupt einen kriegst, dann sollte er nach außen gewölbte Hacken haben.«

Ihre Augen weiteten sich leicht bei diesem orthopädischen Detail. Ich ergriff die Gelegenheit und wurde ausführlicher. »Die Hacke, wenn sie den Boden berührt...«
Sie schlurfte auf ihren kleinen Eskimobeinen davon, um sich auf eine Reise ins nächste Einkaufszentrum vorzubereiten, den Ort, den sie auf der ganzen Welt am wenigsten mochte.
Wir fuhren durch den Wald bis zum nächsten Dorf und dann weiter, bis wir uns entlang des strahlenden Ufers des Ozeans weiterbewegten. Janet atmete die wunderbare Luft wie jemand, der bald auf einem Planeten landen wird, auf dem es keine gibt: das Küsten-EKZ. Nach ein paar Meilen erklommen wir einen Hügel, und da lag es vor uns: pulsierend, überfüllt, häßlich. Ich parkte direkt neben einem lächerlich teuren Sportartikelgeschäft.
»Ich werde keine vierzig Dollar für einen Turnschuh ausgeben.«
»Zwei Turnschuhe, Janet, für jeden Fuß einen.« Ich öffnete die Tür des Ladens und stand vor polierten Pfeilern und Bögen. Janet trat in einem Zustand der Benommenheit ein. Ein aufgeweckter junger Mann kam federnd auf nach außen gewölbten Hacken auf uns zu. »Was kann ich heute für Sie tun?«
»Jogging-Schuhe, bitte.«
»Für Training oder Wettlauf?«
»Training.«
Während er den Schuhkarton öffnete, sprach er über den Metatarsus, über Mittelfußknochen sowie Beinknochen, denn er war ein Turnschuhfreak. Er band ihr die Schuhe mit einer langsamen und ekelerregenden Sorgfalt zu, die selbst mich, dem ein ordentlich zugebundener Jogging-Schuh

einiges bedeutet, rasend machte. Er erzählte ihr, er laufe ohne Socken, und es wirkte irgendwie obszön. Ich bedauerte, daß ihre erste Begegnung mit einem Vierzig-Dollar-Turnschuh durch die Vermittlung dieses abstoßenden jungen Menschen geschehen sollte, der allen Ernstes ihr Bein befühlte, um ihr zu zeigen, wo die stärkste Belastung stattfinden würde. Ich sah, wie Janet dem Drang widerstand, ihm in den Brustkorb zu treten. Sie stand auf und ging zum Fußbodenspiegel. Ihr einziger Kommentar lautete: »Ich kann nicht glauben, daß ich vierzig Dollar für ein Paar Turnschuhe zahlen soll.«

»Der ernsthafte Läufer muß so einen Schuh haben«, sagte der Verkäufer.

»Ich bin kein ernsthafter Läufer. Ich laufe überhaupt nicht.«

Er sah mich an, und missionarisches Licht stand in seinen Augen. Sein Gesicht ähnelte einem Fahrradsattel. Ich wußte, daß er sich die Socken ausziehen und mit ihr davonrennen wollte, ins Licht hinein.

»Also: Hinein in deine Jogging-Schuhe!«

»Ich brauche nicht zu joggen. Ich hasse Joggen.«

»Aber du hast es doch noch nie versucht!«

Sie starrte mich von ihrem Fensterplatz aus an. Das letzte bißchen Zwielicht war gekommen, und die Farben, die sie liebte, wurden allmählich flintenlaufgrau. Ich stand im Glanz dieser Farben, hielt ihre Jogging-Schuhe in der Hand.

»Ach Gott...« Sie verließ die Kissen und zockelte ins Schlafzimmer, wo sie sich viel Zeit zum Anziehen nahm. Es war dunkel, als sie wieder erschien, eingemummelt und verloren.

Ich sprang herum, während sie in ihre Turnschuhe schlüpfte, und dann tauchten wir zusammen in die Nacht hinaus. Der Wind wehte uns entgegen, und ich lief langsam die Einfahrt hinauf. Janet kam mir nach, und ihre kurzen Beine arbeiteten. Eine Welle des Glücks durchflutete mich. Sie war auf dem besten Wege.

Wir joggten auf einer asphaltierten Straße. Nach ein paar Metern bog ich in einen Fußpfad durch die Bäume ab. Janet folgte, schwer atmend. Ich verlangsamte meine Gangart, um bei ihr zu bleiben, und bemerkte, daß ich auf der Stelle lief. Ihr Atmen wurde noch angestrengter, und ihre Arme bewegten sich wie zwei kleine Pleuelstangen, die zu sagen schienen: *Wie kannst du mir das nur antun, das nur antun, das nur antun ...*

Ich lächelte im stillen. Sie würde diesen Sport noch lieben lernen.

»Du machst das toll«, sagte ich, um sie aufzumuntern. Die Bäume bewegten sich mit qualvoller Langsamkeit vorüber. Sie begann, vor Schmerz zu wimmern. Mir wurde klar, daß es nicht nur der Schmerz in Beinen und Lungen war, sondern die noch größere Pein zu wissen, daß sie so etwas Wahnsinniges überhaupt tat, und noch dazu in Vierzig-Dollar-Turnschuhen.

Ich beugte mich zu ihr hinüber. »Merkst du, welche Federkraft diese Hacke hat?«

Sie bedachte mich mit einem Blick, den Sie sich gut vorstellen können. Ich beschleunigte meine Gangart ein wenig und hob die Knie weit hoch. Ich fühlte mich großartig. Ein langgehegter Ehrgeiz war endlich befriedigt worden, nachdem ich sie ständig belauert hatte, nachdem ich Bücher über das Joggen auf jenen Seiten offen liegen ließ, die von zunehmender Fettleibigkeit und schleichender Zellulitis handelten. Und hier waren wir nun endlich, im Freien, und rannten zusammen im Dunkeln einen Waldpfad hinunter.

Bitte, halten Sie mich nicht für grausam! Ich nehme lediglich an der messianischen Inbrunst unserer Zeit teil und glaube, wie so viele, daß ich weiß, was gut für alle anderen ist. Glücklicherweise muß ich mich dabei auf unbevölkerte Gebiete außerhalb der Saison beschränken.

Janets Keuchen war wie das eines Tieres, das bis an den Punkt gehetzt worden ist, an dem es aufgibt, an dem das Leben nicht mehr wichtig ist. Aber sie konnte jetzt nicht aufhören, denn inzwischen kannte sie sich nicht mehr aus, und sie wußte, daß sie den Weg zurück ohne mich nicht finden würde.

Wir setzten unseren Weg durch den Wald fort; der Mond war aufgegangen und schien durch die Bäume. Ich zeigte ihn ihr, und sie starrte ihn mit erbarmungswürdig weit offenklaffendem Mund an.

Die Nachtluft war sauber und kühl, und ich füllte meine Lunge mit ihrer Zauberkraft. Ich hatte das Gefühl, daß ich auf einem Streifen Mondlicht direkt nach oben rennen konnte. Ich nickte in Richtung von Janets Füßen. »Du wirst sehen, daß deine Ausdauer mit so einer Hacke viel größer ist.«

Ihre Augen schossen herum wie die Augen einer verwundeten Gazelle; jetzt lag in ihnen blinde Furcht. Sie wurde von jemandem, dem man nicht trauen konnte, immer tiefer in den Wahnsinn getrieben.

Wir stürmten gemeinsam über den Pfad, der allmählich bergab zum Wasser führte. »Du müßtest jetzt bald deinen zweiten Atem kriegen«, sagte ich und lauschte auf ihr Keuchen. Ich hatte ihr oft von Bären erzählt, die in diesen Wäldern anzutreffen waren, und wenn sie jetzt stehenblieb, traf sie vielleicht auf einen. Ich hatte für die vollkommene Läufersituation gesorgt. Ich sah auf meine Leuchtzifferblattuhr. Wir waren seit zehn Minuten unterwegs.

»Okay, wir können umkehren...« Ich wendete, und sie folgte mit ausgestellten Ellenbogen und schräg geneigtem Körper. Ihr Zotteltrab erinnerte an die Bewegungen eines Menschen, der sich in einem Leinensack befindet.

»Noch ein paar Wochen, und du bist unglaublich in Form.« Sie stöhnte mitleiderregend, und ich mußte einsehen, wie wenig sie mit diesen kurzen, stämmigen Beinen und einem langsamen Stoffwechsel zum Laufen geeignet war. Um so größer würde ihr Triumph sein, nachdem sie sich dieser Herausforderung gestellt hatte.

»Hier kommt jetzt eine leichte Steigung... Überanstreng dich nicht...«

Wir liefen den Abhang wieder hinauf. Sie schien abermals auf der Stelle zu treten, den Kopf vorgebeugt, den Körper gekrümmt. Ihre gesamte Natur war in einem Zustand des Kompromisses. Ich ließ mich hinter sie zurückfallen, um ihr das Gefühl zu geben, sie führe. Sie lief auf ihre Zeitlupenweise vor mir her, und ich folgte ihr.

Ich folgte ihr immer noch, in der Nacht, in Träumen, und am Tag auf jeder Straße, auf der ich wandle, aber ich habe sie verloren. Du bist immer irgendwo vor mir, Liebling, und rennst auf deinen kurzen, kleinen Beinen, und ich kann dich nicht einholen. Du bist nur ein Schatten der Erinnerung, aber ich sehe dich überall, und dein Anblick, wie du so vor mir hertuckerst, bricht mir immer noch das Herz, und das wird er für alle Zeiten tun.

Vor vielen Jahren hatte ich in Manhattan die Bekanntschaft einiger Musiker gemacht, die mich im Verlauf von ein paar drogenumwölkten Abenden in ein unglaubliches musikalisches Zwischenspiel verwickelten, bei dem meine wenigen Akkorde und Läufe sich zu gewissen oder ungewissen Höhen aufschwangen. Janet war im Schlafzimmer gewesen und hatte Proppen in den Ohren und eine Binde vor den Augen, so daß ich über niemanden verfüge, der bezeugen könnte, daß die Musik wirklich großartig war. Ich hatte auf alle Fälle den Eindruck, und das ist das einzige, was zählt, denn dies ist eine Geschichte über Illusionen, und bei mir hatte sich ein unersättlicher Hunger auf diese wunderschöne Welt erhalten, deren Gast ich so kurz gewesen war.

Und so kaufte ich meiner Frau eine Autoharp.

Dies geschah viele Jahre später, nachdem ich mir ein Klavier gekauft hatte, eine elektrische Gitarre, eine Concertina, ein Dutzend Mundharmonikas, eine Kaluba, eine Marimba, ein Tamburin, eine Bongo-Trommel, Congas, eine Ukulele, eine Okarina mit zwei Mundstücken und meine fünf Flöten, von denen ich keine einzige spielen konnte.

Einer der Gründe dafür, daß ich sie nicht spielen konnte, war, daß Janet mir keinen Mut machte. Sie stopfte sich ihre Proppen in die Ohren und ging ins Bett. Sie behauptete, sie sei nicht musikalisch, aber ich wußte: Wenn ich diese sanfte Qualität ihrer Seele in ein Musikinstrument transportieren konnte, würde auch meine Inspirationsebene einen Aufschwung bekommen, und wir würden zusammen lernen und unser eigenes kleines Duett haben.

Das Problem bestand darin, das richtige Instrument für sie zu finden, und eines Morgens fand ich in unserer Hütte am Meer die Antwort. Ich setzte mich im Bett auf, und vor mir schwebte die Vision einer Autoharp. Die Götter hatten gesprochen, und innerhalb eines Augenblicks war mir alles klar. Die Autoharp war die Einfachheit selbst. Die Akkorde waren auf Knöpfen angegeben, und man drückte einfach auf einen Knopf, während man auf den Saiten klimperte.

Deshalb stellen Sie sich nun mal Janet am Abend jenes schicksalhaften Tages vor. Gerade ist sie in ihrem Studio fertig geworden, und nun kuschelt sie sich auf ihrem Fensterplatz zurecht, um den Sonnenuntergang zu betrachten. Sie weiß, daß ich heute abend nicht mit ihr joggen werde, denn heute haben wir unseren freien Tag. Nichts wird kommen, das ihrer Natur Gewalt antun könnte. Sie hat ihren Morgenrock an und trinkt eine stille Tasse Tee.

Und ich stehle mich mit einer Autoharp ins Zimmer.

Sie drehte sich um und sah mich an. Das letzte Licht des Nachmittags kam durch das Fenster und warf goldene Vierecke auf den Boden zu meinen Füßen. Ich spürte die profunde Kommunikation, die zum Greifen nah vor uns lag. »Janet, dies ist eine Autoharp . . .«

Sie starrte sie an, unfähig, meine Überreichungszeremonie zu begreifen, aber ich konnte bereits spüren, wie wir einander näherkamen, konnte das Erstaunen spüren, das sie überfluten würde, wenn sie endlich die erlesenen Freuden, die es mit sich bringt, wenn man mit mir Musik erschafft, kennenlernte, denn auch wenn ein Mann und seine Frau vielleicht keine echten musikalischen Fähigkeiten haben, so schafft doch bereits der schiere Akt des gemeinsamen Kampfes eine Form von Ekstase. Unsere Seelen würden schmelzen und ineinanderfließen; die Autoharp wäre unser bescheidener Anfang, fast ein Trick, um ihren Ehrgeiz in die Falle zu locken, und dann würden wir zum Zimbal vorstoßen, zum Banjo und so weiter. Sie würde merken, daß es kein Zurück mehr gab, daß ihre Verzauberung zu tief saß. Ihre Künstlerseele würde antworten, und wir würden Liebende auf geheimnisvollen Wolken aus Musik sein, die Melodien austauschen, Akkorde von unerträglichem Verzückungsgrad miteinander vermengen.

»Ich werde nicht«, sagte sie, »Autoharp spielen.«

Ich legte das Instrument sanft neben sie auf ihren Fensterplatz. »Bitte! Gib ihr eine Chance!«

»Ich will nicht.«

»Es tut gar nicht weh. Sieh mal...« Ich drückte C-Dur und strich. »So ein herrlicher Klang.«

Sie schlürfte ihren Tee und vertilgte die Reste eines heftig gezuckerten Teilchens. Es war natürlich der Zucker, der ihre Depression beim Anblick einer Autoharp bewirkte.

»Janet, ich sehne mich danach, mit dir Musik zu machen, kannst du das nicht verstehen? Es ist einsam, wenn ich ohne dich spielen muß.«

»Eric...«

»Ich habe von uns beiden geträumt.« Meine Stimme war sanfter geworden. Links und rechts hingen deprimiert meine Hände herab.

»Dann, um Gottes willen...« Janet richtete sich auf, band ihren Morgenrock fester zu. »In Ordnung.«
»Ich will dich nicht zwingen.«
»Das tust du aber. Also los, damit wir's hinter uns haben.«
»Das ist kaum der richtige Weg, um sich den Göttern zu nähern.«
»Es ist der einzige mir bekannte Weg, sich der Autoharp zu nähern.«
»Du hast etwas gegen die Autoharp?«
»Sie ist ein Schwuchtel-Instrument.«
»Ich wußte gar nicht, daß du diese Einstellung hast.« Ich glotzte sie an. »Was hat sie denn ausgerechnet mit Schwuchteln zu tun?«
»Weiß ich nicht. Hat sie nun mal.«
»Es erfordert ein gewisses Geschick, sie zu stimmen.«
»Aber nicht, sie zu spielen.«
»Das muß sich noch herausstellen«, sagte ich, um sie herauszufordern.
Sie seufzte tief, die Hände fielen schlaff in ihren Schoß, und ich konnte sehen, daß sie jetzt auf Unterweisung wartete.
»Du brauchst sie nicht einmal zu halten«, sagte ich. »Du kannst sie genau da spielen, wo sie ist, auf deinem Fensterplatz.« Ich überreichte ihr das Plektron. »Spiel irgendeinen Akkord, den du möchtest!«
Ich trat ein paar Schritte zurück, damit sich unsere Vibrationen am optimalen Punkt treffen konnten. Sie drückte auf einen Knopf und begann zu schrummen. Ich schloß die Augen, legte die Flöte an die Lippen, und wir verschmolzen miteinander. Die Autoharp hörte sich wahr an, ihre vielen kleinen Saiten sangen miteinander, als sie schrummte, und meine Flöte antwortete hoch und wie im Tanz auf ihrer

Grundstimme. Wir schwangen uns zusammen auf, wie ich es gewußt hatte, in unserer Hütte am Meer; endlich vermischte sich die Musik meiner Frau mit meiner Musik. Atem strömte in erregten Ausbrüchen durch meine Flöte, erfinderisch, ausdrucksstark, aufwärtsstrebend. Janet ahnte die Erregung und wechselte den Akkord. Der Wechsel durchschauerte mich, und wir schwangen uns noch weiter auf. Eine strahlende Melodie begrüßte mich, und ich verfolgte sie, meine Seele ein Nebel aus golden tanzendem Licht. Wieder wechselte Janet den Akkord, wodurch unser Lied in noch höhere Höhen emportanzte, und ich öffnete die Augen, um meine Geliebte im Zustand der Verzückung zu schauen.

Sie schien Kleider auf einem Waschbrett zu schrubben; ihr Arm ging auf und ab wie bei einer alten Waschfrau, welche die Arbeitshose ihres Mannes zum zehntausendsten Mal wäscht. Ihr runder kleiner Körper sah aus wie ein Klumpen Blei; ihre Stirn war von Falten gefurcht. Ich konnte sehen, wie Seifenschaum und Wasser aus der Autoharp trieften.

Ich hörte jäh auf zu spielen. Sie sah auf, sah mich an.

»Stimmt was nicht?«

»Du siehst aus, als würdest du Klamotten schrubben.«

»So komme ich mir auch vor.«

Obwohl sie aufgehört hatte, blieben die Anordnung ihrer Gesichtszüge und die Krümmung ihres Körpers gleich – wie bei einer Bäuerin, in ihrem Leben voll zweckloser Plackerei überrascht, dem sie weder einen Sinn abgewinnen noch entfliehen konnte.

»Okay«, sagte ich und legte die Flöte aus der Hand. Ich sank schwer auf einen Stuhl.

»Was okay?«

»Okay, du brauchst die Autoharp nicht zu spielen.« Ich schloß die Augen. Obwohl Janet nicht mehr spielte, sah ich immer noch die Scheuerfrau als Nachempfindung, wie sie mit Kernseife rauf- und runterschrubbt, auf dem Waschbrett inmitten meines elysäischen Feldes.

Als ich am nächsten Morgen an meinem Schreibtisch saß, faßte ich den Entschluß, ohne jede Eile das Wörterbuch zu lesen, jeden Tag ein bißchen, und das so viele Tage, Monate oder Jahre lang wie nötig. Als ich die kleine Strichzeichnung des langnasigen Aardvark betrachtete, wurde mir klar, daß ich genau diesen Entschluß schon oft gefaßt hatte und nie über die erste Seite hinweggediehen war. Solche edlen Impulse sind typisch für meinen Charakter, enden immer in sofortigem Fehlschlag und werden schnell vergessen. Ich glaube, wenn wir den Vorfall mit der Autoharp nehmen, können wir den Umriß jener geheimnisvollen Kraft, die mich auf meinem Weg vorwärtskatapultiert, zu erkennen beginnen. Sie bereitete sich darauf vor, mich mit einer Kanone durch einen Drei-Manegen-Zirkus des Ehelebens in etwas hineinzuschießen, das interessanter war als ein simples Netz. Können wir bereits sagen, daß die Zündschnur brennt?
Im Augenblick befand ich mich jedoch tief im A des Alphabets, als Janet eintrat.
»Darf ich dich unterbrechen?«
»Bitte. Ich lese nur das Wörterbuch.«
Ich bemerkte, daß sie nicht ihren Morgenrock trug. Dies bedeutete, daß wir irgendwohin fuhren. Ich freue mich immer, wenn es irgendwohin geht. Unser Ziel war eine Stadt an der See, in deren Leihbücherei eine wichtige Aus-

stellung japanischer Kunst zu sehen war. Und so brachen wir auf.
Die Brandung hob sich und fiel gegen die Felsen, und die Landstraße folgte dieser dramatischen Aussicht. Ich hatte eine nautische Phantasie, in der es um ein hölzernes Rad in meinen Händen und den Wind in meinen Segeln ging, eine Phantasie, die ich abgetan hätte, wäre mir bewußt gewesen, daß der Taifun Nora darauf wartete, mich aus meiner Ehe zu blasen und auf den Felsen stranden zu lassen, die von alten Möwen zum Sterben aufgesucht werden. Solche Dinge passieren, wenn man der Phantasie gestattet, über den Rand des Geistes in die Wirklichkeit zu kriechen, und Schriftsteller versagen im Glauben, die Phantasie sei ihr Spielzeug, oft bei der Unterscheidung der realen Welt von ihren Träumen. Im Gegensatz zu Träumen fordert die reale Welt ihren Zoll.
Wir kamen in die kleine Küstenstadt, und Janet dirigierte uns zur Bibliothek, wo ich in den gefallenen Blättern parkte. Was für ein einfaches, überschaubares Leben wir doch führten, mit demütigen Freuden, die Art von Leben, wie es die Götter verachten.
Janet ging den Pfad zum alten Steingebäude voraus, und ihre hochhackigen Stiefel knirschten auf den kleinen Steinen. Ihre Fußbekleidung war zum Laufen völlig ungeeignet, falls wir plötzlich um unser Leben rennen mußten; als Kandidat für eine Nervenheilanstalt hatte ich naturgemäß mehr Grund, eine plötzliche Gefangennahme zu befürchten, und es beschlich mich bereits beim Anblick der Form ihrer labilen Hacken ein Gefühl der Unsicherheit. Jedes spontane Laufen wäre mit ihnen unmöglich, und vielleicht trug sie sie deshalb.

Wir gingen in den Keller der Bibliothek hinunter, wo die Ausstellung sein sollte. Aber der Raum war verödet, in den Vitrinen waren nur staubige Umrisse, wo die Objekte geruht hatten, zu sehen, und der Hausmeister, der hereinschaute, sagte uns, die Sammlung sei vorigen Sommer verkauft worden.

Er ließ uns in dem leeren Raum, und Janet starrte verdrießlich durch das Glas. Ich wußte, es war lebenswichtig, daß sie nicht die Enttäuschung dieses Morgens zum Beginn einer Depression darüber werden ließ, daß wir unter kulturellem Entzug litten, ein Thema, das sie gelegentlich aufgriff, wenn sie die Gesichter der Ortsansässigen betrachtete, die gewöhnlich unsere Nachbarn im wirklichen Leben waren, einem ländlichen Leben, auf dem ich wegen der Reinheit des Ozons, mit dem es uns versorgte, bestand.

»Kopf hoch!« sagte ich auf diese ekelhaft muntere Weise, die Animateure von Hotels in Seebädern oder Wintersportorten auszeichnet, und sie bedachte mich mit einem vernichtenden Blick, der auch mich zu einem staubigen Umriß werden ließ, aber ich sammelte neue Kräfte und hielt die Dinge im Fluß, indem ich sie zur Treppe und ins Parterre zurückführte. An dem prüfenden Blick, den sie über den Lesesaal schweifen ließ, sah ich, daß sie im Geist sämtliche Reaktionen durchspielte, die kultureller Entzug mit sich bringt, aber war es die Schuld der Bibliothek, daß das einzige anwesende Mitglied ein alter Muschelbuddler war, der mit krummem Buckel über einem Organ der American Legion saß?

»Janet«, sagte ich und hielt ihr beim Hinausgehen die Tür auf, »es war ja nicht deine Sammlung, die sie verkauft haben.«

Keine Reaktion.
Wir knirschten den Kiesweg entlang, und ich wußte, daß sie alles über den Leuchtturm, die fabelhaften Sonnenuntergänge und die krachende Brandung vergessen hatte. Sie wollte eine unterkühlte japanische Vase, zart getönt, von einem alten Meister gearbeitet, deren Gegenwart der Beweis war, daß beflügelnde Kunst sogar bis in eine abgelegene Küstenfischergemeinde vordringen kann, wo die kulturellen Ausstellungsstücke für gewöhnlich Aschenbecher in Form einer Hummerschere oder kleine Kapitäne aus Keramik mit langen Hochwasserstiefeln sind.
Aber alles, was uns im Augenblick geblieben war, waren meine fröhliche, gute Wesensart und mein psychologischer Scharfsinn.
»Janet, du solltest dich nicht von so kleinen Sachen ärgern lassen.«
»Mir geht's gut.«
Wir kletterten ins Auto. »Jetzt hast du deine gekrümmte, pubertäre Entzugshaltung eingenommen.«
»Nein, hab' ich nicht.«
»Versuchst du, mir zu sagen, ich wüßte nicht, was ich sehe? Ich sehe einen deprimierten Menschen.« Ich bog in die Landstraße ein. »Deprimiert wegen etwas, was es nie gegeben hat.«
Meine Stimme hatte eine hohe Lage erreicht, wie eine Tonbandschleife, die sich zu schnell dreht. Ich bekam überhaupt keine Rückkopplung. Ich sprach in ein Vakuum. »Wenn du dich auf ein Gespräch mit mir einlassen wolltest, würden wir uns bald sehr viel besser fühlen. Aber so merke ich, daß ich bereits in einen meiner Redezwänge gleite. Das wollen wir doch nicht, oder?«

»Hältst du bitte kurz beim Supermarkt an?«
Ich fuhr auf den Parkplatz des Supermarkts. Ich mußte fünfundzwanzig Pfund Vogelfutter kaufen, aber ich hatte Angst vor dem, womit Janet herauskommen würde. Sie stieg aus und klappte die Kapuze ihrer Jacke hoch, ein Zeichen, daß sie sich nun komplett zurückgezogen hatte. Sie tut, als könne sie mich dort drin nicht hören, aber ich weiß, daß sie es kann. Manchmal bewege ich die Lippen und sage nichts, um sie hereinzulegen.
Die elektrischen Türen glitten auf. »Bitte«, sagte ich, »mache von deinem kritischen Bewußtsein Gebrauch!«
Sie klickte auf ihren hohen Hacken davon, ich umschiffte schnell alles andere, ging zum Vogelfutter, schulterte die Tüte und kehrte in den vorderen Teil des Ladens zurück. Nun hatte ich mindestens eine halbe Stunde zu warten, während Janet ihren mystischen Gang durch die Gänge unternahm; sie konnte sich hinduistische Kalpas lang nicht zwischen zwei Dosen Maispüree entscheiden, und in einer deprimierten Stimmung konnte das Universum sterben und wiedergeboren werden, während sie die Etiketten las. Ich mußte mich dann wie üblich darauf beschränken, im »National Enquirer« über Herzinfarkte nachzulesen.
Ein Großteil meiner Krankheit stammte von diesen Wartezeiten neben Zeitungsregalen im Supermarkt. Wieder einmal begann ich, die Seiten durchzublättern, an einem Klappi in der Mitte mit einer Fliegenden Untertasse vorbei, an einer Frau, die junge Hunde gebiert, und einem Affen, der eine Zigarre raucht.
Und an einem Artikel über Herzinfarkte.
Janets Stimme war an meinem Ellenbogen zu hören. »Du kannst dich jetzt bei der Kasse anstellen.«

»Das ging bemerkenswert schnell.« Ich hievte mein Vogelfutter auf den Ladentisch und nahm dann – sie trug nur einen Artikel – einen Karton mit Eis am Stiel wahr. »Das wirst du doch wohl nicht essen?«

Das Mädchen an der Kasse sah uns an. Ich senkte die Stimme, als das Mädchen das Eis am Stiel eintippte. *»Du hast mir versprochen, nicht mehr diese Scheiße zu fressen.«*

Sie sagte nichts. Sie hatte sich die Kapuze über den Kopf gezogen.

Ich schulterte die Körner, sie trug den Karton mit Eis, und wir gingen zur Tür. »Du weißt, was Freud dazu sagen würde.« Wir überquerten den Parkplatz und stiegen ein. Janet hatte die Schachtel mit dem Eis auf dem Schoß und begann, eines auszuwickeln.

Ich bog vom Parkplatz in die Landstraße ein. »Das ist Regression zur nutritiven Phase.«

Sie biß in ihr Eis am Stiel.

»Janet, der Zucker macht deine Depression nur noch schlimmer.«

Sie wandte sich langsam zu mir. »Du versaust mir meinen Danny.«

»Deinen Danny?«

»Sie werden aus ›Danone‹-Joghurt hergestellt.«

»Milchprodukte verstopfen die Arterien. Gelingt es mir denn nie, dir das klarzumachen?«

Sie verzehrte das üble Objekt und öffnete dann ein neues. Ich bog in die Einfahrt zum Gesundheitsladen ein.

Sie sprach aus ihrer Kapuze. »Ich bleibe im Wagen.«

Ich ging allein zu den ungespritzten Mohrrüben. Wie wünschte ich, Janet dazu bekommen zu können, diesen Zustand der Ruhe und Gelassenheit, den meine Diät mir

gab, mit mir zu erleben. Dies friedvolle Gesamtgefühl, das sie einem schenkte, war Janet völlig fremd. Ich füllte schnell ein Dutzend Tüten und entwickelte dabei die Energie einer Spitzmaus, die jeden Tag ihr eigenes Gewicht zu sich nehmen muß und folglich niemals schläft. Deshalb stirbt sie auch nach zwei Jahren.
Die Besitzerin des Ladens, ein Mädchen, das sich korrekt ernährte, lächelte mich strahlend an und tippte meine vierzig Dollar im Gegenwert von braunem Reis und norwegischem Teegebäck ein. Ich taumelte mit meinen Einkäufen in den Tag zurück. Ich fühlte mich schon viel besser. Bereits der Besitz dieser Nahrung ist therapeutisch. Ich ließ alles in den Kofferraum fallen und stieg ins Auto. Der leere Eis-am-Stiel-Karton stand auf Janets Schoß. »Janet, das mit den japanischen Vasen tut mir leid.«
»Mir tut leid, daß ich die ganzen Dannys aufgegessen habe.« Ihre Gesichtsfarbe ging bereits in den bleichen Ton der Gamboge-Rosine über.
»Habe ich dich unabsichtlich dazu veranlaßt, mehr als sonst in dich hineinzuschlingen?«
Sie drehte sich um, blickte aufs Meer. Ich wollte ihr, was ihre Dannys betraf, innere Ruhe geben. Ich wollte nicht, daß sie glaubte, sie sei oralfixiert oder zügellos gewesen. »Wußtest du ...«, ich schaute sie zärtlich an, »... daß Freud ernsthaft erwog, nach Holland zu ziehen, weil dort der Tabak besser war?«
Sie starrte nur weiter seekrank aufs Wasser und schien die Bedeutung dieser Bemerkung nicht zu begreifen.

Es fiel Schnee. Ich saß draußen auf meiner Joga-Matte und schnaufte und keuchte den Sonnenaufgang an. Janet war mit einer Kanne Kaffee und Krapfen im Haus. Ich versuchte oft, sie zu tiefen Atemübungen zu verlocken, aber sie behauptete, ihre Nase sei verstopft. Dies war auf den Genuß riesiger Mengen von Zucker und Milchprodukten zurückzuführen, aber ich hätte nur Sarkasmus und Beleidigungen geerntet, hätte ich ihr zu diesem Thema Vorträge gehalten.

So saß ich allein im Schnee und sog die Kraft des Morgens in mich auf. Mein Körper kribbelte vor Vitalität. Ich nahm einen letzten, stark aufgeladenen Atemzug, hielt fünf Minuten die Luft an und atmete dann auf meine Zehen aus. Auf subtile Art hatte ich ein Guthaben aus spirituellem Nektar in meinem Kreislauf hinterlegt. Ich stand auf, rollte meine Joga-Matte zusammen und bekam einen Herzinfarkt.

Benommen starrte ich durch den fallenden Schnee in eine verschleierte Sonne.

Was hatte ich falsch gemacht?

Ich wandte mich langsam zum Haus um, wurde aus meinem Herzen nicht schlau und taumelte hinein. »Ich hatte wieder einen.«

»Einen Infarkt?« Janet saß bei ihrer dritten Tasse Kaffee. Ich hielt auf Distanz. Wenn ich auch nur einen Hauch von Koffein roch, explodierte mein Nervensystem.

»Ja...« Ich griff mir an die Brust und tastete nach einer Stuhllehne.

»In der Zeitung habe ich gesehen...« Sie schlug sie beiläufig auf, als drohte mein gepeinigtes Herz nicht in eben diesem Augenblick aus dem Brustkorb zu spritzen und durch den Windfang davonzuhüpfen. Die Seiten der Zeitung wurden langsam umgeblättert, während sie auf der Jagd nach dem

war, was sie gesehen haben mochte, und während ich mich stöhnend auf den Hacken wiegte.
»... hier ist es ...« Und dann las sie etwas über ein holistisches Seminar vor, das nächste Woche in unserer Gegend stattfinden sollte.
»Janet, ich habe einen Herzinfarkt, und zwar *jetzt*.«
»Tja, nächste Woche hast du wahrscheinlich auch einen.«
Ich sank auf einen Stuhl. Wie konnte ich so verflucht sein: ein Mann, der joggte, Gewichte stemmte, Joga betrieb, braunen Reis mit vier verschiedenen Arten von Seetang aß und Kräuterdämpfe inhalierte! Janet ignorierte mein gefoltertes Keuchen. Seitdem ein Elektrokardiogramm meinen Herzschlag so reell wie eine Dampframme dargestellt hatte, weigerte sie sich, meine Symptome ernstzunehmen. Der Arzt – ein Gentleman – hatte angedeutet, mit meinem Kopf sei etwas nicht in Ordnung. Janet teilte diesen Glauben.
»Klingt, als wäre es etwas, was dir Spaß machen könnte.« Sie klappte die Zeitung zu und sah zu mir herüber.
Ich taumelte zum Eisschrank, öffnete meine Vitamin-E-Flasche und ließ mir mehrere Dutzend Kapseln die Kehle hinunterklickern.
Gestärkt kehrte ich an den Tisch zurück und breitete die Zeitung vor mir aus. Ich versuchte, den Artikel zu lesen. Er war in jenem schwatzhaften Stil von Kleinstadtzeitungen abgefaßt, der einen in den Irrsinn treiben kann und der das tatsächlich anliegende Material in einem Aufgebot unwichtiger Details verschwimmen läßt, die irgendwie mit der lokalen Szenerie zu tun haben. Ich barg den Kopf in den Händen. Janet servierte mir sehr großzügig Lakritzrindentee, nach meinen speziellen Anweisungen aufgegossen. Ich stürzte ihn in einem Zug hinunter und stellte die Tasse ab,

wobei ich den Bodensatz herumwirbeln ließ, wie es meine Gewohnheit ist, und ihn, nachdem er sich gesetzt hatte, studierte, um Zeichen zu sehen, die ich ohnehin nicht verstand. Nora kündigte sich dort bereits an, aber im Augenblick sah es einfach aus wie ein Mann, der in einem Krankenwagen abtransportiert wird.

Das Seminar für ganzheitliche Gesundheit wurde in einem hiesigen Motel abgehalten. Ich gab mir etwas Vorsprung, falls ich Zeuge der Landung einer Fliegenden Untertasse wurde oder einen neuen Auspuff einbauen mußte. Nachdem ich eine Stunde zu früh angekommen war, nahm ich mir die Zeit, auf dem Grundstück des Motels herumzuwandern; das Motel stand auf einem Felsvorsprung mit Blick aufs Meer. Außerdem erlaubte die geschwungene Küstenlinie einen Blick auf die Hauptanlegestelle des Dorfes, wo alle einheimischen Boote eingedockt waren. Der Morgennebel hing noch um die Schiffskörper, und ich sah ein paar geisterhafte Figuren, die sich, in glattes, gelbes Regenzeug gekleidet, auf der Pier bewegten. Sie würden heute fischen, während ich ganzheitliche Heilung erfuhr, wonach ich am Straßenrand ein Dutzend Liegestütze machen würde und danach einen Gang durch die Wälder auf der Suche nach magischen Pilzen. Dann würde ich auf der Flöte üben, Kunstunterricht nehmen, zehn Bände Psychologie sowie den Buchstaben B im Wörterbuch lesen und den Tag mit meinem Fernunterricht in Astrologie beschließen. Zur Entspannung würde ich ein paar mißgelaunte Briefe schreiben. Ein graues Fischerboot bewegte sich langsam durch den Dunst; sein salziger, alter Kapitän stand am Steuerruder, scharf konzentriert. Auf eine einzige Sache.

Fisch.
Ich konnte das stetige Radar in seiner Seele spüren, wie es im Kreis über die Wellen glitt, immer wieder rundherum. Solide gestärkt, gewappnet und gefaßt, handhabte er das Ruder und kaute auf seiner Zigarre.
Da draußen sind Fische.
Jede Menge
Ich werde sie fangen.
Mir fiel ein, daß ich bald von Sears Roebuck eine Vorrichtung zur Hydrokultur von Pflanzen bekommen würde, die es mir gestattete, das ganze Jahr über organisches Gemüse in meinem Wandschrank zu ziehen. Ich mußte ein Experte auf dem Gebiet werden und ausführliche Lektüre betreiben, wobei ich mir gleichzeitig Besseres-Sehen-ohne-Brille beibringen konnte.
Ein Nebelhorn blies von irgendwo tief im Nebel. Das Fischerboot tauchte in die schwere Nebelbank ein und war verschwunden. Der Grund dafür, daß ich so viele Hobbies habe, liegt in dem begründet, was Freud die *Sekundär-Katexe* nennt, einem zwanghaften Verfolg trivialer Ziele mit dem Zweck, die wirkliche Wahrheit, die ständig nach oben drängt, ignorieren zu können.
Doch die Kenntnis des Mechanismus bedeutet noch nicht Freiheit. Was versuchte ich zu ignorieren? Was es auch war: Der Preis dafür, daß ich es ignorierte, war ein Herz, das sich benahm wie ein Pingpongball.
Ich hörte, wie sich hinter mir Autos näherten, und drehte mich um, als die anderen Teilnehmer des Seminars für Gesamtheitliche Heilung einzutreffen begannen. Sie schienen in keiner Weise anfällig und überhaupt nicht krank zu sein, und einer kam mir wie ein Fischer vor. Und so schloß ich mich der Schar an.

Das Motel war ein riesiges, altes Gebäude, und wir folgten mehreren Wegweisern aus Pappe durch das Labyrinth. Die Kammer des Minotaurus war ein großer Raum mit einer kleinen Bühne, vielen Reihen von Klappstühlen und einem Blick aufs Wasser. Ich setzte mich in eine der hinteren Reihen und nahm eine bequeme, abwartende Haltung ein. Auf der Bühne standen zwei Staffeleien mit je einem zu groß geratenen Skizzenblock. Es war kurz nach neun Uhr morgens, und ich hatte Hunger. Ein Orientierungsflugblatt, das wir nach Einzahlung unserer dreihundert Dollar erhalten hatten, hatte mir mitgeteilt, daß Rauchen nicht gestattet war. Ich hatte geschälte Sonnenblumenkerne in der Tasche, knabberte ein paar und lächelte schuldbewußt die Frau an, die neben mir saß.

»Sogar aus Florida sind welche gekommen«, sagte sie. »Sie schwärmen für Arthur Strangways.«

Arthur Strangways war unser Gastgeber, ein Mann, von dem es hieß, daß er mit Engeln Umgang pflege: Vor seiner Erleuchtung war er Plastikfabrikant gewesen, und er war durch diesen besonderen Kokon gebrochen und hatte nun die feine, geflügelte Form eines Gurus, Heiligen und Heilers angenommen, der in Worten sprach, wie unsere Broschüre verhieß, die der westliche Mensch verstehen konnte. Ich bemerkte, daß die Moteldirektion – ganz unbewußt, da bin ich sicher – eine Vase mit Plastikblumen auf sein Pult hatte stellen lassen.

Ich plauderte weiter mit der Frau neben mir. Sie war in metaphysischen Dingen wohlbewandert. Sie war hier, sagte sie, um ihre Vibration erhöhen zu lassen, etwas, was offenbar in Strangways' Anwesenheit spontan geschah. »Er ist wirklich was ganz Besonderes«, sagte sie. »Ich hab' alle seine Bücher gelesen.«

Ich bedauerte, statt dessen über Herzinfarkte im »National Enquirer« gelesen zu haben. Aber ich hegte die Zuversicht, seine Botschaft in mich aufnehmen zu können, und die Frau neben mir meinte das auch.

»Schon daß Sie hier sind«, sagte sie, »beweist, daß Sie sich auf eine höhere Ebene zubewegen.«

Ich fragte mich, ob es dort wohl Herzinfarkte gab. Das war mein Hauptanliegen.

»Er hat die Lahmen gehend gemacht«, sagte sie, und ich konnte nur voller Staunen nicken. Die Frau zog die Schuhe aus und rollte ihre Füße auf eine Art gemütlich unter sich zusammen, die an meine Frau erinnerte; ich fühlte mich gleich viel behaglicher, als wäre ich unter Freunden, und ich wünschte, Janet wäre mitgekommen, um an all dem teilzunehmen. Aber dies war die Art Zusammenkunft, die ihr zutiefst zuwider war.

Der Kursus sollte von zwei Strangways-Absolventen eingeleitet werden, die auf zahllose Stunden des Lernens und der Lehre zurückblicken konnten. Mein Vertrauen begann zu wachsen. Ich fühlte, wie engelsgleiche Präsenzen sich näherten, um ihren höheren Geist diesem neuen und »erheblich verbesserten« Seminar zu leihen.

An diesem Punkt kamen zwei junge Männer vom entgegengesetzten Ende unseres Raums herangeschritten und betraten die Bühne. Sie trugen konservative, geschäftsmäßige Anzüge und lächelten nach Art von Plastikfabrikanten. Ich empfand dies als angenehme Abwechslung von Räucherstäbchen, golddurchwirkten Gewändern und Sandalen.

»Wir sind hier, um uns zu amüsieren!« rief plötzlich einer der beiden aus. Sein Kollege lächelte bestätigend dazu.

»Ich bin Tom...«

»... und ich bin George...«

»... und wir haben ein ganz besonderes Wochenende für Sie auf die Beine gestellt.«

Hätte ich nicht gewußt, daß ich mich in einem Zustand spiritueller Vibration befand, dann hätte ich geschworen, daß Tom und George ein Paar Langweiler waren.

Sofort fragte ich mich, wie ich nur aus der Handvoll Worte, die diese beiden jungen Menschen gerade gesprochen hatten, einen solchen Schluß hatte ziehen können. Ich gab mir selbst die Antwort, daß ich als Schriftsteller in den besten Jahren gelernt hatte, solche Sachen zu beurteilen.

Komm schon, sagte eine engelsgleiche Präsenz in der Nähe meines Ohrs, du bist nur intolerant, wie üblich.

Die engelsgleiche Stimme sprach die Wahrheit. Es war kein Wunder, daß ich Herzinfarkte hatte. Eben jetzt hatte ich sogar einen, und ich dankte Arthur Strangways dafür, daß er mich in dieser entscheidenden Stunde in diesen Raum gebracht hatte, wo geschulte Hände mir beistehen konnten.

»Nun zu ein paar Dingen, die wir in den nächsten drei Tagen tun werden...« George begann mit einer Beschreibung von Dingen, die wir zu tun im Begriff standen, und es waren bestimmt eine ganze Menge, aber es ist seltsam, daß es nichts Langweiligeres gibt, als sich anzuhören, was man tun wird, anstatt es tatsächlich zu tun.

Die Erwartungen des Publikums bröckelten ab, und jeder schaltete in den Leerlauf, während Tom und George weiterredeten. Ich sah hinter mich in den Raum, und meine Augen trafen den Blick eines Mannes, der aus Plastik hergestellt zu sein schien, das Gesicht unbeweglich, die Haut von der Farbe eines Styropor-Bechers. Ich hatte im Leben

noch kein so ungesundes Gesicht gesehen. Dies, so vergegenwärtigte ich mir, war Arthur Strangways.
»Der Zweck unserer Hier-heit ist es, die Tür zum neuen Du zu öffnen«, sagte Tom gerade.
». . . aber diese Tür kann kaum erwarten, zu ihrer eigenen Hier-heit aufgestoßen zu werden, bis das Schloß gebrochen wird . . .«
Alles, was ich bisher über die Tür wußte, war, daß sie zwei ziemlich gewöhnliche junge Mäner, welche die Prinzipien der englischen Grammatik ungewöhnlich schwach beherrschten, herein- und in eine Machtstellung über die hundert Fremden gelassen hatte, die in diesem Raum versammelt waren.
Ich drehte mich wieder zu dem Herrn aus Plastik um. Mit seinem Gesicht war keinerlei Veränderung vorgegangen. Entweder meditierte er, oder er war ein Abguß.
». . . doch zuerst«, sagte George, »einige wenige Grundregeln.«
George stellte sich neben die Malerstaffelei und warf das erste Blatt des Skizzenblocks zurück, der dort angelehnt war, wodurch eine Seite enthüllt wurde, die mit großen Blockbuchstaben bedeckt war.

GEBEN SIE ALLE UHREN AB

VERZICHTEN SIE AUF DIE BENUTZUNG DER SANITÄREN EINRICHTUNGEN

VERMEIDEN SIE ALLE GESPRÄCHE AUSSERHALB DES SEMINARS

NICHT ESSEN

HEBEN SIE SICH ALLE FRAGEN FÜR DIE FRAGESTUNDE AUF

VERMEIDEN SIE EINE NEGATIVE EINSTELLUNG

LASSEN SIE ALLE FUSSBEKLEIDUNG AN

Die junge Frau neben mir steckte ihre Füße schnell in ihre

Schuhe, während George sich eingehend über den Geruch ausließ, der aus hundert Paaren abgelegter Schuhe aufsteigen würde.

Tom ließ *seinen* Skizzenblock aufschnellen.

KEINE STIMMUNGSVERÄNDERNDEN DROGEN

Eine Hand schoß im Publikum empor.

»Ja?«

»Was ist mit Vitamintabletten?«

»Sie dürfen sie nehmen, wenn sie absolut notwendig sind.« Tom lächelte nachsichtig. »Sind sie das?«

Der Mann, der die Frage gestellt hatte, errötete beschämt, und seine Nachbarn lachten herzhaft. Nervös befingerte ich die Vitamin-E-Kautablette, die in meiner Hand schmolz.

KEINE LITERATUR VON ANDEREN SPIRITUELLEN BEWEGUNGEN

Ich sah mich nach auswärtigen abtrünnigen Proselytenmachern um, konnte aber keinerlei ablenkendes Flugblätterverteilen ausmachen.

RAUCHEN VERBOTEN

KEINE ALKOHOLISCHEN GETRÄNKE

NICHT MIT DEN NACHBARN FLÜSTERN

NIEMAND VERLÄSST OHNE ERLAUBNIS DEN RAUM

Tom und George schienen entschlossen, jeden hier im Raum auf einen kindlichen Zustand der Unterwürfigkeit zu reduzieren, der uns dann, vermutete ich, um so empfänglicher für Heilung und höhere Vibration machen würde. Im Augenblick schien es jedoch mehr ein ungeheurer Powertrip zu sein.

Du bist extrem paranoid, sagte der Engel, weißt du das eigentlich?

Ich starrte Tom und George an. Sie schienen aus jeder Pore nur die eine einzige Ansage abzusondern: WIR HAM'S GE-

SCHAFFT. Keiner der beiden konnte älter als fünfundzwanzig sein. Ich hatte schon Pornographie geschrieben, als die noch in den Windeln lagen.

Sie fuhren mit den Regeln fort, und allmählich begannen sie, mich an diese selbstgefälligen, behüteteten Gesichter zu erinnern, die ich gelegentlich auf großen Plakaten sah, die Bibel-Meetings ankündigten und auf denen mehrere junge Männer und ein Organist mich durch Hornbrillen anblickten. Kennen Sie das Bild, das ich meine? Zwei frisch graduierte Theologiestudenten, überaus zuversichtlich, der eine hält ein Gesangbuch umklammert, der andere sieht aus, als habe er gerade seine Mutter ausgepeitscht?

»... heben Sie einfach auf ein vorher vereinbartes Zeichen, das wir Ihnen noch mitteilen werden, die Hand...«

Junge, leitende, spirituelle Angestellte auf Achse. Auf dem Weg nach oben in der Großen Firma.

»Sollte jemand nicht in der Lage sein, an der Teilnahme der Anschlußsitzung am Montag teilzunehmen, dann muß er zu mir kommen und sich die Genehmigung holen.«

Eine kühne Hand wurde emporgereckt. »Sehen Sie mal, wenn ich Montag nicht kommen kann, dann komme ich einfach nicht. Warum soll ich mir eine Genehmigung holen? *Ich* zahle für diesen Kursus.«

Ich verrenkte mir den Hals, um zu sehen, wer dieser in sich gefestigte Mensch war. Alles, was ich erkennen konnte, war ein spärlich behaarter Hinterkopf, tief zwischen zwei krummen Schultern eingezogen. Tom und George lächelten strahlend und wandten sich an ihn. »Weil«, sagte Tom, »bis dahin ein tiefer Kontakt zwischen uns entstanden ist, und diesen Kontakt zu unterbrechen, ohne uns von Ihrer Absicht in Kenntnis zu setzen...«

»Was kann Ihnen das denn ausmachen? Sie tun das doch die ganze Zeit, oder? Man hat schließlich auch seinen Zeitplan. Wenn ich nicht kommen kann, bin ich einfach nicht da; fertig...«

Einen Augenblick schien es, als verlören Tom und George ihre engelsgleiche Strahlung; ich glaubte sogar, einen Ausdruck der Mordlust in ihren Augen zu sehen. Doch an diesem Punkt griff Plasticman ein.

Der Erleuchtete mit Prokura ging nach vorn und drehte sich zu Füßen der Bühne um. Ein nervöses Wogen ging durch das Publikum: Jetzt wurde es dem bösen Buben heimgezahlt. Wir hatten jeder dreihundert Dollar bezahlt, und nun sollte einer von uns angeschnauzt werden.

»Sie wissen es noch nicht...« Arthur Strangways wandte sich ruhig an den kahlköpfigen Mann. »... aber die Art Benehmen, die Sie jetzt an den Tag legen, ist genau das, was Sie daran hindert, die Tür zum neuen Du zu öffnen.«

Der Mann war ruhiggestellt. Ich dagegen stand auf und öffnete die Tür zum Flur und dankte Gott, daß ich denen einen Scheck gegeben und nicht bar bezahlt hatte, denn ich war sicher, daß keine nichtübermenschliche Macht jemals von Arthur Strangways Geld zurückbekommen würde.

Als ich den Flur des Motels erreicht hatte, fühlte ich mich geistig gesünder und körperlich stärker als jahrelang zuvor. Ich wußte, daß ich etwas ganzheitlich Gesundes getan hatte. Ich hatte keine Furcht vor Vergeltung durch Engelsmächte, weil ich bei Arthur Strangways ausgestiegen war. Ich würde lediglich den Scheck sperren lassen.

Hinter mir ging die Tür auf, und Nora kam heraus.

Sie war die Vergeltung der Engel, obwohl ich das nicht wußte. Sie sah einfach in diesem Augenblick aus wie der

einzige andere, ganzheitlich normale Mensch im Motelkorridor.
»Oha«, sagte sie, »das war knapp.«
»Gehe ich richtig in der Annahme, daß Sie den Raum nicht mehr betreten werden?«
»Das können Sie aber annehmen.« Sie war etwa in meinem Alter, aber ihr Haar war vor der Zeit grau geworden, was ihr eine silbrige Art von Schönheit verlieh; wie ein Fuchs im Mondschein. »Bloß weg hier, bevor sie uns nachrennen...« Wir folgten den Pfeilen zurück durch das Labyrinth nach außen. »Ich habe Sie noch nie in der Stadt gesehen«, sagte Nora. »Sind Sie neu hier?«
»Ich habe mir über den Winter was in Osprey Head gemietet.«
»Da hatte ich auch mal eine Hütte. Sie wurde weggeweht.«
»Ich hoffe, mich am Fundament festhalten zu können.«
Sie hob eine Augenbraue. »Was treiben Sie?«
Ich gab ihr ein paar biographische Details und stellte fest, daß Nora – wie die meisten Menschen, denen ich in meinem Leben begegnet bin – weder von mir noch von meinen Büchern je etwas gehört hatte. Vielleicht war dies ein weiterer Grund für meine Infarkte.
»Und Sie?« fragte ich.
»Ich bin Musiker.« Wir hatten die Eingangshalle erreicht; sie ging vor mir hinaus, ihre silberne Mähne fiel über den groben Kragen ihres Holzfällerhemds und bedeckte ihn in Wellen, in Brechern, die mich dereinst ertränken würden.
»Weiter unten gibt es ein Restaurant.« Sie reckte den Kopf in die entsprechende Richtung. »Lust?«
Die Nebelhörner klangen durch den Dunst, und die Luft war so still, daß ich den Flügelschlag der Möwen hörte, als

sie über uns vorbeizogen. Die feine Gischt des Ozeans ließ meine Brille beschlagen, und ich nahm sie ab, wodurch ein sanfter Filter der Kurzsichtigkeit über Noras Gesichtszüge glitt, wie diese Weichzeichner, die man bei verblassenden Sternen der Leinwand verwendet, und ich sah, wie sie ausgesehen hatte, als sie jünger gewesen war. Ich putzte meine Brille, setzte sie wieder auf, und da war sie, und viele Liebschaften waren in ihre Augen geschrieben.

Das Restaurant war voller Fischer; sie schienen sie zu kennen und nickten ihr zu, als sie durch das Lokal ging. Es war klein und klebrig mit Blick auf den Hafen, und wir setzten uns ans Fenster, wo die Boote direkt gegenüber vertäut lagen. Unser Gespräch kehrte zu Arthur Strangways zurück.

»Es ist da etwas Schleimiges und Schmieriges im Herzen Amerikas«, sagte Nora und schnitt einen Blaubeerpfannkuchen an.

»An mir scheint er wahre Wunder vollbracht zu haben«, sagte ich. »Mir geht es um tausend Prozent besser als vorher.«

»Das ist die Post-LSD-Generation. Sie glauben, sie können es ohne Drogen schaffen.«

»Und zwar was?«

»Liebe und Gemeinsamkeit, der ganze sirupmäßige Kram, der den Leuten soviel Freude macht. Ich finde sie alle zum Kotzen.«

»Sie hören sich an, als wären sie auch schon auf anderen Seminaren gewesen.«

»Ich bin unheilbar, Sie etwa nicht?« Sie bestrich ihren Pfannkuchen mit Butter. »Wenn es Zeit fürs Mittagessen ist, werden sie sich alle in Selbstmitleid wälzen, und ihre Egos werden so intakt sein wie immer.«

»Warum sind Sie hingegangen?«
»Manchmal fange ich an zu spinnen und bin verbittert und stelle mir vor, ich brauche die Wärme einer Gruppe, aber wenn ich dann hinkomme und alle umarmen sich, möchte ich nur noch brechen.«
Ich aß so, wie ich immer esse, als würde ich nie wieder Nahrung zu sehen kriegen, und lauschte Nora, wie sie über ihre Erfahrungen auf anderen Gebieten der gesamtheitlichen Heilung sprach. »Sie pumpen einen ein Wochenende lang mit Schleim voll, und danach setzt wieder dieselbe alte Depression und Entfremdung ein. Man muß mit sich selbst leben und den vollen Preis dafür zahlen. Oder«, fügte sie hinzu, »man wird ein Gruppen-Groupie. Dann kann man, glaube ich, länger high bleiben. Da bin ich lieber im Knast.«
Sie sagte das in einem Ton, der anzudeuten schien, daß Gefängnis in ihrem Leben eine real ins Auge zu fassende Möglichkeit war. Dann erwähnte sie ein ziemlich übles Rasthaus weiter unten an der Küste, wo sie manchmal mit der dortigen Band tagte, und lud mich ein, sie am Wochenende zu hören. Ich sagte, das würde ich liebend gern, und dann kehrte unser Gespräch wieder zu Strangways zurück, dessen Styropor-Aura uns nicht verlassen hatte.
»Was führt Sie hierher?« fragte sie.
»Ich habe psychosomatische Herzattacken.«
»Mein Mann hatte die auch.«
»Ist er sie jemals losgeworden?«
»Sozusagen«, sagte Nora und schluckte den Rest ihres Pfannkuchens. »Er ist tot.«
Ich fragte mich, ob er möglicherweise an einer seiner eingebildeten Attacken gestorben war, und Nora schien meine

Gedanken zu lesen. »Leberzirrhose«, sagte sie und blickte in ihren Kaffee.

»Er hat getrunken?«

»Was dachten Sie?«

Ich sah aus dem Fenster. Der Nebel begann sich zu heben und enthüllte die engen Gassen und Reihen von Fischerhäusern. Wir gingen zum Ausgang. Ich nahm mir einen Zahnstocher, um in den Genuß des mit dem Pfefferminzgeschmack verbundenen Nährwerts zu kommen, und hielt Nora die Tür auf. »*Danke*«, und ich stolzierte hinter ihr her, Bauch rein, Brust raus, bevor mir klar wurde, daß ich posierte wie ein jugendlicher Krimineller auf der Pirsch. Schnell fiel ich in die abgeschlaffte Haltung meines gesetzten Alters zurück.

Ich ging zu meinem Auto. »Kann ich Sie mitnehmen?«

»Nein, ich hab's nicht weit.« Sie hatte ihren Hemdkragen hochgestellt, und ihre Hände steckten in den Taschen ihrer Fallschirmspringerhose. Sie sah aus wie eine unabhängige Seele, die einiges um die Ohren hat. »Na, also«, sagte sie mit einem Lächeln, »dann war das Seminar doch keine totale Verschwendung.«

Ich sah sie plötzlich als ›Die Witwe‹, ein Titel, der sie in eine Perspektive rückte, mit der ich, wie ich dachte, fertigwerden konnte. Meine neue Freundin, ›Die Witwe‹, die in einer hiesigen Spelunke aufspielte. Es kam mir alles reichlich unschuldig vor.

Etwa zu dieser Zeit wandte sich ein anderer Schriftsteller an mich, der gerade sehr viel Geld verdient hatte. Ich könne ebenfalls so eine stolze Summe verdienen, sagte er. Ich liebte die Einsamkeit, kannte nur wenig Leute und dafür die Küste von Neu-England um so besser.

»Du mußt ein Haus finden, ein leerstehendes, einsames mit eigener Zufahrtstraße und davor eine kleine, aber schiffbare Bucht.«

Woraufhin dann, in der Nacht, ein großer Schoner in der Bucht einlaufen würde, dessen Ladung in Form einer großen Menge Marihuana wir dann löschen würden. Ich könne dabei etwa hunderttausend Dollar verdienen.

Tief bewegt schritt ich auf und ab. Der Mann, der da in meinem Wohnzimmer saß, war jemand, den ich seit zwanzig Jahren kannte; ich hatte ihm von einer literarischen Krise zur anderen die Hand gehalten und ihn oft vor dem Selbstmord gerettet. Jetzt lächelte Heinz mich aus meerblauen Augen an, die vor neuer Zuversicht nur so funkelten. »Ich habe diesen Leuten gesagt, daß sie dir vertrauen können. Du bist die Art Typ, die sie suchen. Mit den Banditentypen sind sie durch. Sie wollen intelligente Menschen mit solider Tarnung.«

Ich ging ans Fenster und starrte hinaus auf die See. Sie

glitzerte vor mir. Ich konnte den Schoner bereits einlaufen sehen: ein Geisterschiff, mit Träumen beladen. Ich drehte mich um zu Janet.

»Niemals«, sagte sie.

»Sei doch nicht so hastig.«

»Genau, Janet«, sagte Heinz und zündete sich eine Zigarette mit Goldmundstück an. »Du solltest noch mal genau drüber nachdenken. Das Risiko ist nämlich in Wirklichkeit sehr gering, und wir haben einen der besten Drogenanwälte der ganzen Branche, und er muß noch einen Vorschuß abarbeiten. Wenn wirklich was passieren sollte, ist es sehr unwahrscheinlich, daß du ins Gefängnis kommst!«

Ich sah wieder auf die See. Einhunderttausend Dollar.

»Einhunderttausend ist nur der Anfang«, sagte Heinz. »In diesem Jahr werde ich mit einer halben Million abschließen.«

»Wie lange machst du das schon?«

»Lange genug«, lautete seine rätselhafte Antwort, aber ich konnte es mir selbst ausrechnen, indem ich vom damaligen Zeitpunkt anderthalb Jahre zurückging, als Heinz plötzlich aufgehört hatte, sich um die Rezensionen seiner Bücher Sorgen zu machen. Ich war bei ihm gewesen, als er die »New York Times« aufschlug, in der ein vernichtender Angriff auf sein neues Buch stand, ein Vorfall, der normalerweise einen Wettlauf zu den Schlaftabletten angekündigt hätte. Statt dessen lächelte er nur wie Mona Lisa und warf das Blatt beiseite.

»Wir werden uns nicht«, sagte Janet, »in diese Sache hineinziehen lassen. Ich könnte nicht mit dem Gedanken malen, daß jeden Augenblick die Polizei kommt und uns die Tür einschlägt.«

»Unwahrscheinlich«, sagte Heinz. »Wir werden es mit Profis zu tun haben.« Er gestikulierte in Richtung Wasser. »Diese Bucht ist immer voll großer Boote. Das hier ist ein berühmtes Angel- und Segelgewässer. Ein weiterer Pott fällt da gar nicht auf.«

Janets verbittertes Schweigen war über uns gekommen. Ihre kleinen Beine hatte sie unter sich hochgezogen, die Arme verschränkt wie ein Sumo-Ringer. Ich kannte ihre Willenskraft, aber ich ließ nicht locker. »Denk an all die Sonnenuntergänge, die man sich für hundert Riesen kaufen kann. Stell dir vor, wie wir in Spanien sind, in Griechenland, in Indien...«

Sie starrte still in den gegenwärtigen Sonnenuntergang, und ich sah, wie mein Geisterschiff in die Bucht irgendeines anderen Schriftstellers segelte, um dort abzuladen, was mein sein könnte. Ich wandte mich wieder an Heinz: »Gib uns etwas Zeit zum Nachdenken!«

Er lächelte und strich sich über den schwarzen Spitzbart. Die goldenen Strahlen des Sonnenuntergangs druckten magische Vierecke auf die Wand hinter seinem Kopf wie ein pesönliches Siegel Gestalt gewordener Ambitionen. Der Stil, der einst in seine Schreiberei geflossen war, prägte nun sein Äußeres. Er war makellos angezogen, von prächtiger Ruhe und ganzheitlich geheilt, der Mann, den ich wegen einer lauwarmen Besprechung in der »Village Voice« vom Fenstervorsprung gezerrt hatte. Er war jetzt eine Million Meilen von alledem entfernt, jetzt, da die goldenen Vierecke aus Sonnenschein seine vornehmen Koteletten berührten.

Ich ging hinaus in den Windfang und öffnete die großen Glastüren. Heinz schloß sich mir an, und wir machten einen kurzen Gang zum Strand. »Trägst du eine Kanone?«

»Genau das hätte ich gern getan, aber der Anwalt will es nicht erlauben.« Er lächelte sardonisch. »Wenn wir mit der Ware erwischt werden, kann er uns rauspauken, aber wenn wir Waffen tragen, ist das gleich ganz was andres.«
Ich ging das Kliff hinunter, von Fels zu Fels, und Heinz' Stimme schwebte mir nach. »Ich hatte mir mal ein Schießeisen besorgt, trotz Anwalt. Ich machte eine Lieferung. Einen Koffer mit einer Million Grüne drin. Es war keine lange Reise, aber ich dachte die ganze Zeit: Wenn davon ein Wort bekannt wird, daß sich mittags in einem ganz bestimmten Automobil eine Million Grüne die Schnellstraße entlangbewegen, dann gibt es viele Leute, denen es gar nichts ausmachen würde, das Auto zu rammen und mich mit abgeschossenem Kopf liegenzulassen. Ich habe mir einen netten Typ mit einer leisen Stimme, einer abgesägten Schrotflinte und einer .44er Magnum gemietet. Wir haben uns über Bücher unterhalten, die Schrotflinte immer zwischen uns auf dem Sitz. Du kannst das Material übrigens gern benutzen. Ich werde das nie aufschreiben.«

In jener Nacht saßen wir am Kamin und lauschten noch weiteren Geschichten von Heinz. Der Strahl des Leuchtturms huschte über sein Gesicht, als er seine Abenteuer erzählte, und Janet schlief ein. Heinz hielt inne und sah zum Fensterplatz hinüber, wo sich ihre friedliche Gestalt unter einem dicken Schal abzeichnete, der sich sanft hob und senkte.
»Sie wird schwer zu überzeugen sein.«
»Ein Wille wie Stahl«, sagte ich verdrießlich.
Sie fuhr fort, schwer zu atmen. Nichts konnte sie davon abhalten, ihre gewohnten zehn Stunden zu kriegen, nicht

einmal ein Hunderttausend-Dollar-Deal, der uns durch die Lappen segelte.
»Steuerfrei«, fügte Heinz hinzu.
»Sie hat Angst vor Autoritäten.«
»Du mußt sie ständig unter schweren Drogen halten.«
»Ich fürchte, diesmal muß ich passen.« Ich starrte traurig ins Feuer.
»Das ist die Chance deines Lebens. Halt es vor ihr geheim!«
»Sie hat ein Recht darauf, sich nicht die Tür von der Polizei einschlagen zu lassen.«
»Schick sie auf irgendeine Rundreise mit Führung!«
Ich stocherte im Feuer, aus dem flammende Lagunen aufstiegen, die Schiffe aus goldenem Licht trugen.

Janet starrte mich über den Frühstückstisch an. Heinz' Mercedes fuhr gerade die gewundene Einfahrt hinaus. Im nächsten Augenblick würde er dort verschwinden, wo die Straße durch die salzige Marsch führt.
»Nein«, sagte sie, »niemals...«
»Aber du hast gehört, was er gesagt hat. Wir kriegen einen erstklassigen Anwalt.«
»Ich will nicht leben wie ein gehetztes Tier.«
»Das hier ist aber doch nicht Bonnie und Clyde. Das ist eine intellektuelle Operation, die von kompetenten Romanautoren durchgezogen wird.«
»Wenn du noch ein Wort darüber sagst, höre ich auf, mir die Beine zu rasieren.«
Ich wußte, daß ich geschlagen war.

»Ich hab' gehört, daß heute abend im Squid House eine Gruppe spielt. Wollen wir mal hin?«
»Geh du, wenn du willst.« Janet hatte sich zusammengerollt und las eins der alten Reisebücher, mit denen die Regale gefüllt waren. Der Agent, der uns das Haus vermietet hatte, sagte, der Eigentümer habe sie erworben, um die Wände besser zu isolieren.
»Es ist vielleicht ganz interessant. Ich kenne einen der Musiker.«
»Ich bin sicher, daß es dir Spaß macht.«
Sie unter Zwang zu etwas zu bewegen war keine angenehme Art, einen Abend zu verbringen. Ich zog meine alte fellgefütterte Jacke an, setzte eine dunkelblaue Wollmütze auf und ging. Der Schatten, den ich dort auf der Einfahrt sah, war nicht der Schatten eines Literaten. Wo war mein Tweedjackett mit den Lederflicken auf den Ellenbogen? Wo war das herbe, kantige Antlitz, eine Bruyère-Pfeife zwischen die Zähne geklemmt? In meiner Silhouette drückte sich ein Krimineller herum. Darf ich für einen Augenblick abschweifen?
Als ich das letzte Mal in New York City von meinem Verleger schikaniert wurde, beschloß ich, zu Bloomingdale's zu gehen und etwas literarische Kleidung zu kaufen.

Als ich die Herrenabteilung betrat, sah ich einen Verkäufer, der einem Herrn in eine Jacke half, auf deren Preisschild lockere dreitausend Dollar verzeichnet waren. Der Verkäufer sah aus wie ein europäischer Filmregisseur, seine Stimme war tief, volltönend, hypnotisch. Der Kunde wurde sanft mit Effet zu einem magischen Spiegel gedreht, während der Verkäufer neun Meter zusätzliches Material für den Rücken notierte. Der Kunde lächelte friedlich; er stand im Begriff, eine große Jacke zu kaufen. Ich wußte, daß ich, wenn mich dieser Verkäufer zu fassen kriegte, einen literarischen Trenchcoat für jeden Arm erwerben würde. Ich verließ Bloomingdale's eilends in meiner normalen Kluft, der Kluft eines Mannes, der seine zweite Kurzgeschichte veröffentlicht hat.

Jetzt starrte ich die Bucht hinab, was mir in letzter Zeit zur Gewohnheit geworden war, und suchte nach losen Ballen Marihuana, die auf der Flucht über Bord gekippt worden sein mochten. Enthüllte die Kleidung, der ich den Vorzug gab, meine wahre Berufung? Verbrechen ging mir im Kopf herum.

Ich stieg in den Wagen. Als untadeliger Fahrer hatte ich noch am selben Nachmittag persönlich den Motor meines Fahrzeugs feineingestellt, da ich nicht wollte, daß irgend jemand Hand an mein schnittiges B210-Fluchtauto legt. Am Anfang der Zufahrtsstraße starb der Motor ab, und unter Fehlzündungen tuckerte ich meinem Rendezvous im Squid House entgegen.

Die Nacht war klar und kalt. Der Ozean glitzerte im eisigen Licht des Mondes. Ich knallte etwas Musik in den Cassettenrecorder, und die Küste zog im Rhythmus des Jazz an mir vorbei, den der Mann spielte, der mir durch einen Traum

angedeutet hatte, ich solle ein Klavier kaufen. Ich trommelte mit den Fingern aufs Steuerrad.
Bäume glitten an ihren Platz und verschleierten den Ozeanmond, so daß er wie ein weit entferntes Stroboskop durch die Blätter flimmerte und im Rhythmus meiner Stereoanlage pulsierte. Ich habe beim Klang von Musik schon absurde Dinge in meinem Wagen angestellt. Sie stachelt mich auf, bewirkt Illusionen, aber heute abend lauschte ich der Musik mit mathematischer Aufmerksamkeit und studierte den Rhythmus; infolge einer Verletzung meiner linken Schädelhälfte, wo die analytischen Prozesse stattfinden, habe ich Schwierigkeiten mit Zeit und Tempo. Oder vielleicht habe ich kein Gefühl für Rhythmus. Was ich allerdings sehr wohl habe, das ist eine Rhythmusmaschine für fünfhundert Dollar, die sechzehn verschiedene Rhythmen im 2/4-, 3/4-, 4/4- und 6/8-Takt spielt und außerdem bei jedem neuen Takt aufleuchtet. Ich habe sie einem Bassisten geliehen, der damit verschwand, aber wenn ich nachts angestrengt lausche, kann ich sie in der Ferne hämmern hören, und in meinem Geiste leuchtet sie schwach auf.
Ich wünschte mir, Janet dabeizuhaben, damit sie mit mir im Mondschein über die Landstraße brausen konnte, aber dann hätte ich die Stereoanlage leiserstellen müssen, da laute Musik sie nervös machte, besonders wenn sie von dem Mann gespielt wurde, der mir in meinen Träumen mit kostspieligen Vorschlägen erschien. Janet wußte nie, was sie als nächstes zu gewärtigen hatte. Ich tröstete sie mit der Tatsache, daß ich nie die Notwendigkeit empfinden würde, mir einen Heimcomputer zuzulegen; im Augenblick wurde ständig in den Astrologiezeitschriften für ein Gerät geworben, das Horoskope ausstellen konnte, die zehntausend Jah-

re zurückgingen, falls man zufällig jemanden kannte, der zehntausend Jahre alt war.

Inzwischen hatte ich den Ozean hinter mir gelassen und näherte mich dem Küsteneinkaufszentrum. Ich fuhr durch die Stadt und über die Brücke, welche die Stadt in zwei Hälften teilt; die Brücke summte unter meinen Rädern, und ich stellte den Stereo lauter. Die vorbeiflitzenden Brückenträger akzentuierten die Musik mit ihren dunklen, tanzenden Formen und schienen mir etwas sagen zu wollen, daß ich mir zum Beispiel ein Fingerklavier anschaffen und es an meinem Kopf befestigen sollte.

Die Stadt fiel hinter mir zurück, und ich hüpfte über die Eisenbahnschienen auf der anderen Seite des Flusses. Vor mir waren die Neonstrahlen des Squid House. Davor waren ein paar Autos abgestellt, und ich stellte mich neben sie. Als ich in die Nachtluft hinaustrat, hörte ich die Musik der Band. Ich überquerte den Parkplatz und trat ein. Meine Augen durchdrangen den Rauch und fanden die Bühne, auf der Nora Bongotrommeln spielte, Ketten und Armbänder an Hand- und Fußgelenken.

Ich schlängelte mich durch das Lokal und lehnte mich an einen Eckpfosten. In meiner Nähe stand ein Tisch, an dem ein Fischer saß, der zwei Gattinnen zu haben schien; einer der beiden war soeben eine illustrierte Baguette serviert worden, die sie nun in die Höhe hielt und betrachtete. Auf ihrem Kopf türmte sich jede Menge Haar, und über ihrer Gürtellinie wölbte sich ein Reif aus rosa Fleisch. Sie streichelte ihren Gatten mit dem einen Ende ihrer Baguette.

Mein Blick trennte sich von diesem zarten Tableau und hob sich wieder auf die Bühne. Der Bassist drückte sich heftig auf einem verstimmten Instrument aus, das schwerstens verstärkt war. Der Gitarrist, noch gräßlicher verstimmt, tauschte mit einem Kollegen wissende Blicke aus. Die beiden erinnerten mich an Tom und George, die Plastik-Heiler. Ich ging an die Bar und bestellte ein Glas Perrier, welches in das elektrische Instrument des Gitarristen zu schütten ich erwog, um zu sehen, wie seine Augen aufleuchteten.

Nora wiegte sich über ihren Trommeln wie eine Voodoo-Priesterin, aber die anderen Instrumente waren so klotzig verstärkt, daß ich sie kaum hören konnte. Ich nippte an meinem Perrier; zuviel davon würde mich aufblähen wie einen Kugelfisch, und genau dessen Körperform hatte zufällig der Bassist. Vielleicht hegte ich immer noch einen Groll wegen meiner eingebüßten Rhythmusmaschine, aber ich wollte ihm so gern – *so* gern, und nur einmal und ganz leicht – mit einem Stimmschlüssel auf den Kopf hauen. Meine Manie mit den Zwängen hatte mich zu einem der großen Stimmer dieser Welt werden lassen. Ich konnte ein Klavier stimmen, obwohl ich keins spielen konnte, und so starrte ich Baß- und Melodiegitarristen an und bestaunte die Massivität ihrer unmusikalischen Holzohren. Sie waren wie Ausstellungsstücke in der Radioabteilung des K-Mart, deren jedes auf einen anderen Sender eingestellt ist. Sie rockten lächelnd weiter. Ich stelle mir vor, daß sie Hunderte von Songs beherrschten, und jeden einzelnen grundfalsch. Zuflucht suchend, trat ich zurück in den Schatten. Ein älterer, kurzsichtiger Trunkenbold hatte am Tisch des Fischers Platz genommen. Der Fischer war auf die Herrentoilette gegangen, und sein Freund plauderte mit den Gattinnen. »Wann seid ihr heute aufgestanden?«

»Geht dich einen Scheißdreck an.«

Ich verpaßte den Rest dieser schlagfertigen Erwiderung, denn die Kapelle machte Pause, und Nora kam zu mir herüber, ihr silbernes Haar ein mondbeschienener, verwunschener Wasserfall. Ihr Körper trug den sinnlichen Beat der Musik über die leere Tanzfläche, und bei jedem Schritt klingelten die Glöckchen an ihren Fußgelenken.
»Wie geht's?« fragte sie irgendwie schläfrig. War sie mit Heroin vollgeschossen, fragte ich mich. Würde sie mir was abgeben?
Sie glitt auf einen Barhocker neben mir. »Wie gefällt Ihnen die Musik?«
»Alles, was ich mir erhofft hatte.«
Sie sah mich von der Seite an. »Sie halten die für ziemliche Luschen, was?«
»Warum stimmen sie ihre Instrumente nicht?«
»Warum stellen sie mich nicht lauter ein? Haben Sie gehört, was sie mir antun?«
»Ich hab's bemerkt.«
»Das ist alles ein Macho-Spiel. Sie haben mich gern dabei, weil es die Leute mögen, wenn eine Mausi auf die Bongos eindrischt, aber sie wollen nicht, daß mich jemand hört.« Sie zeigte ihre Hände. »Ich muß bis auf die Knochen spielen.«
Ich sah, wie der Bassist zur Toilette ging. »Augenblick«, sagte ich und ging schnell zum Bühnenrand. Das verwünschte, verstimmte Saiteninstrument stand mir am nächsten; ich faßte hinauf, zum Wirbel, mit dem man stimmt. Das Instrument ertönte, vibrierte mit sich selbst, mit dem Raum, dem Universum. Ich raste hinüber zum Platz des Melodiegitarristen, packte sein Instrument. Die Discolichter blitzten über mir auf und auf mich herunter.

Eine falsche Bewegung, und alles war verloren, denn ich konnte leicht in jene verwirrende Leere fallen, wo jede harmonische Beziehung sich in Chaos auflöst. Die Band würde mich entdecken, der Rausschmeißer würde mich anpöbeln und in den Schmutz der Straße werfen. Aber ich schien unsichtbar zu sein, und einen Augenblick später hatte ich meine Aufgabe erfüllt. Ich ging zurück über die Tanzfläche und setzte mich neben Nora.

»Was sollte das denn?«

»Ich habe die Instrumente gestimmt.«

»Hey, das haben sie aber gar nicht gern, wenn jemand ihre Äxte anfaßt.«

»Jemand mußte sie anfassen.« Ich trank einen langen, befriedigenden Zug Perrier.

»Wissen Sie was? Sie erinnern mich ganz schön an meinen verstorbenen Mann.« Nora sah mich über den Rand ihres Glases an. »Er ist der einzige andere Wahnsinnige, den ich je auf eine Bühne habe klettern sehen, um anderen Leuten die Instrumente zu stimmen. Manchmal hat er auch die Stecker ihrer Verstärker rausgezogen.«

»Ihr Mann war Musiker?«

Daraufhin nannte sie einen Mann, von dem nur wenige je gehört haben: den dänischen Komponisten Lingard. Aber ich, seltsam genug, hatte mehrere Platten von ihm, ein Faktum, das ich – einen Augenblick, nachdem ich mich von meinem Schock erholt hatte – kundtat.

»Na«, sagte Nora, »ist das nicht nett.« Sie rührte mit dem Finger in ihrem Drink. Die Jukebox spielte ein Lied über die Küsse eines Fernfahrers, was die Dame mit dem rosa Reservereifen veranlaßte, in die Überreste ihrer Baguette zu weinen; draußen fuhr eine Polizeisirene vorbei, und über meinem Kopf summte eine Kneipenuhr mit reichlich Neon. Lingard bezog seine Musik aus derlei Klängen, denen er dann Explosionen, Katzengeschrei und was sonst gerade zur Hand war, hinzufügte, und die Plattenläden wurden seine Schöpfungen nicht los, und das war das Ende von Lingard, und hier war seine Witwe auf dem Barhocker neben mir.

»War er Ihr Lehrer?«

»Ich habe nie gespielt, solange er noch lebte.« Sie gestikulierte zu ihren Trommeln hinüber. »Er hat mich einfach untergebuttert.« Sie zermalmte ein Stück Eis mit den Zähnen und schluckte die glitzernden Fragmente. »Kommen Sie doch irgendwann mal bei mir zu Hause vorbei! Seine Sachen sind alle noch da. Das macht Ihnen bestimmt Spaß.«

»Das macht mir ganz bestimmt Spaß.«

Ein Teil ihrer Spelunkenmaske war von ihr abgeglitten, und sie sah mich mit anderen Augen an. »Ich dachte, die Welt hätte ihn vergessen.«

Ich fürchtete, daß die Welt genau das getan hatte; sein Werk war wegen der Katzen, der Explosionen und anderer flüchtiger Klänge unmöglich aufzuführen. Sie sagte, es gebe auch einfachere Kompositionen. »Aber die einzigen Leute, die daran interessiert sind, sie aufzuführen, sind die College-Blödis. Für Lingard genügt das nicht.«

Ich hatte das seltsame Gefühl, als sähe ich die beiden zusammen, als schwebte Lingard schwach im Hintergrund, und mir fiel das Foto auf einem Plattencover ein, auf dem ein junges Paar in einer Wohnung in Paris abgebildet ist, von Sirenen, Gongs und riesigen tibetanischen Alphörnern umgeben. Lingard hatte ausgesehen wie ein Falke, seine Augen brannten durch den Raum, und diese Frau an seiner Seite war eine Harfe in Gestalt eines jungen Mädchens gewesen.

Ich sah sie jetzt an, jetzt, da sie Kurator eines zweifelhaften musikalischen Erbes geworden war, mit Haar, das silbern wurde, als der Falke verschwand. Sie starrte über die leere Tanzfläche in den Rauch hinein. Trieb er jetzt vor ihr her? Ich spürte ihr gemeinsames Leben, als lauschte ich geisterhafter Musik. Sie hob den Kopf und sah zur Bühne, auf welche nun der Bassist zurückkehrte. Er sprang auf, und Nora glitt langsam von ihrem Barhocker. »Bleiben Sie in der Nähe! Nach dem nächsten Durchgang können wir noch ein bißchen reden.«

Ihr Parfum wehte mich an, und ich dachte, daß es viel besser wäre, wenn ich nicht in der Nähe bliebe. Sie ging über die Tanzfläche zurück, und ihre Fußgelenkglöckchen klingelten. Inzwischen waren ein paar weitere Gäste in der Bar erschienen, bereit, sich unter ihren Traktoristenmützen gepflegt einen anzusaufen, aber die Fotografie aus Paris vor zwanzig Jahren stand mir vor Augen. Sie schien nicht nur etwas aus der Vergangenheit, sondern sogar aus einer anderen Dimension zu sein. Ich sollte noch mehr über Lingards Zauber von ihm selbst erfahren, aus Gesprächen mit seinem Geist, aber für den Augenblick mußte ich ihn verlassen; der Bassist legte den Kopf schief, weil er etwas Einzigartiges an seinem Instrument hörte. Er schlug noch einmal kurz drauf, verwirrt, holte dann mit dem linken Arm aus, verstimmte es und nickte dem Gitarristen zu, der seinem Beispiel folgte. Nachdem ihre normale Stimmung wiederhergestellt war, lächelten sie so zuversichtlich wie die Arthur-Strangways-Absolventen, die sie tiefinnerst waren, und brachen in einen Song aus, während ich zur Tür strebte.

Janet schlüpfte aus dem Bett und suchte den Fußboden nach ihrem Pyjama ab. Der Leuchtturm strich über ihren nackten Rücken. Ich langte faul über die zerwühlten Laken; für einen Augenblick war ihre liebesschwere Trägheit die meine, wie der Nektar der Träume, die sie durchlaufen hatte. Sie zog ihren langen, roten Leib-und-Seele-Pyjama hoch, die Sorte mit eingebauten Füßen, und knöpfte ihn langsam zu, während der Strahl des Leuchtturms wieder vorbeikam und über ihre großen, weichen Brüste fuhr. »Ich bin am Verhungern«, sagte sie. »Willst du irgendwas essen?«
»Stell meine Suppe auf den Herd.«
»Ich möchte keine«, sagte sie und kam so jeder Tyrannei meinerseits zuvor, die wunderbare Gesundheitssuppe betreffend, die ich aus organisch gewachsenen Gummibändern zubereitet hatte. Sie tapste hinaus, ich blieb im Bett und starrte in die Bucht. Dort konnte eines Nachts ein funkelndes Schiff erscheinen und immer näher kommen, und Heinz wäre an Bord mit einem Vermögen in Gras; ich würde seine Glatze im Mondschein schimmern sehen, würde sehen, wie sich der Speck seiner wohlhabenden Hängebacken kräuselte, wenn er lächelnd die Küste anbleckte. Ein Literat des 20. Jahrhunderts in Aktion.
Ich tastete auf der Suche nach Hemd und Hose über den

Fußboden. Meine Hand berührte etwas unter dem Bett, etwas, das eine interessante Form hatte...

»Das ist ja nicht zu glauben!« Außer mit alten Reisebeschreibungen zur Isolierung war das Haus noch komplett mit einer großen Rennbahn, zwei Geschwindigkeitsreglern und zwei Rennautos ausgestattet.

»Janet, hier gibt es eine Rennbahn!«

Es kam keine Reaktion aus der Küche, nur das Öffnen und Schließen der Kühlschranktür war zu hören. Sie aß etwas Eierpunsch mit künstlichen Geschmackszusätzen und ein Sahnebaiser und konnte die Bedeutung meiner Entdeckung gar nicht würdigen, daß wir nämlich jetzt Rennen gegeneinander fahren konnten.

Endlich tapste sie zur Tür und sah herein. Ich zeigte auf die Rennbahn und hielt einen schnittigen Jaguar in die Höhe.

»Du nimmst diesen.«

»Ich esse gerade.«

»Nur ein paar Runden.«

Sie seufzte und sank neben mir auf den Fußboden. »Was muß ich tun?«

»Du nimmst diesen Geschwindigkeitsregler. Siehst du das kleine Rad? Damit regelst du die Geschwindigkeit. Wir fahren ein Rennen über zwei Runden.«

Ich setzte mein heißgemachtes kleines Taxi neben ihren Jaguar auf die Bahn. »Bist du soweit?« Ist ein Psychiater zur Hand?

»Los!«

Sie jubelte den Regler hoch, und ihr Jaguar flog in der ersten Kurve aus der Bahn. »Du mußt die Geschwindigkeit *fühlen*, Janet. Also, vor den Kurven langsamer werden!«

»Ich hab' Hunger.«

»Dauert ja nicht lange. Bist du soweit?«
Wir fingen wieder an; mein Taxi schoß nach vorn, ihr Jaguar bewegte sich kaum. »Gib ihm mehr Saft!«
Sie jubelte ihn ohne jedes Verständnis für die Steuerung hoch und der Jaguar flog aus der Bahn. Ich hatte so ein Gefühl, daß sie dies Spiel nie würde richtig lieben können und daß es mir beschieden sein würde, allein auf dem Fußboden Rennen gegen mich selbst zu fahren. »Schon gut, geh essen!«
»Ich hab' halt Spiele mit Konkurrenzsituationen noch nie gemocht.«
Sie schlurfte zu ihrem Abendessen davon. Ich stellte die Autos auf, gab mir das Zeichen, und das Rennen begann. Ich liebe Bewegung; die surrenden kleinen Autos sind eine natürliche Verlängerung meiner getriebenen Natur: Sie huschten durch die Kurven, stellten sich quer, richteten sich wieder aus, und ab ging's in die zweite Runde. Mit dieser Rennbahn und dem Schachcomputer, den ich gerade bestellt hatte, würde mein schizophrenes Leben komplett sein.

Ich träumte die ganze Nacht von Spielzeugautos. Der kleine Fahrer donnerte seine elektrische Strecke entlang, ein Ich in Miniatur mit Helm und Schutzbrille. Als ich am Morgen aufwachte, war mir eine Lösung der Motorprobleme meines Wagens gekommen. Ich begann sofort zu handeln und trug mein Tonbandgerät in die kiesbestreute Einfahrt hinaus, wo mein japanisches Auto geparkt war. Es sah mich mit traurigen Augen an.
Ich öffnete die Haube, stellte das Tonbandgerät auf den Motor und stellte das Gerät ab. Japanische Musik ertönte –

»Kraniche im Fluge über dem Sommerpalast« –, und Koto und Flöte klangen tief in das Gewirr der Einspritzdüsen hinein. Astralfinger asiatischer Fließbandarbeiter griffen in den Vergaser.

Ich überließ sie ihrer Arbeit und ging ans Wasser, um meine morgendliche Kontrolle, was schwimmende Konterbande betraf, durchzuführen. Es gab eine ramponierte Hummerfalle, ein paar Stückchen zerrissenes Tau und etwas Treibholz. Über mir kreisten die Möwen, riefen ihren wilden Ruf, und ich fragte mich, ob ich wohl Janet von ihrer Arbeit wegzerren konnte, um mit ihr irgendwohin auf Entdeckung zu fahren. Nur wir beide; ein bißchen in den kleinen Häfen herumschnüffeln, in einer gemütlichen Teestube ein zweites Frühstück einnehmen, beim Gesundheitsladen anhalten, um einen zünftigen Camping-Snack einzupacken und dann ins Unbekannte aufbrechen.

Ich drehte mich um und ging zum Haus, zur Nordseite, wo ihr Atelier war. Bevor ich mich näherte, faltete ich die Hände auf dem Rücken und setzte eine nachdenkliche Miene auf; dann, den Kopf gesenkt, als ränge ich mit einem unlösbaren literarischen Problem, ging ich langsam an ihrem Fenster vorbei. Als ich das andere Ende des Hauses erreicht hatte, drehte ich mich um, starrte längere Zeit aufs Meer hinaus und tat, als bewegte ich die Lippen in stillem Dialog. Ich täuschte ebenso plötzliche wie scharfe Einsicht vor und nahm meinen Gang wieder auf. Genau vor ihrem Fenster blieb ich stehen und gestikulierte mit mir selbst, als entdeckte ich soeben die Attribute einer Romanfigur.

Ich konnte ihren Blick auf mir spüren. Ich blinzelte in die Sonne, schüttelte den Kopf, um innere Kämpfe auszudrükken, und ging weiter.

Ich ging um das Haus bis zum Windfang und trat ein, wobei ich leise vor mich hinwimmerte. Im Haus begann ich dann, in der Küche auf und ab zu schreiten. Die Tür zu Janets Atelier war halb offen, und sie konnte meinen Schaffensprozeß hören. Ich arbeitete mich schrittweise näher heran, und schließlich klopfte ich an ihre Tür. »Janet?«

Ich drückte die Tür langsam auf und trat ein. Janet saß vor ihrer Staffelei und hatte ihre Brille aufgesetzt; sie hatte sie bei einem Billigheimer gekauft wie ein alter Farmer, der Schwierigkeiten mit den kleinen Buchstaben in der Zeitung hat. Sie schob sie hoch, drehte sich um und sah mich an. »Kommst nicht voran?«

»Äh... doch, doch, nur ein kleineres Problem. Müßte in etwa einer Stunde aus der Welt sein.«

Sie wandte sich wieder ihrer Leinwand zu. Da ich oft in ihrem Atelier war, um ihr bei der Arbeit zuzusehen, hatte sie sich an meine schleichende Gegenwart gewöhnt. Ich sah ihr über die Schulter und betrachtete den Meeresdunst, den sie malte. »Janet, ich frage mich...« Ich begann wieder zu schreiten, als kleine Erinnerung an meine eben im Garten durchlittene Agonie, dann drehte ich mich um. »... ob ich nicht vielleicht eine kleine Pause brauche, um diese Szene, an der ich gerade arbeite, nochmal durchzudenken, und da habe ich mir gedacht, wenn wir uns vielleicht ein leichtes Lunch einpacken und ein bißchen die Küste entlangfahren, in die Buchten und um die Buchten herum, und vielleicht sehen wir ein paar Tümmler, ich weiß auch nicht...«

Sie beugte sich vor, ganz nah an ihre Leinwand, und hatte nichts von alledem gehört. Der Grund dafür war in den zahlreichen Reden zu suchen, die ich in der Vergangenheit zu verschiedenen Themen gehalten hatte und die ihr natur-

gemäß nicht sämtlich gefallen hatten, so daß sie sich daran gewöhnt hatte, den Klang meiner Stimme abzustellen.
Ich schlich aus ihrem Atelier, unfähig, meinen Plan – die Vereitelung ihres täglichen Pensums – in die Tat umzusetzen. Ich würde mich auf eigene Faust amüsieren müssen. Ich packte das bereits erwähnte leichte Lunch ein, wankte unter seinem Gewicht auf meiner Schulter zur Tür hinaus und ging zu meinem Automobil. Das Band mit den Kranichen war zu Ende, und das Auto saß in profunder Meditation, die Enden der Lenkspurstange in der Lotospositon.
Ich betätigte die Zündung. Der Motor setzte zu einem sanften Leerlauf an. Ich wagte nicht zu sprechen, schon gar nicht zu jauchzen, um nicht das empfindliche spirituelle Gleichgewicht zu stören, das endlich hergestellt worden war. In stillem Flehen chauffierte ich die Einfahrt hinaus.
Cassette rein.
Kraftvoller Rhythmus erklang und stimmte mich auf Abenteuer ein. Welche Lächerlichkeit würde ich heute begehen? Welchen monströsen Einkauf würde ich tätigen, welche Gewissensbisse würden mich bei Anbruch der Nacht quälen? Der innere Magnet der verborgenen Macht trieb mich voran, obwohl ich das nicht wußte. Und hätte ich es gewußt: Hätte ich seinem Einfluß entrinnen können? Mit dem Nachdenken über solche Fragen verbringen ruinierte Männer zweifellos viel Zeit. Ich sehe mich, wie ich vor mich hin werkele und weniger Bewußtsein habe als der Fahrer in einem ferngelenkten Rennauto aus Plastik. Irgendeine andere Hand war am Geschwindigkeitsregler und jubelte mich hoch, in eine Haarnadelkurve von Noras silberner Frisur hinein.
Ich bog von der Landstraße ab und fuhr die kleinen Nebenstraßen, und mein Auto bewegte sich im Takt der sinnlichen

Trommel aus den Lautsprechern. Steine flogen unter den Rädern auf, während ich etwas Romantisches sang. Als ich den Rand einer trostlosen Bucht erreicht hatte, parkte ich mein Auto und trat in die kühle Herbstluft hinaus. Das Krachen der Brandung tönte durch die Bäume, und ich ging mit meinem Sack voller Nahrung und Flöten einen schmalen Pfad entlang.

Der Ozean erschien durch das Unterholz; noch lag ein bleicher Morgendunst über ihm. Möwen schaukelten auf dem Wasser, und ein einsames Ruderboot zerrte einsam an seiner Verankerung. Der Ozean leckte am Sand, ich nahm eine meiner Flöten und blies eine lange, tiefe Note, deren Echo über das Wasser hallte wie der Schrei eines Seelöwen.

Eines Tages würde ich in Tokio auf der Bühne eines Nachtklubs sitzen, in einen elektrischen Kimono gekleidet.

Während ich spielte, kam langsam die Ebbe und ließ Steine auftauchen, mit Halsbändern aus Seetang drapiert. Die Möwen stolperten herum und pickten an Schalentieren; und dann steuerte eine ein Omen zu dieser Geschichte bei. Die Möwe entdeckte einen Seestern, der größer war als ihr Kopf. Sie hielt ihn im Schnabel und fragte sich vielleicht, was sie mit diesem bedeutenden Fund machen solle. Der Seestern war mit Stacheln, Muscheln, Krebsen bedeckt – ein köstliches Nadelkissen. Also verschluckte die Möwe ihn nach Art der Möwen. Einen Moment lang schien sie von Zweifeln befallen, ihre Augen schnellten in alle Richtungen; dann ging der Seestern runter. Die Möwe nickte befriedigt und flog davon, wobei ihr Bauch die Wellen streifte.

Man soll nicht alles essen, was man sieht, sagt das Sprichwort, es sei denn, man ist bereit, eine Zeitlang tief zu fliegen.

Die Anziehungskraft des Mondes würde mir bald eine Delikatesse des Meeres enthüllen, und ich würde natürlich versuchen, sie im ganzen zu schlucken. Meine Augen würden angstvoll umeinanderschießen, und Nora würde lachen, während ich auf Händen und Knien davonkroch.

Die Möwe verschwand über die Wellen hinweg, und ich begann, den Strand entlangzugehen. Dann sah ich weit entfernt am anderen Ende von sehr viel Sand eine schwarzgewandete Gestalt, die auf den Wind einprügelte.

Ich hielt an und verschmolz wieder mit dem Felsenkliff. Ich setzte meinen Knappsack ab, entnahm ihm einen Feldstecher und hielt ihn an die Augen. Die schwarzgewandete Gestalt war Nora. Ihre Füße waren bloß, und sie schoß bösartige Tritte auf einen unsichtbaren Gegner ab. Sie wirbelte herum, trieb jemandem einen Ellenbogen in den Schädel, rammte jemand anderem zwei Finger die Nasenlöcher hoch und trat dann einer weiteren armen Seele in die Testikel.

Die Geschwindigkeit, mit der diese Schläge ausgeteilt wurden, war beängstigend; der Gürtel, der ihre Taille umschloß, war schwarz. Sollte jemals jemand versuchen, diese alleinstehende Frauensperson zu überfallen, so war für den Betreffenden eine bestürzende Überraschung fällig.

Ich ließ den Feldstecher sinken und setzte mich in meiner Felsnische zurück. Jetzt war sie nicht mehr größer als die Spitze meines Daumens, ein meergeborener Djinn, der aus einer Muschel gekrochen war.

Ich glitt aus meiner Nische und machte mich auf den Weg zu ihr. Sie fuhr damit fort, Leuten den Bauch aufzuschlitzen; erst als ich ganz nah bei ihr war, blickte sie auf. »Na bitte«, sagte sie in ihrem schläfrigen Stil, »wer sagt's denn...«

Sie war schweißnaß und atmete schwer, ein paar Silberhaare

ringelten sich wie Stuck auf ihrer Stirn. Ihr Karateanzug war stark ausgebleicht, ihr Gürtel ebenfalls; etwa zehnjahrelanges Waschen würde ich sagen. Eine Frau, die mich leicht zu Brei schlagen konnte.
»Ich bin froh, daß wir uns nicht in einer dunklen Gasse begegnet sind.«
»Das hier?« Sie versetzte dem Wind einen Hieb. »Das ist doch nur Spaß.« Sie wischte sich das Haar aus der Stirn. »Es hält mich in Form.«
Ich hob mein Bündel von der Schulter und setzte es auf dem Sand ab. »Haben Sie Hunger?«
»Haben Sie da was drin?«
Ich grub im Bündel und holte ein zweipfündiges Bananen-Sandwich heraus.
Nora setzte sich in den Sand, mein Sandwich in der Hand. »Sie machen sie aber dick!«
»Da sind noch fünfzehn mehr im Sack.«
»Reißen Sie gerade von zu Hause aus?«
»Nö, ich mache nur einen kleinen Spaziergang.«
Sie begann mit dem Sandwich. Die Wellen brachen in der Nähe unserer Füße, fielen zurück, und die kleinen Steine rasselten. »Spielen Sie die Flöten?« Sie nickte in Richtung der Bambusmundstücke, die aus meinem Beutel ragten.
»Ein bißchen.« Ich zog die größte heraus.
»Das ist aber ein schönes Stück Röhricht.«
Ich setzte es an die Lippen, und der Klang hallte über dem Wasser wider, vermischte sich mit den anderen Klängen des Ozeans wie dem Kreisen des Leuchtturms, den Schiffsglokken, dem Nebelhorn. Ich holte ein bißchen mehr Luft, blies die Oktave und sandte sie hinaus wie den Schrei eines Vogels, der auf dem Wind segelt.

»Sie haben einen guten Ton«, sagte Nora, als der Klang erstarb.

Ich blies eine weitere Handvoll Noten und legte die Flöte weg, bevor sie irgendeins der kreischenden Geräusche machen konnte, zu denen sie fähig war.

»Yeah«, sagte Nora. »Das hat mir gefallen. Das war real.«

Ich zuckte bescheiden mit den Achseln und steckte das Röhricht weg. Eines Tages würde ich die Flöte, während ich in einem Musikalienladen herumhing, angesichts eines Baßgitarristen mit übersteigertem Selbstwertgefühl genauso nennen und ihn in seine Schranken verweisen, in unserem Fall aus dem inneren Kreis der eingeweihten Röhrichtspieler.

Was, so höre ich Sie fragen, hat ein Schriftsteller in Musikalienläden herumhängend zu suchen?

Nachdem ich so viele Jahre an der Schreibmaschine gearbeitet habe, nachdem ich so viele Unsicherheiten, was das Schreiben betrifft, überwunden habe, übe ich nun die Musik aus, um all meine Ängste, Unsicherheiten und Minderwertigkeitsgefühle wiederzubeleben. Es war, als brauchte ich Unsicherheit, um zu wissen, daß ich ich war.

»Hey, ich krieg' mein Brot nicht auf«, sagte Nora und starrte die dichtbelegte zweite Hälfte an, als wäre sie irgendeine geheimnisvolle Offenbarung von Materie.

»Bewahren Sie's für später auf!«

Sie sah mich an. »Essen Sie immer so?«

»Ja.«

Sie stemmte das Sandwich noch einmal, balancierte es auf der Handfläche. »Sie müssen einen ziemlichen Stoffwechsel haben.«

»Ich lebe in einem permanenten Zustand übertriebener Hast.«

Jetzt blies der Wind in Noras Haar, als sie das Gesicht dem Meer zuwandte. Die Brisen teilten die Silbermähne über ihrer Stirn, und ich sah wieder diesen Blick, den ich im Nachtklub gesehen hatte, in eine Zeit, die war und nun verschwunden ist. Es war etwas Geisterhaftes an ihr, als wäre Lingard ihr wahres Leben gewesen und die Zeit ohne ihn nur ein Schatten. Sie spielte die Bongotrommel in einem Rasthaus; konnte man es mit dem vergleichen, was sie mit Lingard gehabt hatte, als sie zusammen in Paris wohnten? Als er eine Kraft in der Musik gewesen war, die ihre Grenzen ein bißchen erweitert hatte, etwas weiter gesteckt, als sie je gewesen waren?

»Werfen wir's den Vögeln vor.« Sie schleuderte mein Sandwich in den Sand, und eine Möwe verschlang es so, wie es verschlungen werden sollte: im ganzen.

Wir standen da, und Nora band ihren ausgebleichten Gürtel fester. »Sie wollen Lingards Studio sehen?«

Wir gingen durch den Sand, der sich bald in Fels verwandelte. Sie bewegte sich flink barfuß vorwärts, und ihre Fußsohlen waren zweifellos dadurch gestärkt, daß sie häufig Romanciers gegen die Stirn trat. Wir kamen an eine verfaulende Pier, hinter der sie eine natürliche Treppe im Felsenkliff betrat. Ich eilte hinter ihr her. Sie schien zu verstehen, wie wichtig es war, die Herzfrequenz auf 180 zu erhöhen. Ich fühlte, daß sie eine Inspiration für Janet sein könnte, und plante, die beiden bei der ersten Gelegenheit zusammenzubringen.

»Drehen Sie sich um«, sagte sie, als ich oben angekommen war.

Das Meer erstreckte sich bis zum Horizont, und darüber zogen weiße Wolkenbäusche. Der Wind blies am Riff entlang, peitschte die Ärmel von Noras Karatejacke und teilte wieder ihr Haar. Aber jetzt denke ich an Janet, und ich erinnere mich, daß dies der Augenblick war, in dem ich ihr zu entgleiten begann. Jetzt kehrt meine Liebe zu ihr zurück, da ich wieder an das Meer denke und an diese Wolken, die sie immer malte. Gib mir den Seestern, ich gedenke, einen tiefen Fall zu tun.

Nora und ich gingen eine alte Fischerstraße entlang, durch ein weites, offenes Feld; am Ende der Straße stand ein großes verwittertes Haus. Die Fenster blickten aufs Meer und strahlten in der Sonne. In der Kuppel hing eine Glocke, die irgendeinem alten Kapitän Signale gegeben hatte. Später machte sie die Glockentöne, die Lingard auf seinen Platten verwendete. Und schließlich war das Seil, das von der Glocke herabhing, ein Seil, an dem ich versuchte, mich aufzuhängen, nachdem ich mich in seine Witwe verliebt hatte.

Wir kletterten die ächzenden Stufen zur Veranda hinauf.

»Möchten Sie ein Vitamin-E-Kaubonbon?«

»Gern, danke.«

Ich bemerkte einen großen, weißen Kater, der mich von der Verandabrüstung aus beäugte. Da ich ein Katzenanbeter bin, machte ich ihm meine Aufwartung, indem ich Seiner Majestät das Zahnfleisch massierte, ein Schachzug, dem nur wenige Katzen widerstehen können. Die Schnurrmaschine ging an.

»Ein gutaussehender Kater.«

»Osiris ist ein alter Vagabund, ein kleiner, alter Vagabundibums...« Nora schaufelte sich Osiris auf den Arm. Wie jeder Katzenanbeter empfand auch sie keine Scham, wenn es ans Anbeten ging. Sie schmalzte und balzte Osiris an, sie kuschelte ihn in den Armen und legt ihre Nase gegen seine, ohne dabei in ihrem Babygewäsch innezuhalten, eine Sprache, die Katzen tolerieren, weil sie angemessen sklavisch ist. Ich sah beifällig zu. Als er endlich wieder heruntergelassen wurde, ging Osiris mit erhobenem Schwanz davon und öffnete die Fliegendrahttür mit der Pfote. Die Tür klappte hinter ihm zu, als er nach drinnen verschwand. Nora und ich folgten.

Das Haus war wie ein alter englischer Klub: die Wände mit Zypressenholz getäfelt, der Kamin in Betrieb und von den gemütlichen Lederstühlen ein Blick aufs Meer. Nora zeigte auf ein Bild in der Diele, ein Porträt von Lingard, der falkengleich in die Kamera starrte. »Als die Typen von der Bank *das* kommen sahen, konnten sie es kaum erwarten, uns eine Hypothek zu geben.«

Sie führte mich weiter im Haus herum und in eine massive Bibliothek mit Hunderten von Partituren, Musikerbiographien, Musikgeschichten und Studientexten europäischer Akademien. Ich spürte irgendwie, daß das nicht zur Isolierung hier war.

An die Bibliothek grenzte sein Studio, dessen Mittelpunkt ein Flügel darstellte. Um den Flügel war eine Vielfalt anderer Instrumente angesammelt: ein großer Gong hing von der Decke, und es gab eine Sirene für Fliegeralarm, Trommeln und Flaschenkürbisse. Auf dem Flügel lag ein Manuskript, die oberste Seite zur Hälfte vollendet. Es lag bereits fünfzehn Jahre dort, aber es war, als habe er eben die Feder aus der Hand gelegt und sei kurz aus dem Zimmer gegangen.

Ich hatte ähnliche Zimmer kennengelernt, in den Häusern von Hawthorne, Melville, Dickens, zu denen ich gepilgert war. Trotz der Busladungen von High-School-Schülern und Touristen, wie ich selbst einer war, die dort hindurchgeschleust wurden, waren ihre Häuser mysteriöse und potente Orte geblieben mit listigen kleinen Geistern, die sich in den alten Uhren, den Pulten und den Schubladen versteckt hielten.

»Ja, er ist immer noch da«, sagte Nora und ging auf meinen Gedanken ein.

Wir kehrten ins Wohnzimmer zurück, wo Osiris auf einen Sessel geklettert war und sich seiner Reinigung widmete. Ich setzte meine Anbetung fort, schnappte ihn mir und wiegte ihn in den Armen.

»Osiris, verführst du den Mann? Oder wie seh' ich das?«

Osiris' Schnurrbart zuckte, und ich glaubte, ich spürte, wie eins meiner Nasenhaare bebte. Ich war in einer Lage mit Untertönen. Was hatte ich auf diesem Sessel zu suchen, warum streichelte ich die Katze einer fremden Frau? Ich stand auf und setzte das Tier ab.

»Ich gehe jetzt besser.«

»Bleiben Sie doch noch ein bißchen! Ich mache Ihnen einen Kräutertee, den Sie in keinem Reformhaus kriegen können.«

»Haben Sie einen, der den Herzschlag reguliert?«

»Hier ist er schon«, sagte Nora, als wir in die Küche kamen. Sie zeigte auf verschiedene Regale voller Flaschen, in denen Blätter, Rinde und Zweige waren. An den Wänden hingen noch andere Büschel und trockneten. »Das Kraut da ...«, sie zeigte drauf, »... kann ein Pferd umhauen, wenn man es mit diesem hier zusammen aufbrüht.« Sie zeigte auf ein anderes und fuhr mit den Fingern durch den trocknenden Strunk. Sie hielt ihn sich an die Nase und schien ihm leise etwas zuzuflüstern. Sie drehte sich mit einem Lächeln zu mir um. »Gegen alles, was dich zwickt, hab' ich hier was auf Lager, Kleiner.«

Ich ging zum Küchenfenster und starrte durch die alten, verzerrenden Glasscheiben, die den angemessenen Fokus für meine gegenwärtige Gemütsverfassung zu bieten schienen. Ich hatte jedoch mein Schicksal voll unter Kontrolle. Man konnte mich nicht für mehr als vierzig Minuten hypnotisieren; und sobald das Wort »Verführung« ausgesprochen wurde, wachte ich schlagartig auf, flach zwischen zwei Stühlen ausgestreckt.

Ich näherte mich vorsichtig ihrem Gummibaum und sah zwischen seinen Blättern hindurch. Eine kleine Schaukel hing von einem seiner Äste herab, und auf der Schaukel saß eine äußerst merkwürdige Puppe. Sie war aus gewickelter Rinde und aus Zweigen gemacht, mit einem spitzen Kopf, aus dem Heu sproß wie Haar. Ihre Augen waren zwei Straßsteine, und der Gesichtsausdruck schien schwachsinnig; der Mund lächelte, ein paar Zähne aus großen gelben Körnern waren hineingeklebt.

Die kleine Schaukel schwang mit einem Luftzug von Noras Hintertür, und ich hatte das überaus seltsame Gefühl, die Puppe habe mich gerade angewispert.

Der Kessel pfiff, und Nora füllte die Keramikteekanne. Sie trug die dampfende Mischung zum Tisch und servierte sie mit zwei Tassen. Sie lächelte gerissen, und um ihre Augen bildeten sich Fältchen. »Das wird Sie zu meinem Sklaven machen.«

Ich setzte mich auf einen Stuhl neben dem Gummibaum. Hinter den verzerrenden Fensterscheiben funkelte der Ozean. Gesichter kräuselten sich in der wogenden Brandung.

Eins davon gehörte Arthur Strangways, der mich von unten anlächelte. Sein Fluch war in die zweite Phase getreten. Die Blätter des Gummibaums reckten sich und streichelten meinen Kopf.
Autoreifen knirschten in der Einfahrt. Ich drehte mich um und sah einen alten Lieferwagen mit aufgemalten weißen Wolken. Die Tür wurde geöffnet, und ein langer, schlaksiger Schwarzer stieg aus, der eine Bongotrommel trug.
»Sie haben Besuch.«
»Ich nehme ein bißchen Unterricht«, sagte Nora.
Der Drummer trat ein, ging den Flur entlang und kam in die Küche. »Hi, Nor', wie geht's, Babe...« Er stellte die Trommel auf den Boden.
»Mamba, dies ist Eric.«
Wir tauschten Begrüßungen aus, während Nora eine weitere Tasse brachte. Mamba stellte sie auf dem Fell seiner Trommel ab. »Nor', ist es dir recht, wenn ich meinen Wagen da oben in den Büschen parke?« Er zeigte neben das Haus.
»Park ihn, wo du willst.«
Mamba ging wieder hinaus. Ein paar Augenblicke später stellte er seinen Lieferwagen unsichtbar in Noras Büschen ab.
Ich trank meinen Tee, mein gebannter Blick wanderte langsam durch den Raum und nahm all seine Aspekte auf. Lingard schien da zu sein und still hinten an uns vorbei in sein Studio zu gehen. Oder sah ich irgendeine verschwommene zukünftige Form meiner selbst apathisch vorüberwandeln? Ich trank meinen Tee aus und stand auf.
»Kommen Sie jederzeit wieder«, sagte Nora. Sie sah mich an, und unsere Augen kamen gut miteinander aus.
Sie brachte mich durch die Hintertür nach draußen. Von der

Veranda hatte sie einen Blick über das Feld bis zum felsigen Saum des Meeres hinab, und über das alles wehte der Wind und berührte uns und blies ihr Haar empor.
Sie zurrte ihren verblichenen schwarzen Gürtel zurecht und versetzte dem Verandageländer einen niedrig angesetzten Tritt in Zeitlupe, wobei sie sich anmutig aus der Hüfte drehte.
Haben Sie je eine Tigerin kennengelernt?
Sie bewegen sich so schön, wenn sie zuschlagen.

Janet und ich gingen durch die enge Straße des Fischerdorfs, in dem die Häuser wie in dem Lied von Humpty Dumpty bis ans Meer hinunter standen. Die Wellen brachen sich an einem geraden Stück Küste, und die Möwen kreisten, wobei sie ständig ihren Fischgott anriefen. Janet gaffte überall urige Häuschen an. Ihre Gangart ist langsamer als meine, welche so angelegt ist, daß ich mein jeweiliges Ziel in der kürzestmöglichen Zeit erreiche, so daß ich mich stets in einer zermürbenden Tretmühle aus vager Sorge an den nächsten Ort begebe.

Janet blieb bei einem Fenster stehen, das wie Neptuns Arbeitszimmer mit Muscheln und Pflanzen dekoriert war. Ein bemalter Anker war in den Rasen gebohrt. Sie lehnte sich an den Zaun und versuchte hineinzuschauen, denn sie ist so neugierig wie eine Katze, während ich Angst habe, verhaftet zu werden.

Ich ging weiter und ratschte mit dem Finger an dem kleinen Lattenzaun entlang. Der Ton war gut. Ich schlug ein paar einzelne Bretter an und versuchte, einen Akkord zusammenzubekommen; inzwischen war mein Tun durch eine Hecke verborgen. Janet kam zu mir.

»Janet, ich habe eine Dur-Terz gefunden. Würdest du bitte eine Quinte singen?«

Sie ging weiter. Ein Möwenpärchen schwebte über mir, und die Schatten glitten über das Pflaster wie Phantomvögel aus einer anderen Dimension. Nachts sehe ich in meinen Träumen vogelköpfige Sänger, die uralte Rituale vollziehen. Ich dachte einst, sie verhießen mir musikalische Größe, aber schwere finanzielle Einbußen im Zusammenhang mit dem Erwerb von Musikinstrumenten haben mich bei meinen optimistischen Interpretationen vorsichtig gemacht.

Ich holte Janet vor einer weiteren Puppenstube ein, in die sie schamlos hineinspähte. Ein älterer Gentleman in langen Unterhosen bewegte sich in der Tiefe des Raumes, und ich zerrte sie fort. »Wollen wir einen Happen essen?« Ich zeigte auf ein Restaurant bei der Pier. Ein alter Dorsch saß am Fenster und starrte in eine Schüssel mit Fischsuppe.

Wir traten ein, und der alte Seemann starrte weiter in seine Suppe, den Löffel tief auf den Grund seiner Schüssel versenkt. Er fischte, wie üblich.

Janet schlüpfte in eine Nische, die ihr einen gerahmten Blick auf die Außenwelt gestattete. Als hartnäckige Malerin, die Szenerie liebte, wußte sie, wie man an die heimlichen Mysterien von Straßen kommt. Augen wie eine Kamera, sehen Sie sich an, wie sie klickt!

Ich sah wieder den uralten Fischer an.

Fischte noch immer.

Da, jetzt hatte er eine Muschel gefangen.

Eine Kellnerin der alten Schule schob sich ins Bild, mit einem Gesicht wie ein gedämpfter Krebs. Janet bestellte geistvernebelndes Gebäck und Kaffee. Ich wünschte Haferschrot mit Orangensaft drüber. Unser Blick ging zurück auf die Straße, doch diesmal bewegte sich Janets Blick langsamer und blieb auf Schaufenstern ruhen, auf einer verlotterten kleinen Bankfiliale und einem alten Stadttrottel, der imaginäre Autos in Parklücken dirigierte. Ich bemerkte seine Finesse, als er ein nicht existentes Automobil in eine enge Lücke winkte. Er tippte sich an den Hut und zog sich am Bart und sah dabei aus wie jemand, den die Stadt für diese Dienste eingestellt hat.

Janets Blick schweifte nun die Straße in der anderen Richtung entlang, an windschiefen Hütten vorbei, deren Schindeln ein Jahrhundert voll Ozeandunst und Regen graugefärbt hatte. Oft schienen, wenn sie alte Straßen malte, die Bilder selbst aus einer anderen Ära zu stammen. Die Besitzerin ihrer Galerie in San Francisco, eine schrille Engländerin, die verschiedentlich behauptete, aus so exotischen Gegenden wie Idaho und Nebraska zu stammen, erzählte manchmal ahnungslosen Touristen, Janet sei eine Impressionistin und seit fünfzig Jahren tot, wodurch sie eminent sammelbar und eine hervorragende Investition sei. Ich wünschte, dies wäre der Platz, Ihnen mehr von Rebecca Bowden aus San Francisco zu berichten, mit ihren außergewöhnlichen Augen, randvoll mit falschem künstlerischen Ernst.

Sagt den Leuten, sie sei aus Nord-Dakota.

Sagt den Leuten, Janet sei bei einem Autounfall ums Leben gekommen, und zwar in einem Duesenberg.

Die Kellnerin kam mit unserer Bestellung. Der alte Dorsch sah immer noch in seine Suppe. Fischte noch ein bißchen tiefer. Er sah auf, sah mich an und nickte. Ich nickte zurück und wartete auf den Fang. Da war er: eine letzte Muschel. Er aß sie und starrte dann die Spitze seines enormen Gummistiefels an. Mit einem dieser Dinger konnte man bereits in See stechen. Er stand auf und ging weg. Ich sah an ihm vorbei auf die lange Dorfstraße. Eine Gestalt in schwarzem Karateanzug strebte joggend dem Zentrum des Dorfes zu.

»Ich wollte dir schon die ganze Zeit erzählen, Janet, daß ich jemanden im Seminar für gesamtheitliche Heilung kennengelernt habe, der hier aus der Stadt ist.«

»So?«

»Die Witwe des Komponisten Lingard. Eine sehr interessante Person. Ich glaube, du könntest dich mit ihr anfreunden.«

»Wie alt ist sie?«

»Schwer zu sagen. Sie hat vorzeitig graue Haare gekriegt.«

Ich sah, wie sich dieses hervorstechende Faktum in Janets Wahrnehmung einnistete, die einem jener Malbücher gleicht, in dem die Farben nach Zahlen einzutragen sind. Wenn man das Grau ausfüllt, bekommt man eine Frau, die jung genug ist, daß sie *was* bedeutet? Ärger.

Aber wir sagen natürlich nichts. Wir sind zivilisiert, und wir, was viel mehr bedeutet, wir vertrauen einander.

Trauen Sie nie einem Schriftsteller.

Die glauben, sie können die grauenhaftesten Dinge tun und sie dann einfach aus der Schreibmaschine reißen, wegschmeißen und neu anfangen.

Sie glauben, sie können zu einem Seminar für ganzheitliche Heilung gehen, dort eine attraktive Frau kennenlernen, auf einen Tee mit zu ihr nach Hause gehen und dann den Augenblick zusammenknüllen, wegschmeißen und vergessen, daß er je stattgefunden hat.

Gerade eben kam der Augenblick zur Tür des Restaurants herein.

»Hey...« Nora lächelte überrascht. »... wie geht's denn?«

»Janet, das ist Nora Lingard. Wir haben uns im Seminar für ganzheitliche Heilung kennengelernt.«
»Darf ich mich dazusetzen? Ich bin völlig außer Atem.«
Ich bemerkte im stillen, daß das Leben keine Schreibmaschine ist.
Ganz spät heute abend, wenn Janet und ich im Bett waren, würde ich dann ganz beiläufig erklären, warum ich bis zum letztmöglichen Moment vergessen hatte, Noras Rolle in diesem wahnsinnigen Lauf der Dinge zu erklären.
»Wie ist der Kuchen?« fragte Nora und sah Janets Teller an.
Können zwei Frauen, die mit einem Ehemann an einem Tisch sitzen, Gebäck genießen? Können sie sich um die Zukunft sorgen? Und jetzt Kuchen essen?
Warum nicht?
»Geben Sie mir ein Stück von diesem Kuchen«, sagte Nora zur Kellnerin.
Eine weitere Portion der grotesken Schöpfung wurde gebracht. »Sie hätten«, sagte Nora zu Janet, »sehen sollen, wie Ihr Alter bei Strangways abgehauen ist.«
Sie setzten die Konversation fort, während ich das Gleichgewicht zu halten versuchte, aber das ist schwer bei zwei Frauen, die auf völlig unterschiedliche Aspekte der Situation abheben, Aspekte, die nur die beiden betreffen, heimliche Blickkontakte, gewisses inneres Gemurmel.
Sie hatten bereits die Schwerter gezogen.
Oder sich auf einen Vertrag geeinigt?
Es ging so schnell, wie wenn man einem hungrigen Hund Kuchen serviert. Weg war er. Janet stellte sich auf Nora ein und faßte Mut, denn sie konnte sehen, daß Nora ein bißchen hart war, ein ganz klein wenig verschwenderisch, eine Frau, die insgesamt nicht dazu taugte, meine Muse zu sein.

Ich, der ich Ruhe und Frieden liebe und die Geborgenheit eines braunen Studierzimmers.
Und noch etwas: Janet mochte Nora. Etwas, was nichts mit mir zu tun hatte, klickte zwischen den beiden. Ihre Körper schienen eine Beziehung miteinander aufgenommen zu haben, ich weiß nicht recht, wie, aber ich spürte ein weibliches Mitgefühl. Janets rostbraunes Haar und Noras silbernes. Ihre Hände auf dem Tisch, ganz verschieden und doch so ähnlich.
Meine behaarten, türkischen Haremshände waren da wie eine Art Entweihung.
Als wir das Restaurant verließen, war Nora auf Janets Seite, die richtige Orientierung für eine lockere Witwe. Janet hielt meinen Arm, während wir dahinschritten und Nora lauschten. »... am schlimmsten ist es hier im Februar. Da ist überhaupt niemand da. Dann fange ich immer an, wahnsinnig zu werden.«
Das kalte Meer stieß in den Schutz der Anleger vor und ließ die eingedockten Boote auf und ab schaukeln. Rauch kam vom Schornstein einer kleinen, grauen Konservenfabrik, deren Dach voller Möwen war. Wir gingen an ihr vorbei, zum Ende des Dorfes.
»Keine der Frauen hier ist bereit, mich mal eine Minute lang mit ihrem Mann alleinzulassen«, sagte Nora gutmütig, und Janet und ich lächelten, denn sie machte ja nur Spaß, oder? »... weil ich die wilde Witwe am Ende der Straße bin, stimmt's? Die die Bongotrommeln spielt. Da scheißen sich die hiesigen Damen vor Angst in die Hose.« Nora lachte, und ihre zynische, rauhe Stimme reichte sicher aus, um die jungen Frauen des Dorfes, deren Reize obzwar zahlreich, so doch vorhersagbar waren, das Fürchten zu lehren. Sie

konnten Boote rudern, nach Muscheln buddeln, Schaufensterdekorationen aus Styropor-Kügelchen herstellen, aber Nora war ein Rätsel.
Wir kamen an die nächste Pier, wo die Wellen ein altes versunkenes Ruderboot überspülten. Ich erwähnte, daß wir für den Sommer ein anderes Haus billig zu mieten gedächten, und fragte Nora, ob sie irgendwas wisse.
»Da oben ist was zu vermieten«, sagte sie und zeigte auf eine Mansarde über einem Schiffsausstatter, die im Augenblick von Hammerschlägen widerhallte, weil dort jemand Hummerfallen baute.
»Eric arbeitet mit Ohrenschützern«, sagte Janet.
Ich fand es nicht gerade fair von ihr, solche intimen Details aus ihrer Ehe mitzuteilen, aber Frauen können in solchen Dingen sehr unsensibel sein.
»Das möchte ich mal sehen«, sagte Nora.
»Er glaubt«, sagte Janet, »seine Schreibmaschine macht ihn taub.«
Der Wind drehte, wurde stärker und blies nun heftig von vorne gegen uns. »Hört zu«, sagte Nora, »gehen wir doch einfach noch zu mir! Ich mach' uns einen gebratenen Reis oder sowas.«
Sie erwähnte nicht, daß ich bereits bei ihr gewesen war; kluge Frau. Und so verließen wir das Dorf und gingen auf einer unbefestigten Straße den Hügel hinauf. Ich hatte mich Noras Haus von der Deichseite her genähert. Jetzt führte sie uns eine lange Einfahrt entlang, über die man von der Dorfstraße her zu ihr gelangte. Fichten, Ahorn und Kiefern bildeten zu beiden Seiten des gewundenen Weges einen Wald. Die Wintersonne entsandte einsame Pfeile aus Licht, die einen Nadelteppich beleuchteten. Janet war guter

Dinge, denn diese versteckten Einfahrten waren eine Quelle der Frustration für sie gewesen, weil sie sehen wollte, wohin sie führten. Jetzt würde sie es herausfinden.

Habe ich schon gesagt, daß ich meinen Flötenbeutel auf dem Rücken hatte? Ich nahm ihn überallhin mit, wie der Buschmann sein Blasrohr. Der Wald öffnete sich, und wir betraten die inneren Gefilde, das helle Meer vor uns und die Behausung des alten Kapitäns, die sich am Feldrand auftürmte. »Er war ein Chinafahrer«, sagte Nora über den ursprünglichen Eigentümer. »Die haben das Opium wahrscheinlich direkt diesen Weg hochgebracht.« Sie zeigte auf den überwachsenen Pfad, der zum Wasser führte.

Sie dirigierte uns die Stufen zur Veranda hoch und dann nach innen. Da mir das Haus jetzt vertraut war, konnte ich etwas tiefer in seine provokanten Gegebenheiten eindringen, und ich vermute, daß ich nun, da ich Janet bei mir hatte, etwas unbefangener war. Mein Aufenthalt dort war legitim; ich war nicht irgendeinem Wölkchen aus silbernen Orchideen gefolgt.

Janet folgte Nora in die Küche, während ich in der Tür zu Lingards Studio zögerte. Ich spürte ihn wieder, über sein Manuskript auf dem Flügel gebeugt, meiner nicht achtend, nur auf das Werk bedacht, das er unvollendet gelassen hatte, und seine Geisterhand war ausgestreckt, um jene Noten hinzuzufügen, die ihm den Frieden geben würden.

Sonnenlicht drang durch die Fenster auf den staubigen Flügel und auf die Fransen einer afrikanischen Trommel. Ich trat ins Studio und holte meine Flöte heraus. Die besonnte Luft war schwer von musikalischer Erinnerung, als wäre jedes bißchen tanzender Staub eine Note, freigelassen und nun für alle Zeit mit anderen Noten in den Sonnenstrahlen streunend. Ich stockte, fragte mich, ob meine Flöte das geisterhafte Gleichgewicht stören würde; aber dann fühlte ich, wie das Zimmer mich akzeptierte und sogar einlud, mit Lingard Studien zu treiben. Das Zimmer schien plötzlich wie mein eigenes zu sein, als wäre die Anordnung fremdartiger Rasseln und Flaschenkürbisse eine Sammlung, die ich zusammengetragen hatte.

Nora rief aus der Küche, und ich ließ mich bei ihr und Janet am Tisch nieder. Nora sagte uns, wie froh sie darüber sei, daß sie uns getroffen habe, daß ihre Musikerfreunde die einzigen Bekannten seien, die sie habe, und daß sie für gewöhnlich nur kämen, um ihre Fahrzeuge in den Büschen zu verstecken. »Und die Fischer kann man sowieso vergessen. Alles, worüber sie reden können, ist das Zurechtschnippeln von Ködern, und wenn einem das nicht paßt, kann man genausogut auch in einen Eimer kotzen.«

Sie kam auf Lingard zu sprechen. Sie hatte ihn kennengelernt, als sie noch ein Teenager war, hatte ihn seiner Frau gestohlen und die Welt mit ihm bereist. Ihr Leben war Raserei gewesen, voll Angst und Schrecken, denn die Sirene für Fliegeralarm trug er im Herzen. Sie wartete auf seine Wiederentdeckung, aber sie schien zu bezweifeln, daß dies je geschehen würde.

Sie machte eine Pause, und das Geräusch der See kam zu uns, leiser Donner auf den Felsen. Ich spürte das Leben, das sie mit ihm geführt hatte und mit dem sich jegliche Zeit danach unmöglich messen konnte. Es schien, als wäre für sie dieser Moment, mit uns an ihrem Tisch zu sitzen, irgendwie unwirklich, und ich stellte mir Janet und mich weniger wesenhaft vor als den Geist, der im Haus umging.

»Die Platten Ihres Mannes gefallen mir gut«, sagte Janet. »Ich höre sie mir oft an, wenn ich male.«

»Jetzt sind sie Sammlerstücke«, sagte Nora seufzend. »Das Studio, in dem sie gepreßt wurden, ist den Bach runtergegangen.«
Nora ging zu ihrem Gemüsekasten, nahm einige Zwiebeln heraus, schälte und schnetzelte sie. »Es war ein schönes Leben... Konzerte... Reisen. In den Fünfzigern standen die Leute auf Lingards Stil, und dann ließ er mich eines Tages im Stich und fiel tot um.« Sie warf die Zwiebeln in eine Bratpfanne. »Danach war das Haus wie das Innere eines Tornados; nachts dröhnten die Gongs, und die Sirene ging von alleine los.«
»Und jetzt?«
»Jetzt ist er schon lange tot.« Sie verrührte den Reis mit den Zwiebeln. »Ja, es ist uns manchmal ganz schön gut gegangen. In einer Kathedrale in Paris hat er ein Ding gedreht, daß die Leute noch monatelang dachten, sie spinnen.«
Für mich war Paris schwierig gewesen; ich konnte nur *deux Perriers* bestellen. Janet dagegen blühte, natürlich, in ausländischen Städten auf. Sie nickte begeistert, als Nora mit ihrer Reisebeschreibung fortfuhr.
»Spanien...« Nora rührte im Reis. »... da sind wir auch ausgeflippt. Spanische Musik versetzte Lingard immer in eine Vierundzwanzig-Stunden-Ekstase.« Sie knallte ein Glas voller Eßstäbchen auf den Tisch. »... mit einem Beutel Wein in der Sonne liegen. Ich muß da wieder hin. Aber ich kann nicht einfach packen und abreisen.« Sie gestikulierte mit einem Eßstäbchen. »Ich habe ein Haus voller Schätze.«
»Machen Sie ein Museum draus!«
»Niemand weiß mehr was von Lingard, weil die Leute das heute leichter mit Synthesizern machen können. Lingard machte es mit Zauberei.« Sie stach mit ihrem Eßstäbchen in

Richtung der Diele, wo die Wände voller Teufelsmasken hingen. »Die trug er manchmal, wenn er arbeitete. Ich hab' Ihnen gesagt, er habe sich zu Tode gesoffen, aber in Wirklichkeit...« Sie schlug mit dem Stäbchen auf den Rand der Bratpfanne. »... ich weiß nicht, woran er gestorben ist. Er fing einfach an abzuhauen, und ziemlich bald war er dann weg.« Sie sah wieder auf die Teufelsmasken. »Vielleicht hat ihn die Kraft geschafft.«

Ich saß mit Ohrenschützern in meinem Büro, aber Lingards Musik gelingt es auch, an den Rändern vorbei reinzukriechen, wenn die Sirenen losgehen.
Janet spielte sie etwas lauter als gewöhnlich. Versuchte sie, etwas in der Musik zu hören – über Nora vielleicht?
Ich begann mit meinen Ohrenschützern auf und ab zu gehen: ein Titelfoto von »Berühmte unbekannte Schriftsteller dieser Welt. 1000 Märkte für eine Abfuhr«. Ich schritt zum Fenster und starrte das Meer an. Lingards Musik hatte ozeanische Klänge, titanische Töne, niemand wußte, wie er sie machte, obwohl manche behaupten, sie sei lediglich ein großes Stück Blech gewesen.
Sie wurde noch lauter, als Janet das Fenster ihres Ateliers öffnete und vor die Tür ging. Unsere Augen trafen sich, als ich auf den kleinen Balkon trat, der an meine Mansarde gebaut ist.
»Zu laut?« Sie zeigte auf die Tür.
Ich nahm die Ohrenschützer ab. »Nein, ich mag Lingard. Inspiriert er dich?«
»Er hat einen seltsamen Kopf.«
»Was hältst du von seiner Witwe?« Ich kam die Treppe hinunter zu ihr. Lingards Musik ging hinter uns mit ihren Stimmen weiter, die wie in einem Tunnel widerhallten und in unbekannten Zungen hoch über der Erde sprachen.

»Hast du dich in sie verliebt?«
Haben Sie je eine Tür aufgemacht, woraufhin Ihnen ein Eimer kaltes Wasser über den Kopf geschüttet wurde? Das ist ein alter optischer Gag.
»Natürlich nicht.«
»Ist dir aufgefallen, daß sie, wenn sie mit uns spricht, nur dich ansieht?«
»Ein Resultat der Arthur-Strangways-Klinik. Die haben da großen Wert auf direkten Blickkontakt gelegt.«
»Sie ist die einzige Frau, die wir je kennengelernt haben, die mit dir Autoharp spielen würde.«
»Ich bin sicher, daß eine Menge Frauen mit mir Autoharp spielen würden – wenn ich sie fragte. Ich habe Nora aber nicht gefragt, und ich habe auch nicht vor, das zu tun.«
»Du wirst gar nicht fragen müssen.«
»Das ist aber doch lachhaft...«
»Ich glaube, du wirst sehr konfus werden«, sagte Janet, »und zwar schon in sehr kurzer Zeit.«
»Konfus? Was meinst du damit?«
»Sie zieht dich an Land.«
»Ich bin kein Fisch.«
»Nein, aber sie zieht dich an.«
»Ich bewundere ihren Geist, ihre Seele.«
»Hast du deshalb einen Karatekurs belegt?«
»Karate ist ganz einfach etwas Neues, um mich zu erschöpfen und mein Leben zu komplizieren. Es ist keine Liebesaffäre.«
»Nora wird auch dort sein.«
»Genauso wie die anderen Schüler.«
»Gibt es da nicht viel... Körperkontakt?«
»Warum kommst du nicht einfach mit und siehst es dir selbst an?«

Das Karatestudio war noch nicht geöffnet. Janet und ich warteten in der Halle. Sie hatte sich ihren Ängsten davor, daß ich mit Nora allein sein könnte, gebeugt, und hier war sie nun und hatte sich gegen die Wand sinken lassen wie ein dicker, kleiner Seehund, der darauf wartet, totgeknüppelt zu werden.

Die Tür ging auf, und ich drehte mich um. Ein unterwachsener, kahler japanischer Samurai stand da und sah uns böse an. Es war dies Meister Yamaguchi, gebaut wie ein Boiler und eine Zigarre rauchend. »Neue Studente?«

»Ja.«

Er sah Janet an. »Wichtig, wenn man Selbstverteidigung weisssss. Weiß man nie, wann wird ah-tockiert.«

Er starrte ihre Brüste an.

Dann drehte er sich um und öffnete sein Studio.

Der Unterricht war scheußlich anstrengend. Janet hingen die Haare ins Gesicht, ihre Lippen bebten, ihr kleiner Körper zitterte vor Angst, Erschöpfung und Ekel. Nora war da, natürlich! Sie übte mit Yamaguchi als Sparringpartner und sah schnittig und tödlich aus. Sie bewegten sich im Raum hin und her, und ihre Karateanzüge knallten, wenn mit Höchstgeschwindigkeit Schläge ausgeteilt wurden. Als sie fertig waren, wurde dem Kurs die letzte Übung des Abends aufgegeben, nämlich von einem Ende der Matte zum anderen zu rollen, mit eingezogenem Kopf, die Schulter voran. Janet bewegte sich wie eine Frühlingsrolle: seitwärts. Als sie aufstand, war ihr Gesicht so rot wie rote Bete, und ihre Schläfen pulsten weithin sichtbar.

Yamaguchi verbeugte sich, als der Unterricht beendet war. Nora lud uns auf einen Tee zu sich nach Hause ein, aber ich bat um Schonung, da ich wußte, daß Janet reif für den

Wäschekorb war. Wir fuhren nach Hause, und tatsächlich sackte sie, sobald wir zu Hause waren, auf ihrem Fensterplatz zusammen wie ein Haufen alter Klamotten.
»Janet, ich bewundere den ungeheuren Mut, den du bewiesen hast, als du zum Karateunterricht mitgegangen bist. Dieser Mut wird noch wachsen, zusammen mit deinen körperlichen Fähigkeiten.«
»Nein, das wird er nicht, weil ich nämlich nicht mehr hingehe.«
»... treten und blocken...«
»Mir tut alles weh.«
»Das sind Trainingsschmerzen, eine der angenehmsten Schmerzerfahrungen, die es überhaupt gibt.«
»Ich will nicht trainiert werden.«
»Als du so großzügig und freiwillig mit mir zum Karateunterricht gegangen bist, spürte ich, daß ein neues Verständnis zwischen uns entstanden ist. Ich spürte, daß du zu schätzen weißt, wie wichtig die Kampfsportarten für meine außerstundenplanmäßige Euphorie sind.«
Sie starrte aus dem Fenster auf den winterlichen Hafen. Was hätte sie mit diesen kurzen japanischen Beinen und diesem runden kleinen Bauch für eine tolle Karateadeptin abgegeben. Aber innerlich stimmte etwas nicht. Sie hatte nie den Biß entwickelt, der für Sport nötig ist.
»Janet, was machst du, wenn du ah-tockiert wirst?«
Schweigen. Janet war niemandem feindlich gesinnt. Vielleicht war es kein kluger Schachzug, Attacken auf ihre Person ins Spiel zu bringen. Sollte ich nicht statt dessen versuchen, ihr Kunstzentrum zu erreichen?
»Was hältst du vom formalen Aspekt von Karate, von der Kunst, vom Tanz?«

Schweigen. Der Afghane war jetzt um ihren Kopf hochgezogen und bedeckte ihre Ohren.
»Na, wenigstens glaube ich, du hast gesehen, daß deine Befürchtungen, ich könnte Nora verfallen sein, grundlos sind.«
Meine Stimme schien in einem hohlen Eisgewölbe widerzuhallen. Eskimofrauen, habe ich gelesen, konnten sechs Wintermonate in völligem Schweigen verbringen, ohne daß ihnen ein einziger Gedanke durch den Kopf ging.
»Woran denkst du? Ich attackiere dich doch gar nicht. Ich bin nur neugierig. Was geht dir in diesem Augenblick durch den Kopf?«
In der langen Winternacht gab es nur das Geräusch von Treibeis und das Knistern des Nordlichts, während die Eskimofrau über ihrem Feuer wachte, den Körper in Häute gewickelt. Der Leiter der Polarexpedition ging zu ihr und lupfte ihre Haube. Die Augen der Frau starrten ins Nichts.
»Du brauchst dich nicht so abzukapseln. Ich lasse das Thema Karate völlig fallen. Ich will lediglich mit dir auf einfache, liebevolle Weise kommunizieren.«
Zuerst glaubten die Entdeckungsreisenden, die Eskimofrau sei komplett erfroren und gefroren, wie ein Stück Joghurteiskrem. Aber nachdem sie ihr einen Spiegel vor den Mund gehalten hatten, stellten sie fest, daß sie atmete, und sie unternahmen weitere Versuche, sie wachzurütteln.
»Nur weil wir vielleicht auf einem Gebiet Meinungsverschiedenheiten haben, heißt das doch nicht, daß wir aufhören müssen, miteinander zu kommunizieren. Ich spüre, daß uns Diskussionen weiterbringen können. Neue Gedanken entwickeln sich, und wir lernen einander besser kennen.«
Der Leiter der Expedition schüttelte die Frau sanft. Sie

reagierte nicht. Es war, als habe sich die lange Winternacht in ihrer Seele niedergelassen, und sie war wie die Sterne so stumm. Er legte, nachdem er die ganze Nacht gereist war, um diesen einsamen Vorposten zu finden, eine gewisse begreifliche Ungeduld an den Tag.

»Warum errichtest du solche Mauern um dich? Weißt du nicht, wie frustrierend das für mich ist? Ich käme gern in den Genuß des luxuriösen Privilegs, deine Gedanken hören zu dürfen. Ist das zuviel verlangt? Ich bringe mich ein. Ich meine es ernst. Ich möchte reden. Aber nicht gegen die Wand.«

Die Eskimofrau gab nicht zu erkennen, ob sie ihn gehört hatte oder nicht. Der Leiter der Expedition, von der Verteidigung gegen Eisbärenangriffe erschöpft, ließ sich auf einen Eisblock sinken und barg den Kopf in den Händen.

»Das passiert doch immer. Ich bin emotional ausgepumpt. Überall knabbern die Ängste an mir. Warum? Weil sich meine Frau weigert, mit mir zu reden. Daß man über Sachen redet, gehört zur Verantwortung, die wir füreinander haben. Sich in den Ehepartner hineinzuversetzen. Hast du denn überhaupt keine Gedanken? Da muß sich doch irgendeine Art Denkprozeß bei dir abspielen. Wir sprachen über Karate, und dann sagte ich, wir brauchten nicht über Karate zu sprechen, sondern wir sollten über irgendein anderes Thema sprechen, das vielleicht entfernt mit Karate verwandt sei, aber nicht unmittelbar etwas damit zu tun habe, so daß wir unbelastet weiter...«

Der Leiter der Expedition hielt inne, gab seinen Männern ein Zeichen, sie für alle Zeiten in die sterbende Glut starren zu lassen, sie so zu verlassen, wie sie sie vorgefunden hatten, in Häute gewickelt, der Betrachtung des Nichts anheimgegeben. Die Mitglieder des Trupps gingen nacheinander aus dem Iglu. Der Leiter drehte sich ein letzte Mal am Eingang um und verabschiedete sich von der Frau.

»Ich geh' ins Bett. Zutiefst deprimiert. Ich mache dir gar nicht mal einen Vorwurf. Ich wollte nur, daß wir ein bißchen Spaß haben, indem wir aufeinander einschlagen.«

»Ich hab' also keine Chance mehr, in den Deal einzusteigen?«

»Tut mir leid«, sagte Heinz, »ich hab' das bereits weiter unten an der Küste eingefädelt. Erstklassiges Grundstück, Privatstraße und ein einsames, altes Haus mit jeder Menge Platz für Stoff.«

Wir gingen die felsige Küste entlang. Ein vereinzeltes Fischerboot befuhr die kabbelige See. »Willst du da wohnen?«

»Hin und wieder.« Heinz bückte sich, hob einen leeren Krebspanzer auf und sah hinein.

»Als was hast du dich ausgegeben?«

»Als Millionär. Das ist ja auch meine wahre Berufung.« Er legte den Krebspanzer wieder hin. »Der Agent, der es mir verkaufte, hat keine Fragen gestellt. Später stellte sich heraus, daß er schon mal gesessen hat. Ein sehr kultivierter Bursche. Ich bin sicher, daß er sich bei zukünftigen Deals als nützlich erweisen wird. Komisch, aber wenn man größere Beträge bar bezahlt, erweckt man Argwohn.«

»Wann kommt die erste Lieferung?«

»Besser für dich, wenn du's nicht weißt.«

»Wem sollte ich das denn weitersagen?«

»Da hast du recht; ich bin dein einziger Freund. Hast du nie das Gefühl, daß du noch ein paar Freunde brauchst?«

»Ich lerne Karate. Da habe ich ein paar kennengelernt.«
»Karate? Wie hältst du das durch?«
»Mir tut alles weh.«
»Ich sollte auch irgendeine Form der Selbstverteidigung lernen, glaube ich.« Heinz fegte einen Stein ins Wasser. »Gut möglich, daß ich das mal brauche. Aber...« Er öffnete sein Jackett und enthüllte ein Schulterhalfter, das er sich unter den Arm geschnallt hatte.
»Ich dachte, dein Anwalt mag keine Kanonen.«
»Er hat auch nichts mit den Leuten zu tun, mit denen ich was zu tun habe.«
Wir gingen einen felsigen Abhang hinauf. »Du scheinst in bemerkenswerter Form zu sein«, sagte Heinz, dessen Form sich um die Hüfte herum zu etwas ausgebreitet hatte, was er seine unerwünschte Schwangerschaft nannte. Wir erreichten ein Kliff, auf dem einst eine alte Farm gestanden hatte. Jetzt waren davon nur noch ein paar Apfelbäume übrig, die ein kaputtes Fundament umstanden. Unter den Bäumen war das Gras von Tieren zertrampelt, die wegen der Äpfel hierhergekommen waren. »Das ist Bärenscheiße«, sagte ich.
»Ich bin bewaffnet.«
»Weißt du, wie man damit schießt?«
»Ich weiß nicht mal, wie man so was lädt. Ich nehme an, daß da irgendwo Kugeln drin sind. Ein Kolumbianer hat mir das Ding gegeben.« Heinz zog das Schießeisen heraus, zielte damit über das Wasser und feuerte. Der Knall hallte in der Bucht wider. Mit befriedigtem Lächeln blies er den Rauch von der Mündung und steckte die Waffe weg. »Ich lebe jetzt einige unglaubliche Phantasien aus.«
Wir gingen durch das trockene Gras über die Wiese, und das

Aroma des Meeres folgte uns. Ich fragte ihn nach seinem Liebesleben, welches immer schon ein amüsantes Thema gewesen war. Er bedachte mich mit einem gequälten Blick. »Ich bin jetzt manchmal mit einem lateinamerikanischen Revuegirl zusammen. Sie droht immer, sie würde mich, während ich schlafe, mit Benzin übergießen und das Bett anzünden. Das ist offensichtlich ein alter südamerikanischer Brauch.«

Wir fanden am Ende des Feldes einen Pfad und folgten ihm durch den Nadelwald, wobei Heinz weiter von seinen amourösen Abenteuern berichtete. Er hatte es immer ein bißchen geschafft, in Liebesdingen unbeteiligt zu bleiben, indem er sich mit Frauen befaßte, mit denen er unmöglich kommunizieren konnte. »Kannst du dir vorstellen, wie ich aufwache und in Flammen stehe? Und hinter den Flammen steht ein dunkeläugiges Revuegirl am Fußende und lacht?«

»Vielleicht solltest du in eine Rauchalarmanlage investieren?«

Ich klammerte mich an eine hölzerne Stange, Nora stand mir gegenüber und hob mein Bein in die Luft. Sie erhob sich langsam aus dem Fußgelenk, während sich meine Tretmuskeln dehnten. Der Schmerz begann in meinem großen Zeh und zog sich hinauf bis in meinen Augapfel. Sie drückte noch höher, und der Schmerz sprang im Bogen über meinen Nasenrücken und raste durch meine andere Körperhälfte in den anderen großen Zeh hinunter. Ich wurde gezerrt und gevierteilt. »Okay«, keuchte ich, und sie gab mein Fußgelenk frei.

Yamaguchi näherte sich uns längsseits. »Jetzt – heben Sie ihr Bein in die Luf'.«

Es war ein sehr hübsches Bein. Und sie konnte es weit über ihren Kopf heben. Das Material ihres Karateanzugs dehnte sich straff über ihrem Gesäß, und ihre Augen baten mich, ihr Bein noch höher zu heben. Vielleicht baten sie mich auch noch um etwas anderes.
Ich drückte sanft nach oben. Das Hosenbein ihres Anzugs glitt zurück und enthüllte eine glatte, muskulöse Wade.
»*Okay*«, flüsterte sie, und ich ließ ihr Bein langsam sinken, wiederholte dann die Übung mit dem anderen und drückte es nach oben, bis ihr Knie die Stirn berührte. Ihre große Biegsamkeit bewirkte, daß ich beim Drücken praktisch gegen sie gelehnt stand, unsere Kleidung berührte sich, und sie hatte Arme und Beine ausgestreckt. Die runde Unterseite ihres Oberschenkelmuskels bebte vor meinem Gesicht.
Yamaguchi gab uns ein Zeichen, die Übung zu beenden und an der Rückwand des Studios Platz zu nehmen. Einen kalten Zigarrenstummel zwischen die Zähne geklemmt, führte er dann eine unmenschliche Serie von Bewegungen vor: Er sprang, er grunzte, und seine Energie war so groß, daß ich spürte, wie er durch die Wand springen konnte, falls ihm der Sinn danach stehen sollte. Er beschloß seine Vorführung, indem er eine unverständliche Geschichte über eine bestimmte Ratte in irgendeinem japanischen Hafen erzählte. »Was ich weiß«, zischte Yamaguchi, »weiß ich von Rotte.« Er starrte uns an. »Stärkste Rotte der Wel'. Schläg' jede Katze zusammen, die sich auf Pier trau'.«
Damit endete unsere Lektion. Von Yamaguchis pointenloser Geschichte so verwirrt wie immer, ging ich in den Umkleideraum, zog mich um und schloß mich Nora an, die draußen gewartet hatte. Es war Sonnabendmorgen, und ich hätte zu Hause sein und ein paar Passagen von Rang in

einem kraftvollen Werk schreiben sollen. Statt dessen hinkte ich mit einer verformten Leistengegend über die Straße.

»Wollen Sie noch bei mir vorbeikommen?« Nora öffnete ihre Autotür. »Ich mache Ihnen einen Tee, der diese Muskeln entspannt.«

Ich folgte ihr in meinem Auto durch das Dorf. Der alte, bärtige Wahnsinnige winkte uns über die Kreuzung. In meinem Rückspiegel sah ich, wie er etwas von der anderen Spur heranwinkte und unterbrachte, was mir wie ein großer Sattelschlepper vorkam. Er klemmte ihn dorthin, wo er ihn haben wollte, zupfte sich am Bart und nickte zustimmend.

»Woher kommt Yamaguchi eigentlich?«

Wir saßen an Noras Tisch, das morgendliche Licht der Sonne beschien die dampfende Teetasse. »Er kam mit einem Tanker hierher, betrank sich und verpaßte den Tanker, als er wieder auslief. Ein paar von uns sind mit ihm ins Bett gestiegen, und da beschloß er zu bleiben.« Sie goß mir eine Tasse bitteres Sowieso ein und ich trank es unter Schwierigkeiten.

»Lebt er von dem Studio?«

»Manchmal arbeitet er auf den Fischerbooten. Er hat versucht, bei den hiesigen Schmugglern Anschluß zu finden, aber ich glaube, er tut sich etwas schwer damit. Die merken ja, daß er halb gaga ist.«

»Aber ein toller Leibwächter ist er.«

»Mann, das Allerletzte, was diese alten Fischer wollen, ist doch eine Schlägerei! Sie kennen diese Küste wie ihre eigene Mutter, und sie kommen und gehen wie der Nebel.

Glauben Sie, die wollen Yamaguchi dabeihaben, damit er kreischend durch die Gegend springt und Glühbirnen von der Zimmerdecke tritt?«

Wir trugen unseren Tee in ihr Studio, in dem sie einige ihrer Trommeln hatte und wo sie ihr eigenes Karate trainierte. Sie zeigte mir eine neue Kampfart, die sie gerade lernte, und ihre Stimme dröhnte mit langsamen Untertönen wie bei einem Fixer, während sie langsam von einer Bewegung in die andere glitt.

»... tritt ihnen in die Fresse ... tritt ihnen in die Rippen ... brich ihm den Hals, und jetzt kommt der da dran ...«

Es klang, als wäre sie nur halb wach. Ihre Stimme schleppte sich dahin, während ihre Füße und Fäuste mit wilder Schnelligkeit Hiebe austeilten.

»... knall ihnen die Köpfe zusammen ... tritt beide in die Fresse ... und nun ein bißchen Tee.«

Sie brachte die Figur zum Abschluß, und als letztes kamen ihre Arme anmutig vor ihrem Körper zur Ruhe. »Wenn Sie ein bißchen zusätzliches Training möchten, können wir das hier gleich machen. Ich trainiere gern mit Ihnen.«

»Ich bin zu langsam.«

»Nö, das gefällt mir gerade. Diese anderen Blödmänner im Kurs versuchen mir immer in die Titten zu treten.« Sie stand am Studiofenster und nippte an ihrem Tee. »Die werden es nie zu etwas bringen, denn der eine Ziegel, den sie nie kaputtkriegen werden, ist hier oben.« Sie tippte sich an den Kopf. »Sie sind zu dickfellig, um zu begreifen, daß Kämpfen eine Kunst ist.«

»Auf mich machten sie einen starken Eindruck.«

»Die kommen und gehen. Aber Sie könnten es bis ganz oben schaffen. Sie haben einen Kopf.«

»Ich bin zu alt.«

»Hey, ich bin fünfundvierzig, und da gibt es nicht den geringsten Unterschied.« Sie fuhr sich mit den Händen über die Hüften. »Karate hält mich in Form. Diese Dorfdamen macht es bereits wahnsinnig, wenn sie überlegen, wie alt ich bin, so, wie ich mich benehme.« Ihre Augen bekamen in den Winkeln kleine Fältchen. »Sagen Sie denen bloß nicht, daß ich fünfundvierzig bin.«

»Erzählen Sie Ihre Geheimnisse nie einem Schriftsteller.«

»Naja, dafür habe ich aber auch gelogen, was mein Alter betrifft.«

»Wie war der Karateunterricht?«

»Meine Leistengegend tut weh. Nora hat mir Tee dafür gekocht.«

Janets Augenbrauen hoben sich ganz leicht. »Für deine Leistengegend?«

»Keine vorschnellen Schlußfolgerungen!« Ich setzte mich an den Küchentisch, wo mich ein Sandwich mit sieben verschiedenen Arten von Keimen erwartete. Es war im wesentlichen ein Gras-Sandwich, um mich noch mehr zum Rind zu machen und meinem Katapultiertwerden in verlorene Wirbelwinde der Raserei gegenzusteuern.

»Worüber habt ihr gesprochen?«

»Wer?«

»Du und Nora.«

»Wir haben über ihr Alter gesprochen. Sie ist fünfundvierzig.«

»Erzähl mir noch so einen!«

»Sie hat zugegeben, daß sie lügt.« Ich mampfte weiter mein Gras. »Ist irgendwelche Post gekommen?«

»Eine Honorarabrechnung von deinem Verleger.«
»War ein Scheck dabei?«
»Nein. Die Buchhändler haben fünftausend Exemplare von deinem Buch remittiert.«
Ich sackte über meinem Sandwich zusammen.
»Und«, fuhr sie fort, »der Rest wird verramscht.«
Ich sank in meine Keime.
»Du kannst dir Exemplare kaufen«, schloß sie, »für elf Cent pro Stück.«
Sie legte mir die Honorarabrechnung auf den Teller. Es war natürlich ein Omen. Jeder Morgen, der mit Nora begann, führte unweigerlich dazu, daß ich verramscht wurde.

»Seeschwalben«, sagte ich und zeigte mit meinem Fremdenführerfinger auf den eleganten Sturzflug der maritimen Vögel. Sie flogen in erratischen Formationen, tauchten flach ins Wasser ein und erhoben sich dann wieder mit winzigen Fischen im Schnabel.
»Hat Nora versucht, dich zu verführen?«
»Sie weiß, daß ich mich nur für Karate interessiere.«
»Du hast dich schon immer zu älteren Frauen hingezogen gefühlt.«
»Wirklich?«
»... wohnt da so ganz allein in dem Haus und hat nur einen Kater, mit dem sie sich unterhalten kann ...«
»Und eine Voodoo-Puppe.«
»Sie ist ausgehungert.« Janet hob eine Muschel auf und gab sie mir. »Sie verzehrt sich doch nach etwas Unterhaltung mit einem Mann.«
»Und mehr plane ich ihr auch nicht zukommen zu lassen. Unterhaltung über esoterische Belange.«

»Sei vorsichtig!«

»Ich bin ein alter Hase. Ich lasse mich nicht so leicht fangen.«

Sie sah mich an und zwinkerte traurig mit ihren honigsüßen Augen. Ich hielt die Muschel an mein Ohr. Innen flüsterte Nora.

Yamaguchi streckte den Arm aus. »Schragen.« Er zeigte auf seinen Unterarm. »So feste schragen, wie du konnst.« Wenn er darauf bestand, wollte ich mich nicht mit ihm streiten. Ich war inzwischen stärker geworden, und es war Power in meinen Bewegungen. Ich holte tief Atem und ließ auf seinen Unterarm einen flinken Hieb niedersausen, der abprallte wie ein Tennisball, so daß mir der Schmerz durch das Handgelenk und den Arm hinauf bis in den Schädel schoß. Yamaguchi verbeugte sich gelassen, und ich erwiderte die Verbeugung.

Ich lag im Bett, und mein Arm stand Todesqualen aus. Mein Handgelenk bewahrte die Erinnerung an den Zusammenstoß mit einem Stück Stahlbeton.

Mein erstes Heft vom »Black-Belt-Magazin« war gekommen und lag auf dem Fußboden neben dem Bett. Auf dem Umschlag waren zwei übermenschliche Krieger abgebildet, die durch die Luft flogen und ihre Gesichter in gräßlicher Anstrengung verzerrten.

Ich ächzte leise, und Janet wachte auf.

»Tut dein Handgelenk immer noch weh?«

»Gründlich.«

»Kann ich irgendwas tun?«

»Du kannst mein Black-Belt-Abo kündigen.«
»Hörst du mit Karate auf?«
»Für alle Zeiten.«
»Das hör' ich aber gern. Ich hatte schon Angst...«, sie kuschelte sich an mich, »... daß du einen Herzinfarkt kriegst.«
»Das ist absurd. Ich habe jeden Tag Herzinfarkte.«
Ihr Körper fühlte sich weich und trostbringend neben meinem an, und ich weiß, daß sie über meine Entscheidung, kein Karate mehr zu betreiben, erleichtert war, aber ich konnte natürlich nicht aufhören, nachdem ich bereits fünfzig Dollar für einen Beinstrecker aus dem Versandhaus abgeschickt hatte, der mich in den Stand setzen sollte, mir selbst den Kopf einzutreten.

Wir hatten wenig Gäste, und wenn mal einer angesagt war, trafen wir entsprechend sorgfältige Vorbereitungen. Ich fegte den Fußboden, Janet wischte Staub, und gemeinsam kochten wir eine aufwendige Mahlzeit. Nora erschien in ihrem kaputten Auto mit schepperndem Auspuffrohr. Sie stieg aus, kam herein und beschenkte uns mit einer Platte von Lingard, »die man sonst nirgends mehr findet«.
Lingards Bild war auf der Hülle, es zeigt ihn am Klavier. Ob es ein Beleuchtungstrick war oder eine Zukunftsahnung: Das Foto war verblichen, als hätte die Zeit bereits ihre Spiele damit getrieben; am Tag dieser Fotositzung war er bereits eine bloße Erinnerung gewesen.
Wir aßen im Wohnzimmer mit den Flammen des Holzofens als einziger Beleuchtung. »Na«, sagte Nora, »haben Sie hier sonst schon jemanden kennengelernt? Das ist hier eine tolle Gegend.«

»Keine Seele«, sagte ich. »Nur einen Kater namens Kleinerneister.«
»So irgendwie lila mit dicken Backen?«
»Das ist er.«
»Der gehört Grace Rideout. Ihr gehört der Feinkostladen im Dorf. Da kann man eine Schachtel Gesundheitskekse für schlappe neunzehn Dollar kaufen. Nicht übel, was?«
»Und Grace?«
»Das übelste Arschgesicht, das die Welt je gesehen hat. Sie eignet sich nur für Zielübungen.« Nora schürte das Feuer mit einem dünnen Stock. »Sie hat Lingard immer auf ihre Remmidemmis eingeladen.«
»Ist er hingegangen?«
»Der Schnaps war umsonst. Und das Klavier war immer gestimmt.«
»Und jetzt?«
»Sie lädt mich gelegentlich ein. Letztes Mal habe ich mich besoffen und meine Ohrringe verschenkt.«
Ich legte ein neues Holzscheit auf das Feuer und arrangierte die glühenden Stücke darunter. Die Flammen sprangen hoch, und Noras Gesicht wurde von weichem Licht beleuchtet. *In diesem sanften Schatten siehst du mich, wie ich wirklich bin.*
Janet saß still an der anderen Seite vor dem Feuer. In den flackernden Schatten sah sie ebenfalls anders aus.
»Jawohl«, fuhr Nora fort, »Lingard war bei den hiesigen Damen ein ganz großer Hit. Sie konnten sehen, daß er mit einem anderen Planeten in Berührung stand.« Sie sah schnell zu Janet hinüber, die das verblichene Foto auf der Plattenhülle betrachtete, das Foto eines Raubvogels, der die Himmel nach leiser Sphärenmusik absuchte.

»Die liebe, alte Grace«, sagte Nora. »Sie war am schlimmsten hinter Lingard her. Sie dachte sich, wenn ich ihn seiner ersten Frau gestohlen habe, kann sie ihn mir stehlen. Aber ich kannte ihn zu gut. Bei uns spielte sich was ab, und Grace verkaufte nur schicke Kekse.« Nora lachte. »Sie kapiert es immer noch nicht ganz: Da war sie, mit all ihren Freunden aus Harvard, und hier war die miese Lady am anderen Ende der Straße, die sich an den berühmten Komponisten hängte.«
Nora redete weiter, und ich nahm die Schallplatte mit in Janets Atelier, wo die Stereoanlage stand. Einen Augenblick später erfüllte Lingards Sternenmusik den Raum. Ich blieb noch ein wenig und ließ die Augen über die mondhellen Wände des Ateliers gleiten, an denen Janets Gemälde hingen. Auch ich hatte solche Grace Rideouts gekannt, reizende Damen, die Cocktailparties veranstalteten, auf denen mich die Langeweile zu Flirts hinriß, die Janet immer verstanden hatte.
Ihre Gemälde schienen jetzt von der Hand des Meermondes berührt, und ihr Anblick bewegte mich. Aber was ist mit diesem anderen Gefühl, diesem trommelnden Geräusch aus dem Dschungel, wo die Tigerin springt?

Ich bewegte mich im Takt mit Yamaguchi, attackierte ihn durch die Länge des Raumes, und sein flinkes Abblocken stach mich bis ins tiefste Knochenmark. Wir pausierten, tauschten die Rollen, bis ich an der Wand stand und zu Gott betete, Yamaguchi möge sich nicht vergessen und mir meinen wertvollen Kopf abreißen.
Wir verbeugten uns. Yamaguchi lächelte. »Jetz' werden wir uns betlinken.«

»Ich trinke nicht«, sagte ich, als ich mit ihm durch das Studio zum Umkleideraum ging. Ich war der einzige, der in einer Schneesturmnacht, in der die meisten Landstraßen blockiert waren, zum Unterricht erschienen war.

»Sie tlinken nicht?« Yamaguchi zog seinen Karateanzug aus. Wegen seines Narbengewebes sah er aus, als habe ihm ein teuflischer japanischer Wissenschaftler Leben eingenäht und ihn mit einem Schlüssel im Rücken in die Welt hinaus geschickt, ständig bis zum Bersten aufgezogen.

»Ich habe das Trinken aufgegeben«, antwortete ich, »weil es meine Denkprozesse beeinflußte.«

»Ha, ha«, lachte Yamaguchi, dann sah er mich mit wildem, mechanisch fragenden Grimm an. »Warum brauchen Denkprozesse?«

»Ich weiß nicht, ich finde sie eigentlich ganz nützlich.«

Wieder lachte er. Er war mit der Konstitution eines Schaufelbaggers gesegnet. »Denkprozesse«, wiederholte er und kicherte leise, während er seine Hose anzog.

»Ich habe einen Punching Bag bestellt.«

»Warum?«

»Um damit zu trainieren.«

»Sie können *mich* hauen.« Er zeigte auf seinen schmiedeeisernen Mittelbau.

»Aber Sie hängen nicht immer bequem erreichbar in meinem Keller.«

»Wieviel hat er gekostet?« Er steckte sich seine Zigarre an.

»Hundert Dollar.«

»Gehn wir uns betlinken.«

»Ich hab's Ihnen schon gesagt: Ich tlinke nicht.«

»Na und?«

»Na und?«

»Ja. Na und?«

»Ich habe seit Jahren nichts getrunken.«

»Dann werden jetzt gut und billig betlunken.«

Wir gingen zur Tür. Yamaguchi knipste das Licht aus und verbeugte sich noch einmal nach hinten vor den Dämonen, die ihn berieten.

Ich zeigte auf meinen Wagen. »Kann ich Sie mitnehmen?«

»Klar. Wo fahren hin?«

»Ist mir egal. Wohin ich Sie mitnehmen soll.«

Wir stiegen in meinen Datsun. Die Räder drehten im feuchten Schnee durch, und wir kamen nicht weg. Yamaguchi stieg aus, hob das Heck hoch und ließ es über einen Fuß weit entfernt fallen, wo kein feuchter Schnee lag. Er stieg wieder ein, und das Auto rollte an.

Ich fuhr zu einer baufälligen Pension. Yamaguchi führte mich hinten herum und in sein Zimmer. An der Wand hing ein gebogenes Samurai-Schwert. »Alt«, sagte er, als er meinen Blick bemerkte. »Altes, weises Schwert. Viele Köpfe.« Er tippte sich mit dem Finger an die Schläfe. »Denkprozesse von vielen Köpfen. Ha, ha.«

Er schlurfte davon, und ich setzte mich unter das Schwert. Überall lagen »National Enquirers« herum; auf dem Kaffeetisch stand ein Aschenbecher in Form zweier Brüste mit roten Brustwarzen; zwischen ihnen lag ein Zigarrenstummel. Yamaguchi kam mit einem hölzernen Kasten zurück, klappte ihn auf und zeigte seine Opiumutensilien. Er füllte etwas von dort nach hier und begann zu kochen. Der süße Geruch aus einer anderen Welt erfüllte das Zimmer und ebenso meinen Kopf. Wir rauchten über dem Kaffeetisch; ich lehnte mich bequem zurück, um friedliche Einkehr in die Bedeutung des Lebens zu halten. Yamaguchi nahm das glänzende Schwert von der Wand und begann einen furchterregenden Tanz; er hieb und stach und schlitzte der Luft den Bauch auf. »*Ssaaaaaaaa*«, sagte er, immer wieder, »*ssaaaaaaaa*«, wenn das Schwert sein Ziel erreichte. Ich begann, Köpfe und Hände und andere sortierte Körperteile um ihn herum zu halluzinieren. Ich kroch auf der Couch so weit nach hinten, wie ich konnte. Da ich halluzinierte, mußte er ebenfalls halluzinieren. Woher konnte er wissen, daß ich nicht auch eine Halluzination war? Er konnte meine körperliche Präsenz leicht versehentlich für einen Traum halten und mich zu Reisklößchen zerschnetzeln. »Yamaguchi, könnten Sie bitte damit aufhören, ständig *ssaaaaaaaa* zu sagen?«

»*Ssaaaaaaaa.*«

Das Schwert schwirrte an meiner Nase vorbei. Ich tauchte darunter weg, ging auf Händen und Knien zur Tür hinaus und robbte über das Trottoir zu meinem Auto. Ich war desorientiert, wie das meine Art ist, in kalter Dunkelheit am Ende des Nirgendwo. Ich wischte den Schnee von der Windschutzscheibe meines Wagens und stieg ein. Bald fuhr ich durch ein Dorf, das irgendwo in China zu liegen schien. Ich sah weit vor mir eine Gestalt, die durch den Schnee ging. Ihre Kapuze war zurückgeschlagen, der Schnee hing in ihrem Silberhaar, und sie war meine Frau aus einem anderen Leben, einem Leben, das durch Schleier von Weiß an die Oberfläche kam. »Nora ...« Ich kurbelte das Fenster herunter. »... kann ich Sie mitnehmen?«

»Von Schuld zerfressen?« Sie streichelte meinen nackten Rücken.

Ich tat, als schliefe ich..

»Fühlst dich besudelt und befleckt? Von der Großen Mutter ausgesetzt?« Sie kniete sich neben mich und küßte mein Genick. Ich rollte mich herum und öffnete die Augen.

»Hör zu«, sagte sie, »ich weiß genau, wie du dir jetzt vorkommst. Ich habe es oft genug gesehen.«

»Davon bin ich überzeugt.«

»Der Witz daran ist: Es vergeht.«

Ich hatte mich daran gewöhnt, die tröstende Berührung einer Frau zu erwarten und die weiche Brust von Janets Mitgefühl. Statt dessen sagte Nora: »Nun mach schon; du bist im falschen Bardo.«

Ich sah ihre nackten Formen. Ihre Brüste waren die einer Fünfzehnjährigen. »Ich weiß, ich weiß«, sagte sie freundlicher. »Jetzt wirst du nicht mehr die Ewigkeit mit ihr verbringen wollen. Ich hab' das alles von Lingard gehört, als ich ihn seiner ersten Frau stahl.« Sie seufzte. »Unter Begleitung von Fliegeralarmsirenen.«

Ich fuhr langsam über die verschneite Straße nach Hause. Der Ozean hielt am Rande der Landstraße mit mir Schritt, und das erste Segment eines Wintermondes zeigte sich. Zweifellos hätte mein Horoskop die geheimen Zusammenflüsse enthüllt, die meine Untreue bewirkt hatten. Hätte ich doch diesen astrologischen Computer mit dem kompletten menschlichen Tierkreis-Software-Programm gekauft! Hätte ich doch diese Fünftausend-Dollar-Investition getätigt, dann hätte ich *auf einen Blick* gesehen, daß die Sterne etwas Gefährliches ausheckten, und hätte es vermeiden können.

Ich hätte einen kosmischen Schutzschild um mich herum

errichten können. Warum habe ich den Computer nicht gekauft? Weil Janet sich immer über solche Erwerbungen lustig machte.
Siehst du, Janet, wie wir gegeneinander arbeiten?

Sie sah auf, als ich ins Bett schlüpfte.
»Ich hab' den Wagen in einen Graben gesetzt«, sagte ich. »Da draußen liegt der Schnee drei Fuß hoch. Ich mußte warten, bis ein Abschlepp...«
Sie drehte sich um, zufriedengestellt; vielleicht auch nicht; ich wußte es nicht. Aber ihre zehn Stunden Schlaf mußte sie haben, egal, was passierte.
In der Nacht, wenn man sie betrogen hat, weiß man, wie verletzlich sie wirkt. Ihr vertrauter nächtlicher Geruch nach dem Fettstift gegen aufgesprungene Lippen wehte mich an. Ich vergrub meinen Kopf im Kissen.
So lag ich da und zählte die Sojabohnen in einer Flasche, die mein Reformhaus in einem Preisrätsel verwendete. Raten Sie die Anzahl, und gewinnen Sie Ihren eigenen Joghurtbereiter.

»Du hast eine Affäre mit Nora, stimmt's?« sagte Janet einige Abende später.
Es war das letzte, was sie zu mir sagte. Sie glitt ins Schweigen wie in ein fremdes Element, in dem zu atmen sie gelernt hatte.
In der nächsten Woche verließ sie kaum noch ihren Fensterplatz. Sie aß wie ein Roboter und weinte wie eine zerbrochene Puppe; einzelne Tränen flossen ihr aus den Augen, trockneten dann, um später wiederzukommen, nachdem die niedrige Wintersonne ein bißchen weiter an ihrem Fenster vorbeigereist war.

In ebendieser Woche drosch ich um mich, in meinem eigenen Exzeß der Gefühle verloren, und setzte mit einer verzweifelten Tat den Schlußpunkt.
»Janet, das ganze Geld ist für dich, die Wertpapiere ebenfalls. Ich habe nochmal unsere Finanzen durchgerechnet, und es hat sich herausgestellt, daß wir nicht so arm sind, wie wir immer tun. Von dem, was noch da ist, kannst du ein Jahr leben; und ich werde da sein, um dir mehr zu geben, wenn du was brauchst. Ich habe dir das Honorar meiner sämtlichen Bücher überschrieben. Ich nehme nur meine Pilze, meinen Punching Bag, meinen Beinstreckapparat und ein paar andere Sachen mit. Ich ziehe zu Nora. Ich werde dich nicht mit einer Erklärung belasten. Aber an einem gewissen Punkt in seinem Leben erkannte Jung, daß er sich eine Geliebte nehmen mußte, um seine eigene Psyche bis ins Letzte zu erkennen. Er mußte diese Teile seiner selbst erfahren, die eine andere Frau in seinen Blickwinkel gerückt hatte. Genau das muß ich auch tun. Ich finde mich plötzlich als Krieger und als Musiker wieder, und danach habe ich mein Leben lang gesucht. Ich wollte schon, seit ich klein war, Leute hauen. Und auf einem Instrument jaulen. Durch Nora geschieht es. Sie legt diesen Teil von mir frei. Ich komme mir vor, als spräche ich durch ein Megaphon, also höre ich jetzt auf damit. Ich werde dich immer lieben, aber andere Feuer haben mich verzehrt. Ich muß weg.«
Um den Leser zu schonen, habe ich die Rede gekürzt. Ich hätte sie auch kürzen können, als ich sie Janet hielt, denn sie starrte nur aus dem Fenster. Eine langsame Träne rollte ihre Wange hinunter, und der einen Träne folgte eine zweite; und schließlich, wie ein Geist, driftete sie in die Küche zu einem Karton Zuckerkrapfen.

Mein Datsun war bis zum Durchhängen beladen. Er enthielt meine umfangreiche Omen-Bibliothek, meinen Ordner mit unbekannten berühmten Gedanken, meine Schreibmaschine, meinen Streckapparat für die Fußknöchel, meinen Jogastuhl und andere Fracht.
Dies bin ich, dachte ich, als ich mich auf den Vordersitz setzte. Diese Wagenladung Scheiße ist meine Endsumme.
Ich konnte den Rückspiegel nicht benutzen, weil mein Versandhausgong das Heckfenster blockierte, und so fuhr ich langsam zu Nora. Ich hatte immer noch das Gefühl, etwas dagelassen zu haben.

Ihr Haus schlief, der Morgennebel umhüllte es noch. Ich ging leise über die knarrende Veranda und öffnete die Tür. Osiris blickte von einem Stuhl in der Diele auf, wo er sich einer frühen Waschung widmete. Ich blieb einen Augenblick lang in der Halle stehen, ließ mich insgesamt von Noras Atmosphäre anrühren, deren exotische Farbe mich in Versprechungen badete.
Ich stieg die Treppe hinauf. Ihre Schlafzimmertür war angelehnt. Ich stieß sie leise auf. Yamaguchi lächelte mich aus ihrem Bett an.

»Er hat mir nur Gesellschaft geleistet«, erklärte sie. »Ich war deinetwegen dermaßen ausgedreht, daß ich es nicht ertragen konnte, allein zu sein.«
Das klang vernünftig – nach einer gewissen Zeit. Es war auf jeden Fall so vernünftig wie meine eigenen Aktionen: meine Frau zu verlassen, mit der ich fünfzehn Jahre lang verheiratet gewesen war, jeden einzelnen Penny zu verschenken und mit einer Frau zusammenzuziehen, die ich kaum

kannte. Um leben zu können, mußte ich in zwei Tagen ein Buch schreiben.
Aber wenn ich die Schreibmaschine anstarrte, war alles, was ich sehen konnte, Janet, die auf einem Kliff stand; sie würde einen Schritt nach vorne tun und langsam in eine tiefe Kluft fallen; es war ein langsamer Fall durch Zeit und Raum, und dann war sie verschwunden, in der Unterwelt.
In der Nacht sagte mir Nora, sie sei glücklich darüber, daß sie endlich *wieder* einen Dichter in ihrem Bett habe; man achte auf die Betonung.

Am folgenden Tag erkundete ich den Dachboden und zog mit meinem Büro dorthin. Ich hatte einen Blick über das Feld hinter dem Haus bis hin zum Ozean, und obwohl die Dachkammer kalt war, wußte ich, daß ich dort arbeiten konnte. Meine Nerven waren von allen möglichen rohen, unbehauenen Gefühlen weißglühend, und ich brauchte nur Ruhe, um diese Quelle anzuzapfen. Ich machte mir einige vorbereitende Notizen und verbrachte den Morgen damit, daß ich sie zu einem anständigen Umriß und den Anfängen eines ersten Kapitels ausarbeitete. Schließlich stieg ich hinab, gegen Mittag, in die Küche, hochzufrieden, weil meine Kreativität, gleichgültig, wie angespannt das Leben für mich war, immer noch gedieh. Nora bereitete das Mittagessen, und ich fühlte mich kindisch frei und froh, an der Schwelle eines neuen, großen Abenteuers und fünfzehn Jahre jünger.
Ich hörte ein Auto die Einfahrt heraufkommen, blickte hinaus und sah Mamba, der seinen Lieferwagen in die Büsche stellte.
Einen Augenblick später trat er aus den Büschen, Sonnen-

brille auf der Nase, Nylonjacke vom Wind gepeitscht. Eine Bongotrommel war auf seiner Schulter. Er kam über den Rasen und die Stufen der hinteren Veranda herauf zur Küchentür.

»Mamba, guten Tag.« Ich versuchte, Unbefangenheit zu übermitteln, der wohlorganisierte Schriftsteller-am-Werk in seinem natürlichen Habitat.

»He, Alter, wie läuft es...« Mamba stellte seine Trommel ab und setzte sich an den Küchentisch. Er schob Daumen und Zeigefinger unter den Steg seiner Brille und rieb sich die Augenwinkel. »... *hab'* ich mir die Eier abgefahren. He, Nor', hast du wohl noch irgendwo ein Käffchen, mein Äffchen?«

Nora rührte in ihrer Bratpfanne. »Woher kommst du diesmal?«

»Ganz üüüüüble Szenerie, Baby; man haßt es, wenn man daran denkt.« Mamba ließ seine Sonnenbrille wieder an Ort und Stelle sinken. »Ein Disput mit meiner lieben Frau, eins führt zum andern... Zum guten Schluß kriegt sie die Türklinke aufs Auge und ruft die Bullen.«

Er schüttelte in trauriger Desillusionierung den Kopf. »Meine eigene Frau, welcher gegenüber ich mich nun wirklich gut und gern acht Monate lang – können sogar noch mehr gewesen sein, können auch weniger gewesen sein – betragen habe wie die Güte selbst. Ich habe zu ihr gesagt: Baby, du hetzt mir die Bullen auf den Hals? Bitteschön, dann komme ich zurück und zeige *dir*, wie schwer das Leben sein kann. Ich habe das natürlich nicht so gemeint, aber man muß auch Vorsorge treffen.« Er sah mich an. »... denn sie hat nicht den geringsten Schimmer; das einzige, wovon sie was versteht, das ist ihr eigener Fettarsch.«

»Tut mir leid, das zu hören.«
»Jede Mausi, die dir die Bullen auf den Hals hetzt, denkt nämlich nur an sich.«
»Meinst du, sie werden dich finden?«
»Erst mal 'ne Zeitlang nicht, und bis dahin läßt sie hoffentlich die Anklage fallen.« Mit zwei Fingern korrigierte er den Sitz seiner Sonnenbrille. »Ich rechne damit, daß ein Freund von mir jetzt irgendwann mal nachts bei ihr vorbeigeht und ihr eine Pistole an den Kopf hält.«
Nora stellte drei Teller mit gebratenem Reis hin. »Eric hat gerade seine Frau verlassen.«
Mamba schüttelte weiterhin den Kopf. »So was passiert. Manchmal läßt es sich nicht vermeiden.«
Eine leichte Beklommenheit ergriff von mir Besitz. Noras Haus kam mir vor wie ein Gattenheim, und an dem langen Küchentisch standen noch viele andere Stühle.
»... und wenn dieses Mistweib annimmt, der gute, alte Mamba kommt wieder angekrochen, dann spinnt es in mehr als lediglich einer Hinsicht.« Er sah mich durch seine dunklen Gläser an. »Ich hab' noch andere Optionen. Verstehst du, was ich meine?«
Ich nickte. Ich wußte nicht, was er meinte.
»He, Nor', geht das in Ordnung, wenn ich ein paar Tage auf deiner Couch bleibe? Bis sich der kalte Wind gelegt hat?«
»Solange du das Geschirr abwäschst, meinetwegen.«
»Betrachte es als so gut wie abgewaschen, Babe. Ich bin ein As mit dem Schwamm.«
»Ich weiß, du bist der Schwarze Riese.« Nora setzte sich ans Kopfende der Tafel. »Außerdem möchte ich nicht, daß du diese Marathonduschen veranstaltest. Ich hab' nur eine begrenzte Menge heißes Wasser.«

»Geht das in Ordnung, wenn ich mir die Hand im Klo wasche?«

Wir begannen zu essen. Nora sah Mamba an. »Gibst du mir ein bißchen Trommelunterricht?«

»Wir jammen jeden Tag von acht bis zwölf. Jede Menge *neue* Musik.«

»Eric spielt Flöte.«

»Ich kann euch möglicherweise nicht Gesellschaft leisten«, sagte ich. »Das sind genau die Stunden, in denen ich arbeite.«

»Das geht in Ordnung«, sagte Mamba. »Das stört überhaupt nicht.«

Ich saß an meinem Schreibtisch in der Dachkammer, über meine Maschine gebeugt. Ich versuchte, eine ganz zarte, unbekannte berühmte Passage zum besten zu geben, und meine Schreibmaschine vibrierte vom Getöse ungeheurer Trommelschläge, welche das Haus bis in die Grundfesten erschütterten. Der Papierkorb tanzte auf dem Fußboden, und Bettvorleger schlichen durchs Zimmer.

Thocka-thocka-thocka.

Meine Teetasse schepperte in ihrer Untertasse. Meine Füllfederhalter rollten über den Tisch.

Whocka-whocka-whocka.

Ich hörte Hühnerstimmen und merkte, daß ich den Radiergummi von Bleistiften abnagte. Benommen stieg ich die Treppe hinunter. Nägel arbeiteten sich langsam aus der Wandverkleidung. Ich kam auf die Diele im ersten Stock und betrat Noras Schlafzimmer. Die Laken waren noch in Unordnung, und die Kissen lagen noch dort, wohin zu schleudern es der wahllosen Liebe gefallen hatte. Noras

Parfum stand im Raum, und die Nacht kam zu mir zurück, mein Los, mein Schicksal. Ich war hier, und sie war mein, und die Bilder kippten an den erschauernden Wänden langsam seitwärts.

Ich ging ins Erdgeschoß und betrat die Küche. Kanister sprangen auf und ab. Osiris klopfte mit der Pfote gegen die Hintertür und versuchte hinauszukommen. Ich öffnete sie für ihn, und er flitzte davon ins Unterholz.

Ich öffnete den Kühlschrank. Innen summte es, Erbsen tanzten, Eiswürfel klapperten wie Zähne. Ich schloß die Tür und preßte meine Stirn gegen die kalte, glatte Oberfläche.

Thock-whocka-thock-thock.

Meine einzige Hoffnung lag im Mitmachen; ich konnte mir für heute eine Lektion in Rhythmik geben lassen und dann meine Arbeit wieder aufnehmen. Ich ging durch die Diele zum Wohnzimmer. Als ich zur Wohnzimmertür kam, hörte die Musik auf.

Mamba wischte sich die Stirn. »Na, mein Alter, wie läuft es? Schon einen ordentlichen Scheiß zusammengeschrieben?«

Ich nickte.

»Verdammtnochmal, wir kriegen hier eine richtig kree-aatiive Atmosphäre hin. Stimmt's, oder hab' ich recht, Baby.« Er wandte sich an Nora. »Nor' wird jetzt in etwa einer Minute ein zweites Frühstück kreieren.«

Sie sah mich an. »Die Dachkammer da oben ist schalldicht. Wir haben das so geplant.«

»Ja«, sagte ich. »Ich hab' keinen Ton gehört.«

»Die Umstände werden für dich arbeiten«, sagte Mamba. »Du bist jetzt bei Leuten, die dich *verstehen.*«

»Das weiß ich, Mamba. Und ich bin dankbar dafür.«

»Ein Mann braucht seine Ruhe und seinen Frieden.«
»Absolut.«
»Wenn ihm danach ist. Und wenn ihm nicht danach ist, dann soll er auch mal ordentlich die Sau rauslassen. Kannst du mir da folgen?«
»Unbedingt.«
»Diese Schlampe zum Beispiel, die ich meine Gattin nenne, die macht mehr Krach als die Müllabfuhr. Man kann sich selbst nicht denken hören, wenn sie ihren verdammten Abwasch macht. Glas fliegt durch die Luft, Brotmesser, praktisch alles.« Wieder schüttelte er den Kopf.
Dann wurde das Trommeln wieder aufgenommen.
Ich ging ins Dorf zur Papierwarenhandlung und kaufte ein Schreibheft, so daß ich in der Shellfish Bar weiter unten in der Straße schreiben konnte. Dort würde ich die morgendlichen Alkoholiker beim Frühtrunk finden, in stille Betrachtungen versunken. Dort wollte ich schaffen.
Es war eine inspirierende Lösung. Ich würde mich fühlen wie Ernest Hemingway in seinem Café an der Place St. Michel.
Ich betrat die Shellfish Bar. Ihre leeren Schatten waren genau das, was ich brauchte. Ich nahm in einer Nische im Hintergrund Platz, und vor mir stand ein Glas Sodawasser. Jetzt konnte ich über den Spanischen Bürgerkrieg schreiben, darüber, wie er wirklich gewesen war.
Die Worte begannen zu fließen, und die Geschichte begann, sich selbst zu schreiben, und ich wußte, daß es eine gute Geschichte war. Plötzlich fiel ein Schatten auf den Tisch. Ich blickte auf.
Yamaguchi stand neben mir.
»Wo ist Ihre schöne Frau?«

»Warum fragen Sie?«
Er zeigte auf mein Schreibheft. »Was schreiben Sie?« Hemingway war genauso heimgesucht worden, und er hatte die Narren mit seinem Witz mundtot gemacht.
»Wo ist Ihre schöne Frau?«
Ich klappte das Schreibheft zu und ließ mich in der Nische zurücksinken. Yamaguchi setzte sich, sah mein Glas an, beschnüffelte es. »Warum tlinken Sie das?«
»Ich versuche, eine Geschichte zu schreiben, die sich sofort verkaufen läßt.«
Yamaguchis Augen verengten sich. »Bald... machen wir große Knete.«
»Wie?«
Er sah über die Schulter und musterte die leere Nische hinter uns, dann sprach er leise über den Tisch. »Yamaguchi kennt Leute...« Seine Stimme wurde zu einem noch leiseren Zischen. »... Leute, die reinkommen müssen.« Er nickte in Richtung Hafen. »Wir helfen ihnen.«
»Wir?«

Nachts im Bett hallten meine Ohren immer noch von Bongoechos wider. Schlaflos warf ich mich herum. Nora wachte auf und streichelte mir die Stirn. »Ich verstehe. Du vermißt sie. Du hast den Trennungsblues. Aber du arbeitest doch...«
»Ja, davon kann mich nichts abhalten.«
»Was machst du da draußen in der Garage?«
»Ich mach' mir nur ein paar Notizen.«
»Schreibst du oft in Garagen?«
»Wenn gerade eine zur Verfügung steht.«
Während Nora schlief, blieb ich wach, und eine leichte

Depression kündigte sich an. Ich war entschlossen, sie nicht von mir Besitz ergreifen zu lassen. Diese wenigen Seiten, die ich in der Garage gekritzelt hatte, enthielten betont auffälliges Gedankengut, die Sorte, auf die sich der Beifall der Kritik gründet.

Nun, da ich die Arbeit des nächsten Tages plante, erreichten mich dic Geräusche des schlummernden Hauses. Unten auf seiner Couch näherte sich Mamba mit seinen nasalen Aktivitäten jenen des Vereinigten Wasserbüffelkongresses von 1981. Dahinter durchlitt eine späte Fernsehshow ihre einzelnen Phasen; eine Gruppe schizophrener Kinderdarsteller, die versuchten, sich ihre Kampfmoral durch Gesang und Tanz zu erhalten.

Dann, von der Couch: »*... hey, Baby, hey, hör zu...*« Mamba, der im Schlaf murmelte. »*... die Art Operation, bei der wir mitmachen...*«

Er wußte offensichtlich, worum es ging.

Von mir konnte ich das nicht sagen.

Die Bibliothekarin betrachtete das Formular, das ich gerade ausgefüllt hatte, und sah dann mich an, über den Rand ihrer Brillengläser hinweg. »Haben Sie irgend jemanden, den Sie als Referenz angeben können?«

Mich selbst, Madame. Sehen Sie in den Regalen nach, in denen die unbekannten berühmten Werke stehen.

Statt dessen sagte ich: »Ich habe keine Bekannten in dieser Stadt.«

Sie sah mich argwöhnisch an, und ich machte einen verzweifelten Schachzug. »Doch, ich kenne jemanden. Er wohnt hier schon seit geraumer Zeit.«

Die Bibliothekarin hielt ihren Stift über dem Formular in Bereitschaft und wartete.

Ich räusperte mich. »Den Karatelehrer. Meister Yamaguchi.«

Wieder blickte die Bibliothekarin kalten Auges über ihre Brillengläser hinweg. »*Mister* Yamaguchis Leserausweis wurde eingezogen.«

»Darf ich fragen, warum?«

»Die Bücher, die er ausgeliehen hatte, wurden in *sehr* schlechtem Zustand zurückgebracht.« Sie gab ihrer Brille einen kleinen Stips nach oben.

Ich schloß die Augen und sah Yamaguchi, wie er, von

Alkohol und Drogen umwölkt, versucht, »Lassie« zu lesen, und schließlich zum Berserker wird.

Als ich die Augen öffnete, starrte mich die Bibliothekarin immer noch kalt an. »Und wenn er im Lesesaal ist, grunzt er die Illustrierten an.«

Wir starrten einander an, beide durch das Problem der Charakterbürgschaft mattgesetzt. Dann fiel mir ein weiterer Bewohner dieser Stadt ein: der Grundstücksmakler, der Janet und mir das Haus vermietet hatte. Ich öffnete meine Brieftasche und gab der Bibliothekarin seine Karte. »Er kennt mich.«

Sie nahm die Karte, lächelte, als sie den Namen des Maklers erkannte, eines der unehrlichsten Menschenwesen, die ich je kennengelernt habe, und der einem ein Haus verkaufen würde, das auf Treibsand errichtet war.

»Na bitte«, sagte sie und händigte mir den Leserausweis aus. Ich nahm ihn und zog mich in eine ruhige Ecke in der Nähe von Z zurück. Meine Feder begann ihre Reise über das Papier; die großen Würfe jedoch verfehlten ihr Ziel, die prächtigen Schnörkel hingen durch, was auf das fluoreszierende Licht zurückzuführen war, das neben mir summte und mein Orgon austrocknete. Von Zeit zu Zeit hörte ich, wie die Bibliothekarin knarrend den Hals in meine Richtung reckte, und einmal erwischte ich sie dabei, wie sie die Bücherstapel entlang zu mir herschielte, offenbar immer noch über meine Verbindung mit Yamaguchi besorgt. Trotz ihrer hennengleichen Anwesenheit machte ich mit meiner Arbeit weiter, und zwar so heftig, daß ich es kaum bemerkte, als eine weitere Person sich näherte. Ich sah auf. Heinz sah auf mich herunter.

Ich legte den Finger an die Lippen, erhob mich schnell und

sprach im Flüsterton. »Wir dürfen keinen Lärm machen. Wenn ich hier rausgeschmissen werde, habe ich keinen Platz zum Arbeiten mehr.«

Draußen sagte er: »Ich habe dich überall gesucht.«

»Kannst du mir etwas Geld leihen?«

Er nahm mich beim Arm und führte mich die Straße hinauf in das Restaurant. Ich hatte nur eine Frage im Kopf. »Du hast Janet gesehen?«

»Sie scheint sich allmählich zu fangen. Aber ich kann das nicht beurteilen. Sie ist ein sehr stiller Mensch.«

Ich richtete meinen Blick zum Fenster, auf die leeren Fischerboote, die in der Nähe vor Anker lagen. »Ich wünschte, es wäre nie geschehen.«

»Du wirst darüber hinwegkommen. In einem Jahr wirst du glauben, es wäre in einem anderen Leben passiert.«

Ich wechselte das Thema, fragte ihn, was die Geschäfte machen.

»Die Gewinne steigen.«

»Ist da noch Platz für mich?«

»Mach das Beste aus deiner gegenwärtigen Krise. Ich habe meine besten Sachen geschrieben, als mir meine erste Frau zu einem Nervenzusammenbruch verholfen hatte.«

»Ich finde immer noch, daß ich einen schrecklichen Fehler gemacht habe.«

Er zog sein Scheckbuch heraus und schrieb mir einen Scheck über tausend Dollar aus. Das Konto lautete auf einen Namen, den ich noch nie gesehen hatte.

»Bist du das?«

»Eine von mehreren Identitäten.«

Ich faltete den Scheck und steckte ihn weg. »Ich scheine das bißchen, was ich an Identität zu besitzen glaubte, zu verlieren. Ich hatte Schwierigkeiten, einen Leserausweis zu kriegen.«

»Eric, darf ich ganz offen sprechen?«

»Ich bitte darum.«

Er klopfte sich eine Zigarette aus der Packung. »Ich weiß, daß du im Augenblick unter großem Druck stehst. Aber du solltest versuchen, dich zusammenzureißen, denn...« Er machte eine Pause und steckte sich die Zigarette an. »... du beginnst, dich wie ein Krimineller zu benehmen.«

»Tatsächlich?«

»Ist dir eigentlich klar, daß du dich, seit wir hier hereingekommen sind, alle zehn Sekunden umkuckst?« Heinz griff über den Tisch und packte mich sanft am Handgelenk. »Klink dich da wieder aus! Sprich jeden Morgen im Spiegel mit dir selbst!«

»Ich kann nicht ins Badezimmer. Da ist Mamba immer drin.«

»Kauf dir einen kleinen Spiegel! Stell ihn dir auf den Schreibtisch! Sage dir, daß du nichts zu fürchten hast! Ich fand, daß dies in gewissen kritischen Stadien meines Lebens Wunder gewirkt hat.«

»Zum Beispiel, als ich dich daran gehindert habe, aus dem Fenster zu springen.«

»Schon gut; jetzt hindere *ich dich* eben daran. Ich würde dich liebend gern in die Firma einarbeiten, deshalb habe ich dich gesucht, aber meine Teilhaber würden mir nie ihr Okay geben. Du siehst *zu schuldig* aus. Und du hast noch nicht mal ein Verbrechen begangen.« Er beugte sich vor, über seine Kaffeetasse. »Wir brauchen Leute mit einer glatten Fassade. So, wie du früher auf deinen Schutzumschlägen ausgesehen hast; diese Fotos, auf denen du am Kamin

stehst und einen geborgten Anzug anhast. Das ist die Art Profi, die wir im Drogenhandel brauchen. Und nicht jemanden, dem Schuld und Angst aus allen Knopflöchern schwitzen.« Er hielt inne und blies einen Streifen Rauch gegen die Fensterscheibe. »Werde wieder ein nachgemachter, unechter Autor! Du wirst es nicht bereuen.«
»Mit mir geschieht etwas. Ich zerfalle. Ich bin ein Wrack.«
»Weil dir die Kohle ausgegangen ist.« Er zeigte auf meine Brusttasche, in der sein Scheck verstaut war. »Wenn du mehr brauchst, sag einfach Bescheid! Benimm dich wie ein Mann, der keine Sorgen kennt!« Er sah auf die Uhr. »Ich muß zurück, die Küste entlangfahren.«
Wir traten in den Wintertag hinaus. Heinz' Mercedes war in der Nähe geparkt. Er öffnete den Wagenschlag und schlüpfte hinein. »Kultiviere schon mal dein neues Image!« Er warf einen Blick auf die öffentliche Bibliothek, wo er mich zwischen Bücherstapeln versteckt gefunden hatte. »Denn so, wie du jetzt aussiehst, würde ich dir auch keinen Leserausweis geben.«

Ich saß an meinem Schreibtisch in Noras Dachkammer und starrte in den kleinen Handspiegel, den ich mir gekauft hatte. Mein heimgesuchtes Ebenbild starrte zurück. »Jeder Tag wird Ewigkeit, ein jeder Ort zum Kongo; der Jüngste Tag sieht mich bereit: Ich leb' mit einer Bongo.«
Der Fußboden vibrierte. Wieder klirrte die Teetasse in der Untertasse. Osiris hatte sich auf dem anderen Ende meines Schreibtischs zusammengerollt, die Pfoten über den Ohren. Ich erhob mich und sah auf die wildbewegte See hinaus. Kitt fiel aus dem Fensterrahmen, und das Glas begann vor meinem Gesicht zu dröhnen.

Ich ging in die entgegengesetzte Ecke des Zimmers, wo meine magische Pilzfarm in einer Wärmekammer wuchs. Der weiße, flauschige Fungus des Gottes breitete sich aus. In ein paar Wochen konnte ich meine Halluzinationen aus eigenem Anbau bestreiten. Ich würde einen Pilz einnehmen und mich in ein Oropax verwandeln.

Osiris tappte durch das Zimmer, sprang zur Pilzkammer hinauf, sah hinein und dann mich an.

»Die sind für mich, Osiris. Katzen, wenn ich das richtig verstehe, halluzinieren nach Belieben. Katzen brauchen keine Pilze.«

Ich stieg die Bodentreppe hinunter, hinein in den Mahlstrom. Das Haus war eine riesige Bongotrommel, in deren Innerem ich wandelte wie in einem Traum. Es schien bereits ein ganzes Leben her zu sein, daß ich in einer stillen Hütte am Meer gewohnt und mit meiner Frau in jener Ruhe, die ich so über alles schätzte, gearbeitet hatte. Es war vor langer Zeit gewesen, in einem anderen Land, einem anderen Ich; dahin, dahin für immer. Das neue Ich war jemand, der häufig Treppen hinauf- und hinunterging.

Ich trat in Noras Dielenkabinett, in dem sie ihr Kodein vor Mamba versteckte. Ich nahm eine große Dosis gegen mein allgegenwärtiges Kopfweh und verließ das Kabinettchen wieder, leicht benommen.

Whocka-whock-whocka.

Ich ging die restlichen Stufen hinunter zur Küche und versuchte vergebens, ein sauberes Geschirrstück zu finden, von dem ich hätte essen können. Ich band mir Noras Schürze um und begann, den Berg von Geschirr im Spülbecken abzuwaschen. Hinter dem Küchenfenster wogte der turbulente Ozean. Im bebenden Spülbecken hob sich in platschenden Brechern das Spülwasser. Wenn das Bongogetrommel einen gewissen Grad erreicht hatte, würden die Installationen explodieren, und uns alle würde es ins Meer hinausschwemmen, und Mamba und Nora würden auf den Wogen weitertrommeln.

Inmitten dieser müßigen Gedanken brach das Trommeln plötzlich ab, und die beiden kamen zur Küchentür herein.

»Mensch, Alter«, sagte Mamba, »wasch doch bloß nicht das Geschirr ab! Das ist doch mein Geschirr.«

»Macht mir nichts aus.«

»Entspannt dich, stimmt's?«

»Irgendwie schon.«

»Mir geht's genauso.« Er setzte sich an den Tisch. »Da kann ich noch so dee-prii-miert sein: Sobald ich was zum Abwaschen in die Hand kriege, ändert sich die gesamte Situation. Schlagartig.«

Nora schlug ihm mit einem Holzlöffel auf den Kopf. »In letzter Zeit warst du auf jeden Fall nicht deprimiert, Baby.«

»Weil ich so fröhlich bin, wenn ich mit euch netten Menschen zusammenlebe. Weil ich nicht von dieser dämlichen Kuh gepiesackt werde.« Er trommelte mit den Fingern auf dem Tisch. »Ich frage mich: Was hat sie vor?« Er sprach leise mit sich selbst und blickte auf die See hinaus. »Sie plant irgendwas Beschissenes gegen mich. Das weiß ich.«

Nora begann zu kochen, indem sie die Töpfe und Pfannen benutzte, die ich ihr hinüberreichte. Mamba, der plötzlich nachdenklich geworden war, betrachtete starr unsere Aktivitäten wie eine transparente Szenerie, durch die er hindurchsah, auf eine realere Situation dahinter, wo seine Frau Ränke schmiedete, die darauf hinausliefen, daß er hinter Gitter kam oder tätlich angegriffen wurde oder beides.

»...dies gottverdammte Mistweib hat aber auch nicht *so* viel Verstand...« Er schnippte mit den Fingern, und das schien ihn in unsere Dimension zurückzubringen. »Hey, laßt mich mal abtrocknen.« Er ging zum Handtuchständer, warf sich das Geschirrtuch über die Schulter, ging ins Wohnzimmer, stellte die Stereoanlage an und legte eine Platte auf. Er kehrte nicht zurück.

»Hast du heute morgen gut gearbeitet?« fragte Nora.

»Ja«, sagte ich, nicht willens zuzugeben, daß so etwas Unbedeutendes wie ohrenbetäubende Bongomusik einen berühmten unbekannten Autor in einer so kreativen Atmosphäre vom Kreieren abhalten konnte.

»Yeah«, sagte Nora und wendete Kartoffeln in der Bratpfanne. »Lingard konnte hier auch gut arbeiten. Das Meer inspirierte ihn.«

»Gab es ... auch viel Getrommel?«

»Alles. Wir hatten immer das Haus voll. Lingard hatte gern Aktivität um sich herum. Sie half ihm, sich gebündelt einzubringen.«

Ich bündelte meine Aktivität auf das verbliebene Geschirr, zog den Stöpsel heraus und beobachtete, wie das Wasser in den Abfluß strudelte. Warum hatte ich das Gefühl, mitgezogen zu werden, immer im Kreise, und hinaus in den Faulbehälter?

Nora, die vielleicht meine Verzweiflung spürte, trat nah an mich heran, die Bratpfanne in der Hand. Sie sprach leise. »Ich kann Mamba nicht dazu bringen, daß er abhaut. Das verstehst du doch, oder?«

»Natürlich, das verstehe ich«, sagte ich ohne zu verstehen, aber ich wollte nicht aussehen, als seien mir die Regeln in so einer freien, kreativen Gemeinschaft wie dieser nicht geläufig. Es gab 10000000 Morgen Land voller Wald, einsamer Wege und Büsche, in denen Mamba seinen Lieferwagen hätte verstecken können, aber die Büsche vor Noras Haus waren wesentlich in seinem großen Plan. »Das verstehe ich vollkommen.«

»Du bist ein echt süßer Typ«, sagte Nora und legte ihren Arm um meine Hüfte. »Du bist gut gegen mein Leiden.«

»Worunter leidest du denn?«

»Zynismus. Und außerdem bin ich ein Griesgram. Aber du läßt dich treiben. Du weißt, wie man sich einordnet. Du bist *flexibel.*«

Ich zuckte bescheiden mit den Achseln und band meine Schürze ab.

»Wirklich«, sagte Nora, »du bist so ausgeglichen, das ist ganz toll. Du bleibst immer so angenehm cool.«

Ich starrte im Rahmen einer durchgehenden Show von cooler Flexibilität aufs Meer hinaus. Danach würde ich in meine Dachkammer gehen und mich im Spiegel mit mir unterhalten.

Nora trug die Bratpfanne zum Tisch und teilte Kartoffeln mit angebratenen Zwiebeln aus. Der Geruch brachte Mamba aus dem Wohnzimmer zurück, das Geschirrtuch hing immer noch über seiner Schulter. Es blieb auch dort, als er sich setzte. »Nanu, was haben wir denn hier? Wenn jetzt noch ein Spiegelei auf dem Ganzen wäre, dann könnte ich den Dotter anstechen, und alles wäre richtig nett und saftig...« Er stand halb auf, als wolle er losgehen und besagtes Ei braten, aber Nora schubste ihn zurück und ging selbst zur Pfanne. Mamba zwinkerte mir zu. »Niemand brät die Eier so wie Nor'. Nur ganz leicht anbraten, Baby; du weißt ja, wie ich's gernhab'.«

Das Ei brutzelte im Fett. Mamba zündete sich einen Joint an. »Das Gras wird allmählich ein bißchen knapp. Ist euch das eigentlich klar?«
»Dann besorg doch was«, sagte Nora und ließ das Ei auf seinen Teller gleiten. »Du bist der Typ mit den tollen Quellen.«
»Wenn du mir ein paar Dollar geben könntest«, sagte Mamba und zerschnitt sein Ei, »könnte ich diesen kleinen Job ganz leicht übernehmen.«
»Wieviel brauchst du?« fragte ich und versuchte, fortdauernde Flexibilität an den Tag zu legen.
»Ein paar hundert sollten uns bereits genügen«, sagte Mamba, und goldener Dotter tropfte von seiner Gabel, während er mich anlächelte.
Ich griff in meine Brieftasche und gab ihm zweihundert von dem Tausender, den ich mir gerade geborgt hatte. Gewandt faltete er das Geld mit seinem langen, eleganten Finger. »Du hast dir soeben eine Portion erstklassigen Stoff eingekauft, mein Alter.«
Aus irgendeinem Grund hatte ich das Gefühl, soeben zweihundert Dollar verschenkt zu haben, doch ich verdrängte diesen Gedanken, da es ihm an Flexibilität mangelte. »Aber was ist mit deinem Lieferwagen, Mamba? Ich habe bemerkt, daß er keine Nummernschilder hat.«
»Nora, ich kann doch deinen Wagen haben, oder?«
»Wenn du mußt.«
»Ich muß schließlich bis nach Boston, um den Stoff zu besorgen, stimmt's?«
Eine Last fiel mir von den Schultern. Mamba fuhr nach Boston. Wenn ich nur ein wenig Glück hatte, blieb er tagelang weg. Dann konnte ich in Ruhe und Frieden arbei-

ten. »Nimm meinen Wagen«, sagte ich. »Der verbraucht weniger Benzin.« Ich gab ihm die Schlüssel meines Datsun. Die Schlüssel wirbelten um seinen Finger und verschwanden in seiner Tasche. Er verputzte sein Ei, rückte seine Sonnenbrille zurecht und stand auf. »Bis später dann!« Er glitt in seine Jacke und war schnell durch die Tür verschwunden. Zweihundert Dollar und mein Auto hatten ihm dazu verholfen, sich zu bündeln. Die Tür des Datsun knallte zu, der Motor sprang an, dann knirschten die Räder Noras Einfahrt entlang, dem Dorf zu und wurden leiser. Sie und ich waren allein zusammen.

Wir würden ein ruhiges, kleines Gespräch führen, so, wie Janet und ich es immer gehalten hatten, dann würde ich hinaufgchen, mit meiner Arbeit anfangen, den ganzen Mittag durcharbeiten und dann immer so weiter bis in den Nachmittag hinein.

»Ich kannte da mal einen Typ...« Nora begann, über einen puertorikanischen Trompeter zu sprechen, der mal mit ihr zusammengelebt hatte. Ich lauschte von meinem Stuhl unter dem Gummibaum aus. Die Geschichte nahm an Umfang und Komplexität zu, und Nora beschrieb eingehend die Einzelheiten der Affäre, die anderen Affären ähnelte, die sie mal gehabt hatte und die sie ebenfalls kurz streifte, bevor sie zum Leitmotiv des Trompeters zurückkehrte, wobei ihr Ton andeutete, daß es in ihrer Geschichte eine Moral für sie und für mich gab, obwohl ich diese nicht so ohne weiteres erkennen konnte. Warum hatte sie mit diesem Trompeter zusammengelebt, der ein pathologischer Lügner gewesen war und oft versucht hatte, sie mit seiner Trompete zu schlagen?

»... da hab' ich dann angefangen, Judo und Karate zu lernen

und mich fit zu halten, um mit Armando fertigwerden zu können.«

Fenster waren eingeschlagen, der Wohnzimmerteppich war in Brand gesetzt worden, man hatte die Beleuchtungskörper mit einer Trompete zerstört. Ich hörte zu mit von Kodein und Noras hypnotischem Gedröhne abgestumpftem Geist. Ich wollte mich losreißen, die Treppe hinauf, arbeiten, aber sie redete weiter, ihre Augen auf meine Augen geheftet und sie nach einer Reaktion absuchend, die ich auch zeigte, indem ich hmmmmmm sagte und mit dem Kopf nickte. Ich hatte den Überblick über das Personal dieser Geschichte verloren; es schien aus einer gesamten Swingband plus dem Road Manager und einer Künstleragentur sowie, irgendwie, einem Handwerker zu bestehen, der ihr Haus auszubessern pflegte. Nun war sie im Zentrum der Geschichte. Musiker krochen in ihr Bett und wieder daraus hervor, nahmen ihr Geld ab, schlugen sie zusammen, schlugen sie *in Fesseln,* stachen mit ihrem Ruderboot in See und mußten von der Wasserschutzpolizei gerettet werden. Ich sah eine Besetzung von Tausenden vor mir und wußte, daß die Geschichte ohne Ende war, daß sie sogar *noch immer weiterging,* und daß ich ein Teil davon war.

Ich rutschte tiefer auf meinem Stuhl, die Augenlider wurden schwer, der Atem ging langsamer. Ich schüttelte mich wach, wollte keinen unsensiblen Eindruck machen, denn Noras Augen forschten in meinen Augen, um sicherzustellen, daß ich gebannt lauschte.

»... er war abartig, er mochte abartigen Sex, ich sagte nein, aber er hat mich dazu gebracht, daß ich mit ihm so eine irre Droge schnüffelte, so daß ich absolut durch die Wand ging, und dann kam er mir mit seinem eingefetteten Mundstück.

Kannst du dir das vorstellen? Er wollte mit diesem Mundstück auf meiner Muschi spielen. Er sagte, durch den Sound würde ich vollkommen wahnsinnig werden; da habe ich gesagt, okay, aber blase nicht zu heftig, er war nämlich ein Trompeter mit einer tollen Puste, und da...«

Ich nickte, sprachlos, betäubt, überwältigt, beinahe bewußtlos. Ich sah auf meine Uhr. Der Mittag war vorüber. Der Nachmittag hatte begonnen. Nora hatte kein einziges Mal innegehalten. Ihr schönes Haar hing ihr in silbernen Schatten um das Gesicht, ihre kraftvolle Kinnlade arbeitete weiter, ihre feinen Lippen formten die endlose Saga, und ich schlug unter dem Küchentisch Wurzeln. Meine Arme und Beine waren abgestorben. Eine Fliege landete auf meiner Nase, und ich war unfähig, sie fortzuwischen. Sie wanderte herum, krabbelte in mein Nasenloch, stieß bis ins Innerste vor und kam wieder heraus. Dann lief sie auf meiner Oberlippe entlang.

»... du hast eine Fliege auf der Lippe, dann hab' ich zu ihnen gesagt, wenn ihr Typen hier nicht verschwindet, bringe ich einen von euch um. Ich hab' das ernstgemeint, ich wäre dazu fähig gewesen, einen Totschlag zu begehen, ich hab' ihnen gesagt, ich will ein stilles Haus, ich will nicht, daß hier ständig Leute rein und raus laufen. Ein bis zwei Mann machen mir nichts aus, aber hier hatte ich ja nun wirklich jeden einzelnen abgewrackten Blechbläser der Stadt...«

Der Tag verging. Ich war eingeschlafen wie ein Fisch, mit offenen Augen. Die Figuren in diesem Heldenmythos – eine Frau gegen die Welt – zogen an meinem träumenden Blick vorbei, langsam, die Gestalten eines Traums: abgewrackte Blechbläser, Gemüsehändler, ein Vertreter für chinesische Gongs, alle vor mir in immer bizarreren Arrange-

ments verkörpert. Als die Schatten des späten Nachmittags über das Meer heraufzogen, begann ich, an Janet zu denken, an mein stilles Weib, das ich auf Händen und Knien angefleht hatte, das Wort an mich zu richten.
Ein altes Sprichwort sagt: Bete nicht um das Falsche, denn dein Gebet wird immer erhört werden.

Es war ein neuer Morgen. Der Sonnenaufgang fand das Haus schweigend vor, Mamba war weg, Nora noch im Bett. Ich stahl mich auf den Dachboden. Der Gedanke an einen kleinen Zeitraum in Ruhe am Schreibtisch erfüllte mich mit Freude. Ich klappte meine Schreibmaschine auf, staubte die Tasten ab und klopfte mein Papier schön ordentlich zurecht. Ich richtete meine Radiergummis, Filzschreiber und Büroklammern in einer Reihe aus. Ich brachte meine Finger über den Tasten in Stellung.

»Eric!«

Noras verzweifelte Stimme erklang auf der Treppe. Ich verließ in rasender Eile den Schreibtisch. Wurden wir von einer Swingband angegriffen?

Sie sah durch das Treppenhaus zu mir herauf, ihr Gesicht eine Maske der Qual. Sie hielt einen Kamm in der Hand. »Mir fallen die Haare aus.«

Ich raste die Treppe hinunter. Zwei silberne Haare kräuselten sich um die Zähne des Kamms. »Nora, das sieht aber nicht ernst aus.«

»Nicht ernst? Nicht ernst? Ohhhhhhh...« Sie stampfte davon mit Schritten so schwer wie die eines Elefanten. Dann wirbelte sie herum und streckte mir den Kamm entgegen. »Sieh dir das an! Händevoll Haar! Büschelweise fällt es mir aus! Ich muß was gegessen haben.«

»Hast du denn in letzter Zeit etwas Ungewöhnliches gegessen?«

»Ich weiß nicht; ich esse alles, was gerade da ist.«

»Ich glaube wirklich nicht, daß es daran liegen kann. Die Menschen essen alles mögliche.«

»Ja, und sieh dir an, wie viele Glatzen herumlaufen!«

»Aber nicht bei Frauen.«

»Die tragen Perücken.«

»Das könnte sein, aber ich glaube trotzdem, daß es selten vorkommt.«

»Aber dies hier ist nicht selten.« Sie fuhr mit dem Kamm durch ihre luxuriöse Silberfrisur.

»Es kommt mir gar nicht so vor, als...«

»Hör mal zu, mir fallen die Haare aus, und wir müssen was unternehmen. Ich will keine kahlköpfige Bongotrommlerin sein.«

»In Ordnung. Wir werden was unternehmen. Was willst du tun?«

»Gehen wir mal zu einem Akupunkteur. Die Burschen haben Nadeln für alles.«

»Wo finden wir einen?«

»Weiß ich nicht.« Nora sackte gegen die Wand und zog sich wieder den Kamm durch das Haar, ganz langsam. »Vielleicht...« Sie starrte in die Ferne. »... vielleicht hat mich jemand mit einem Mojo belegt.«

»Einem Mojo?«

»Einem Fluch. Voodoo.« Sie starrte den Kamm an. »Ich glaube, das ist es.«

»Wer sollte dir so was antun wollen?«

»Jede Menge Weiber. Ich mache mit diesen Musikern herum, aber diese Musiker haben Frauen, und die Frauen mögen mich nicht. Ich bin schon mal auf der Bühne von so einem Weib angegriffen worden. Ich wette, daß es so was ist; irgend so eine feige Kuh hat mich mit einem Mojo belegt, und bald habe ich eine Glatze.«

»Aber wirklich...«

»Erst die Haare und dann die Zähne. So funktioniert ein Mojo. Kahl und zahnlos.«

»Du kannst dir die Zähne mit einer Mischung aus Backpulver und Wasserstoffperoxyd putzen. Das zerstört die Bakterien, die den Zahnverfall beschleunigen.«

»Über den Kram lacht ein Mojo doch nur. Glaubst du, ein Mojo kümmert sich auch nur einen feuchten Furz lang um Backpulver?«

»Ich gestehe, daß ich die genauen Gewohnheiten eines Mojos nicht kenne.«

Sie fuhr sich nervös mit den Händen durch den massiven Berg aus silbernen Wellen. »Wenn dieses feige Weibsstück will, kann es mich ausdörren wie eine Backpflaume.«

»Vergib mir, aber möglicherweise spielt sich das alles auch nur in deinem Kopf ab.«

»In meinem Kopf? In meinem Kopf?« Sie wedelte mit dem haarlosen Kamm vor mir herum. »Ist das etwa mein gottverdammter Kopf?«

»Tut mir leid, ich meine ja auch nur, daß ich gewisse Erfahrungen mit meiner eigenen Hypochondrie...«

Sie bedachte mich mit einem vernichtenden Blick. »Ich bin kein Hypochonder.«

Sie zog sich ins Bett zurück, wo sie den Rest des Tages damit verbrachte, sich verschiedene Tinkturen und Vitaminsalben in den Skalp zu reiben. Ich brachte ihr das Mittagessen auf einem Tablett.

»Du bist ein ganz süßer Schmusekater.« Sie stellte sich das Tablett auf den Schoß. »Meinst du, du stehst immer noch auf mich, wenn ich kahl bin?«

»Ja.«

»Meinst du, ich werde kahl?«

»Nein.«

»Was ist, wenn mir die Zähne ausfallen?«

»Dann schaffen wir neue an.«

Ihre Arme fielen kraftlos herab. Sie trug eine ostasiatische Bettjacke, die mit goldenen Blumen bestickt war. »Was ist, wenn mir plötzlich ein Schnurrbart wächst? Ein dicker, schwarzer?«

»Das scheint wenig wahrscheinlich.«

»Bei einem Mojo ist alles möglich.« Sie stocherte stumpf in ihrem Mittagessen herum. »Aber jedenfalls sind nur du und ich hier. Wenigstens ist nicht ein ganzer Haufen Leute da, um sich anzusehen, wie ich kahl werde.«

»Ja, es ist herrlich. Meinst du, wir können diese Atmosphäre bewahren?«

»Mamba wird aber zurückkommen.«

»Nachdem Mamba wieder weg ist.«

»Dann kommt jemand anderes. Leute kommen immer. So sind die Musiker. Und dann kommen sie hier herein und sehen, daß ich kahl bin, Typen, die ich seit Jahren kenne, Typen, die mich echt stark finden.«

»Du wirst immer echt stark sein.«

»Nicht, wenn mein Gesicht einfällt.«

»Du bist Trägerin des Schwarzen Gürtels, eine Künstlerin, eine Frau von Charakter und Schönheit.«

Sie berührte meine Wange mit einem Finger. »Und wir kommen miteinander klar, stimmt's?«

»Ja, du und ich und Mamba und wer sonst noch gerade kommt.«
»Baby, so ist das Leben. Das ist mein Beruf.«
»Ich verstehe. Ich versuche, flexibel zu sein.«
»Was macht das schon, solang zu schreibst? Du schreibst doch, oder?«
»Immerzu.«
»Dann ist es ja auch egal, wer hier alles durchwandert«, sagte sie und stimmte mit einschläfernder Stimme die Geschichte eines Pianisten namens Hunch an. Ich legte mich hin und faltete die Hände auf der Brust. Osiris erschien und ließ sich auf meiner Luftröhre nieder.
»Du bist ein guter Zuhörer, Eric; bei diesen anderen Stutzern ist es, als spräche man zum offenen Fenster hinaus, da haben wir einmal alle LSD genommen,und wir waren gerade dabei, uns am Strand zu lieben, als die Bullen kamen, und Hunch ist komplett nacktärschig zu ihnen rübergegangen und...«
Ich starrte an die Zimmerdecke und lauschte diesem bemerkenswerten diplomatischen Akt, vorgeführt von einem Pianisten im Drogenrausch und im Lichtkleid.
»... da haben sie uns also alle verhaftet und ins...«
Osiris schnurrte auf meiner Brust. Ich streichelte ihn sanft hinter den Ohren.
»... ich frage mich, ob es an diesen ganzen Drogen liegt, die ich wegen Hunch nehmen mußte, daß mir die Haare ausfallen, wir haben auch Zeug genommen, das noch in keinem Labor getestet worden war, das kannste aber annehmen. Daran liegt es wahrscheinlich, es waren diese ganzen irren Chemikalien, Gott, warum habe ich mir das ganze Zeug reingezogen, ich muß zu verzettelt gewesen sein, um es

besser zu wissen, das war nämlich eine besonders *schwere* Zeit für mich, weil ich mit zwei verschiedenen Männern eine Beziehung hatte, Hunch und dieser andere Typ, der hieß Benny Bongo, der kommt wahrscheinlich auch irgendwann mal vorbei, so schnelle Hände hast du noch nie gesehen. Wenn Mamba jemals hört, wie Benny Bongo die Trommeln spielt, scheißt er sich vor Angst in die Hose.«

Ich konnte nicht sagen, daß ich ausgesprochen begierig auf diese Bekanntschaft mit Benny Bongo gewesen wäre. Nein, sie war eine von jenen, die ich freudig um Jahre verschoben hätte.

Ich kraulte Osiris und schloß die Augen, während Nora immer weiterredete, und bald war ich eingeschlafen. Ihr Geschwafel folgte mir in meine Träume, und als ich aufwachte, war es später Nachmittag, und sie war neben mir und sprach in den Telefonhörer.

»... hör zu, mir fallen die Haare aus. Genau, verstehst du irgendwas davon? Warte, warte, ich hol' mir mal einen Stift und schreib' mir das auf. Eric, holst du mir mal was zum Schreiben, machst du das mal, Baby, danke...«

Ich taumelte aus dem Bett, mit schmerzendem Kopf und geschwollenem Gesicht. Ich hatte fast vierundzwanzig Stunden geschlafen, und meine Träume waren nicht einmal meine eigenen gewesen. Figuren wie Benny Bongo und Hunch hatten die Starrollen gespielt, indem sie nackt durch die Landschaft meiner normalerweise friedlichen Phantasie rannten.

Ich suchte in Noras Sachen tastend nach Papier und Bleistift.

»... laß stecken, ich hab' hier einen gefunden...« Nora begann, sich eine Formel gegen Haarausfall aufzuschreiben, während ich empfindungslos am Fenster stand und aufs Meer hinausblickte. ». . . mit wem ich da rede? Das ist Eric, er ist gerade eingezogen,und wir kommen richtig gut miteinander aus, wie geht's deinem Alten? Zehn Jahre hat er gekriegt, was du nicht sagst, das ist ja gräßlich. Und wer ist dieser andere Typ, ist das auch ein Knacki? Du mußt diese Burschen meiden, Kleines, die ziehen dich nur mit in den Kahn . . . «

Das graue Meer wogte in den sterbenden Winden des Nachmittags. Schwer hingen Schneewolken am Horizont. Ich hob mein verquollenes Profil ins schwindende Licht, für den Fotografen des Bildes auf dem Schutzumschlag. Der Autor zu Hause, mit Mojo.

Ich starrte meine Schreibmaschine an, mir zitterten die Finger, und Ekel vor dem Haarausfallgebräu, das Nora an mir ausprobiert hatte, erfüllte meinen Körper. Es schien eine eigentümliche Lähmung der Denkprozesse hervorzurufen. Mein Manuskript bestand aus sinnlosem Gekritzel, Halbwörtern und rückwärts geschriebenen Sätzen.

Ich erhob mich und stieg von der Dachkammer hinab. Nora erschien in der Wohnzimmertür; ihr Haar steckte voller afrikanischer Djudjus, ägyptischer Gebetsmünzen und südamerikanischer Beeren. Ich wußte genug, um nicht zu fragen, wie es ihrem Haar ging. Seit mehreren Tagen hatten wir nichts anderes als irgendeine Art von Borke gegessen.

»Gehst du zum Karateunterricht, Nora?«

»Sag mal, spinnst du? Ich versuche, mich zu *stabilisieren.*«

Sie klimperte an mir vorbei. »Komm, wir sehen uns unser Schlangenöl an.«

Wir gingen in die Küche, wo sie den nächsten Teil der

Rezeptur siedete, den ich später zu mir nehmen mußte. Hatte sich Janet auch so gefühlt, wenn ich sie mit meinen Gesundheitssuppen und Helmkrauttees zwangsernährte, die wie gekochter großer Zeh schmeckten?

»Ich glaub', es fehlt noch was«, sagte Nora. »Es ist noch nicht bösartig genug.« Sie warf weitere schädliche Substanzen hinein. Ich ging still davon, zur Hintertür.

»Wo gehst du hin, mein Schatz?«

»Ich dachte, ich gehe mal ans Wasser und übergebe mich ein bißchen.«

»He, ich hatte gehofft, du würdest für mich ins Reformhaus gehen. Ich brauch' noch ein paar Kräuter für mein Gebräu.« Sie zeigte auf ihr amulettbeladenes Haar. »Und *so* kann ich da nicht hin.«

»Warum nicht?«

»Weil ich hier überall auf Kredit einkaufe und nicht möchte, daß die Leute auf irgendwelche Gedanken kommen.«

»Ich bin sicher, daß sie bereits eine ganze Menge Gedanken haben.«

»Aber *so* haben sie mich noch nie gesehen.«

Ich nahm die Einkaufsliste und ging zu Noras Auto. Ein dünner Schnee war gefallen. Osiris stöckelte hochbeinig durch das Weiß und mauzte mich an. Ich hob ihn hoch und hielt sein kaltes, pelziges Gesicht ganz nah an meines. »Mutter hat heute Djudjus im Haar, Osiris. Und sie ist sehr sensibel. Sie versucht, sich zu stabilisieren.«

Osiris mauzte mich in mitfühlendem Tonfall an. Er kannte Nora gut und schien mir eine philosophische Einstellung vorzuschlagen.

Ich ließ ihn wieder in den Schnee gleiten und kletterte in Noras Wagen. Der Motor sprang nur unter Schwierigkeiten an, aber es gelang mir, den Wagen durch die Einfahrt bis auf die Straße zu bringen. Der Rahmen des Autos war verbogen, und der letzte Mechaniker, der es sich angesehen hatte, war der Ansicht gewesen, das Auto werde bei jeder Geschwindigkeit über zwanzig auseinanderbrechen.

Die Meilen rüttelten vorüber, und regelmäßige Explosionen ließen das Fahrzeug vibrieren. Ich warf einen Blick auf die Inspektionsplakette am Fenster und bemerkte, daß sie vor elf Monaten abgelaufen war. Mit den Nummernschildern war es bestimmt genauso, und zweifellos war der Wagen nicht versichert. Begierig, meinen Botengang so schnell wie möglich hinter mich zu bringen und die illegale Maschine von der Straße zu kriegen, drückte ich das Gaspedal leicht nach unten. Ein heftiges Zittern erfaßte den vorderen Teil des Wagens und ließ meine Zähne klappern. Ich minderte den Druck und verfiel wieder ins Kriechtempo.

In der Ferne sah ich einen Datsun, geradeso wie meinen eigenen, der mir entgegenkam, und ich sehnte mich danach, wieder meinen ureigensten, kleinen Datsun fahren zu dürfen: das Auto, das ich jahrelang umhegt und repariert hatte. Es hatte genau den Farbton dieses näherkommenden Datsun, nur daß dieser keine Kotflügel und ein eingedelltes Vorderteil hatte.

Ein vertrautes Gesicht war am Steuerrad.

»Mamba!«

Er rollte vorbei, er sang, er rauchte, er klopfte den Takt aufs Armaturenbrett. Ich fuhr rechts ran, wendete schnell und fuhr ihm nach, die Landstraße zurück.

Noras Auto erlitt einen Schock und zog gefährlich nach rechts. Ich war gezwungen, Mamba auf eine gewisse Entfernung zu verfolgen, bemerkte aber immerhin, daß der

Kofferraum des Datsun ebenfalls eingedellt war und daß die hintere Stoßstange fehlte.
Mindestens eine Kollision mit drei Beteiligten. Wie war Mamba damit fertiggeworden? Was für eine gewundene Geschichte hatte er der Polizei unseres Bundesstaates aufgebunden? Fahndete sie gar in ebendiesem Augenblick nach mir, um mir ein Bußgeld, eine Haftstrafe und einen langwierigen Prozeß anzuhängen?
Mamba sang, den Kopf zurückgelegt, den rechten Arm lässig auf die Rückenlehne gelegt, und seine Finger klopften einen lockeren und sorglosen Rhythmus zur Musik aus meinem Stereo. Er wandte sich um, um das Meer zu betrachten, und ich sah, daß ein enormer Joint von seinen lächelnden Lippen baumelte. Seine Aura strahlte durch das verbogene Metall meines Wagens und über die Landstraße und über das Land. Ein bißchen Metall war verbogen und fehlte auch teilweise. Er genoß das Leben.

»Ein Laster ist rückwärts gegen den Bug gefahren und hat das Heck gegen eine Mauer geschoben?«
»Bei dem Laster konnte ich nichts machen, verstehst du, weil es ja schließlich der Laster war.«
»Der Laster?«
»Der mit dem Stoff nach Hause kam. Der mit den Rauchwaren erschien. Der das *Gras* brachte. Diese Leute sind Freunde von mir, und zwar von ganz oben, und ich war zum Entladen da, aber es war so dunkel wie in einem Niggerarsch, und in dem Moment hatte natürlich keiner sein Licht an, und auf diese Weise wurde dein Datsun angeschrammt.«
»Dann ist es gar nicht so schlimm, wie es aussieht, stimmt's? Ich meine, ich werde nicht verklagt?«

»So, wie ich die Sache sehe, ist alles in Ordnung, denn kuck mal hier ...« Mamba steckte den Schlüssel in das Schloß des zertrümmerten Kofferraums und zog an den verbogenen Scharnieren. Ein Hauch von Fichtennadelduft wehte mir entgegen. Mamba öffnete den Kofferraumdeckel mit Gewalt, und Fichtenäste entfalteten sich.
»Weihnachtsbäume?«
»Und zwar gnadenbringend, mein Alter.« Mamba zog die beiden Bäume heraus. Dahinter lag ein Ballen Marihuana. »Davon verkaufen wir ein paar Unzen, mein Alter, und dann können wir dir Kotflügel kaufen, die sich gewaschen haben.«
Ich beugte mich vor, um einen Blick auf die Ladung zu werfen. »Deine Freunde waren großzügig.«
»Das sind Herrschaften, mit denen ich die Besserungsanstalt besucht habe. Die fahren doch nicht mein Auto platt und sagen dann, ich soll sehen, daß ich Land gewinne!« Mamba sah um sich, auf das freie Feld, die leere See und die stumme Mauer des Waldes; er lächelte. »Hier sind wir sicher«, sagte er und hob den Ballen heraus. Ich sammelte unsere Weihnachtsbäume auf, und wir gingen ins Haus.

Der Ballen lag oder stand auf dem Küchentisch; Osiris kauerte daneben, die Nase in den Blättern, und schnurrte. Nora saß am Tisch, und die Djudjus klimperten in ihrem Haar. Mamba starrte sie an, das leicht schielende Auge geschlossen. »Baby, du siehst von Tag zu Tag mehr wie eine Sister aus.«
»Ich werde aussehen wie gerupfter Hühnerarsch.«
»Du wirst schon wieder. Bald hast du soviel Haare, wie du willst.«

»Woher willst du das verdammtnochmal wissen?«
»Weil du die Power hast. Du hast die Seele. Du bist verdammt die tollste Frau, die jemals jemand gesehen hat. Hab' ich recht?« Mamba wandte sich an mich. »Ist sie nicht eine echte Schönheit? Kein Mojo, von niemandem, wird *dieser* Dame je was anhaben können...« Er starrte nachdenklich zum Fenster hinaus, bevor er sanft weitersprach. »... es sei denn meine gottverdammte Gattin. Ob sie wohl weiß, daß ich hier bin? Gemein genug wäre sie... Nor', weiß meine Alte, daß ich bei dir bin?«
»Scheiße, woher soll ich das wissen? Hast du's ihr gesagt?«
»Könnte sein, daß ich das Thema gestreift habe.«
»Das ist es!« Nora sprang klimpernd auf. »*Sie* hat mich damit belegt!«
»Ver*dammt*«, sagte Mamba. »Wir sitzen in der Scheiße.«
»*Wir* sitzen in der Scheiße? *Mir* fallen die Haare aus!«
»Warte mal«, sagte Mamba, »gestern nacht hatte ich das Gefühl, da kriiiiecht irgendwas an mir herum.« Er sah zur Treppe.
Nora knallte das Telefon vor ihn hin. »Ruf sie an! Sag ihr, du kommst zurück!«
»Augenblick mal, Baby, das wäre das Allerletzte, was ich täte.«
Noras Augen wurden zu dunklen Schlitzen. Sie schoß eine Faust ab, die um Haaresbreite vor Mambas Nasenspitze anhielt. Er schielte, um die Faust zu betrachten.
»He, Baby, was soll denn diese Gewalt? Nur weil du eine Kungfu-Tussi bist, kannst du doch keinen friedlichen Mann bedrohen! Ich hau dir einen Bettpfosten über den Brägen, wenn du mit *diesem* Scheiß weitermachst.«
»Ruf sie an, du Bastard, oder ich reiß dir die Augen aus.«

Noras Finger wurden in einem teuflisch verzwickten Angriffswinkel in Stellung gebracht, und Mamba ließ langsam den Kopf auf und ab pendeln.

»Tssssch, tssssch, tssssssch. Hat man so was schon gesehen?« Er griff nach dem Hörer, begann langsam zu wählen und sah mich dabei an. »Du solltest mit einer Pistole unterm Kopfkissen schlafen. Ich habe eine hübsche, kleine spanische .25er, die kannst du haben. Früher oder später wirst du sie *brauchen.*«

Mamba hielt den Hörer ein Stück von seinem Ohr entfernt. Wir lauschten, als das *Piiip* ertönte, das seine Gattin anlokken sollte, ganz weit weg. Es gab ein ärgerliches *Klick*, und dann sprach eine Stimme in der Ferne.

»He, Baby, bist du das?« Mamba sprach sanft in die Sprechmuschel. Ein Geräusch von Taifunen explodierte in der Hörmuschel, und er vergrößerte den Abstand zwischen dem Hörer und seinem Ohr. »Hör mal zu, Baby, hör mal zu, Süße... Sei leise, du Miststück, ich versuche, mit dir zu reden. Ich bin hier auf ein bißchen Geld gestoßen, und ich will dir was davon schicken. Wo ich bin? Ich bin in *Deetroit*, und da arbeite ich an dem längsten Fließband, das du je gesehen hast. Nein, ich verscheißer dich nicht, Baby, ich fang' für uns ein völlig neues Leben an. Genau, ich bin hier, und ich arbeite mir den gottverdammten Arsch ab, und ich brauche mir von dir keine Frechheiten anzuhören. Ich habe das Licht gesehen. Genau, ich mache die Kotflügel dran. An die großen Monte Carlos. Ein erstklassiger Wagen, Baby, ich werd' dir einen besorgen. Wir kriegen Angestelltenrabatt. Sag mal, Baby, hör mal zu, ich wollte dich mal was fragen, hast du in der letzten Zeit irgendwie mit Voodoo rumgemacht? Ich frage, weil, wenn ich den ganzen Tag lang

Kotflügel anmontiert habe und nach Hause komme und ins Bett falle, dann fängt irgendwie Kacke an, in meinem Zimmer herumzukriechen, und sie zischt und benimmt sich äußerst merkwürdig, und da habe ich mich gefragt, der Gedanke schlich sich durch mein Hirn, ob du vielleicht Nadeln in mich reingesteckt hast oder so was. Denn falls das der Fall sein sollte, werde ich dir eine Nadel verpassen, Baby, die aus Blei hergestellt ist, verstehst du, was ich damit sagen will? Wir dürfen diesen Voodoo-Kram in unserer Beziehung nicht zulassen. Ich schicke dir am Ende der Woche eine Flugkarte, wenn du mir jetzt sofort versprichst, wenn du beim Arsch deiner Mutter schwörst, daß du mich nicht mit einem Mojo verhext, *mich* nicht und niemanden, mit dem wir je zu tun haben mögen. Ich will jetzt hören, wie du das schwörst, Baby, ich will es laut und deutlich hören, weil ich heute nämlich schon einen Kotflügel seitwärts angeschraubt habe, dermaßen fertig war ich, weil ich letzte Nacht nicht schlafen konnte...«

Mamba knallte den Hörer gegen Noras Ohr. Nora starrte den Tisch an und lauschte. Mamba nahm den Hörer wieder an sich.

»Danke, Baby, ich danke dir vom tiefsten Grunde meines Herzens, jetzt kann ich wieder beruhigt schlafen, und sobald ich diesen Hörer auf die Gabel gehängt habe, werde ich eine kleine Überraschung für dich auf die Post bringen. Sollte in ein paar Tagen da sein. Kauf dir davon was ganz Besonderes, Baby. Okay, ich muß jetzt aufhängen, das geht alles von meinen Überstunden ab, aber ich kann es gar nicht erwarten, dich wiederzusehen, Baby, und dich zu verwöhnen. Alles Liebe auch an deine Momma, und sag ihr, Mamba hat sich gefangen, und für sie ist auch gesorgt. Gut, mein

Schatz, und wenn die Poli-*zei* aufkreuzt, sagst du den Bullen, ich bin tot, okay? Na, prima, Baby, yeah, ich dich auch, mein Mädchen, na gut na schön, und sei schön brav...«

Mamba ließ den Hörer behutsam auf die Gabel sinken. Nora zerrte an ihren Haaren, um sie zu testen. Als praktizierender Hypochonder spürte ich, daß wir auf dem besten Weg zu einer ganzheitlichen Heilung waren.

Es war eine wichtige Erwerbung: das Heizkissen würde, wenn ich es unter meiner magischen Pilzfarm anbrachte, ein frühes Heranreifen meines Fungus bewirken. Ich brauchte diese beschleunigte Ernte, um nach Einnahme der Pilze eine Serie von albtaumartigen Halluzinationen zu haben und dann einen Bestseller zu schreiben, einen Horror-Thriller über einen Mann, der von seinem eigenen Badewannenvorleger verschlungen wird.

Ich nahm das Heizkissen aus seinem Karton und steckte den Stecker in die Steckdose. Ich wandte mich der Pilzfarm zu, untersuchte die weißen Myzelien und wollte das Heizkissen holen. Osiris saß darauf, hatte sich aus dem Nirgendwo materialisiert, kuschelte sich zurecht und schnurrte volltönend.

»Osiris ...«

Er sah mich aus engen Augenschlitzen an, die seine Unlust ausdrückten, diese neue Wärmequelle zu verlassen.

Ich flehte das Biest an: »Osiris, dieses Heizkissen hat einen Zweck im großen Plan ...« Ich zeigte auf die Pilzfarm.

Seine Augen waren nun kaum noch Schlitze, während die Wärme des Kissens sich unter ihm weiter verstärkte. Er war im Nirwana. Ich war auf meinem Spezialstuhl für Jogapositionen. Eine subtile Macht zwang meine Finger zur

Schreibmaschine. Inspiriert begann Osiris, seine Memoirrrrrrrriauen zu diktieren.

Später, am Spülstein, als ich mich durch einen neuen enormen Berg Geschirr wusch, konzentrierte ich mich weiter auf literarische Belange. Während ich den überkrusteten Reistopf schrubbte, trieben lose Teile von Dialog und Szenerie herauf wie Seifenblasen, schimmernd und verzerrt, platzten dann und wurden wieder zu einem Nichts. Schließlich, als ich eine Bratpfanne ergriff, wurde eine dieser Gedankenblasen plötzlich unter Strom gesetzt, und in ihrem Innern begannen Neonbuchstaben zu leuchten:

IDEE FÜR BESTSELLER IST UNTERWEGS.
BITTE WARTEN!

Ich bebte vor Erwartung, und meine Denkprozesse klickten und surrten. Das wurde eine der größten Ideen meines Lebens. Ich konnte bereits eine Handlung spüren, so genial, so zartgesponnen, so subtil, daß sie mich nahezu über Nacht ins große Vermögen katapultieren würde. Strahlende Stromkreise summten, und die Übermittlung kam an die Oberfläche gerast, immer noch von atmosphärischen Störungen verzerrt, aber kurz vor der Feineinstellung, auf dem besten Wege, sich voll im Detail zu zeigen. Ich brauchte nur noch eine stille Sekunde der Konzentration.

»Ssaaaaaaaaaa!«

Die Hintertür krachte auf, und ein abgesägter Besenstiel durchschnitt die Luft, denn Yamaguchi hieb mit ihm heftig auf mich ein. Ich parierte den Schlag mit dem Rand der scheppernden Bratpfanne, wirbelte zu meinem Spülbecken zurück und starrte verzweifelt meine geplatzte Seifenblase an. Aber die tolle Idee für einen Bestseller sank unter das Fett, das Treibgut und die Ausflüsse meines Geistes.

»Ssaaaaaaaaa, ssaaaaaaaaaaaa...« Yamaguchi sprang herum, wedelte mit seinem Stock und kreischte unmenschlich.

Nora kam in die Küche. »Hör auf, in der Küche rumzublödeln, du Arschloch; das meiste Geschirr *hast* du bereits zerdeppert.«

Er fuhr herum und grunzte sie an. »Yamaguchi läßt nie Teller fallen.«

»Als du letztesmal hier warst, hast du dir ein halbes Dutzend auf dem Kopf zerschlagen.«

»Was andres.«

Ich tastete auf verzweifelter Suche im schmutzigen Wasser umher. Die tolle Idee erglänzte noch schwach irgendwo inmitten der Apfelsinen- und Eierschalen und in sonstigem abgesoffenen Müll. Ich unternahm einen kühnen Versuch, um Fassung zu ringen, einen klaren Kopf zu bekommen und die Inspiration zu empfangen.

Yamaguchi sprang hinter mich und knurrte: »Versuch, mich mit Gabel aufzuhalten.«

Ich sank ins laue Abwaschwasser, plätscherte schwach und ergab mich. Die IDEE war weg, und wieder bemächtigte sich meiner ein Zustand geistiger Trägheit. Yamaguchi grunzte, sprang davon und wedelte dabei mit seinem Besenstiel.

»Du Arschloch«, sagte Nora und starrte das abgetrennte Ende an. »Hast du meinen Besen zersägt?«

»Ex'lente Waffe«, zischte Yamaguchi und drosch damit auf die Luft ein.

Nora riß die Hintertür auf, stürmte zum Geräteschuppen und kam mit dem abgetrennten Strohteil des Besens zurück. Sie hielt es ihm unter die Nase. »Und was soll ich hiermit anfangen?«

»Gibt schönen Schnurrbart.«

»Du schuldest mir einen Besen.«

»Ssaaaaaaaaa...«

Dann versammelten wir uns alle um den Tisch, um unser Frühstück einzunehmen. Yamaguchi schien noch aufgeregter als gewöhnlich, rieb sich immer wieder den kahlen Kopf und grunzte vor sich hin.

»Was hast du denn?« fragte Nora, als der Tee eingeschenkt wurde.

Yamaguchi sah über seine dampfende Tasse und lächelte. »Was gaaaanz Großes.« Er pochte mit der Fingerspitze auf den Tisch. »Eine Ladung...« Er wandte den Kopf und nickte dem Ozean zu.

Mamba rückte seine Sonnenbrille zurecht. »Erzähl uns mehr davon, Yamagooth! Klingt, als hättest du was Größeres vor.«

Noras Teelöffel klimperte in ihrer Tasse. »Gar nichts hat er vor. Wer läßt ihn denn schon an einen echten Deal ran?« Ich konnte sehen, daß sie ihr ruinierter Besen immer noch schmerzte, und ich versuchte, die Konversation zu ignorieren, versuchte, irgendwie die zerschellten Stücke meiner Gedankenblase wieder zusammenzufügen. Ich nippte an meinem Tee und widmete mich meinen Notizen, aber mein Stift war wieder legasthenisch; er schrieb rückwärts und zeichnete Spitzbärte auf die Betrachtungen, die von meinen tiefen Einsichten zeugten. In dieser und in anderen Hinsichten wurden meine literarischen Anstrengungen so entstellt, ausgelöscht, verzerrt, daß man sie weder wiedererkennen noch sinnvoll verwenden konnte.

Mamba fragte Yamaguchi aus: »Ein Schiff wird kommen, Gootch? Ist das die Lage?«

»Kein Schiff«, antwortete Yamaguchi und zeigte erst auf den Himmel und dann auf Noras weites, offenes Feld. »Flugzeug.«

Nora knallte ihren Teelöffel auf den Tisch. »Du wirst keinen deiner Kamikaze-Piloten in meinem Hinterhof landen lassen!«

»...Meisterverbrecher...« zischte Yamaguchi. »Braucht Platz zum Landen.«

Nora sagte schlicht: »Du wirst kein Japsen-Flugzeug auf Mamas Hof landen lassen!«

»Perfek', der Platz«, sagte Mamba. »Etwa so wie der Anflug auf den Logan Airport; man kommt übers Wasser rein, und dann haut man einfach runter.«

»Woher weißt du plötzlich soviel über Flughäfen?« schnappte Nora.

War es also Mamba gewesen, den ich eines Tages in Logan bemerkt hatte, wie er – ein Exemplar »Sex in the Orient« lugte ihm aus der Gesäßtasche – die Warteraumfenster geputzt hatte? War diese beiläufige Beobachtung auf der Reise zur Küste von Neu-England in Wahrheit ein Omen des Geschicks gewesen? Daß ich, anstatt hier einen Bestseller zu schreiben, auf das Verfassen von Pornographie reduziert werden sollte?

Mein Geist stürzte zurück in die gefolterten Tage meiner Jugend, als ich für Sheer Panties Publications, den Verlag mit dem Schlüpfer, masturbatorischen Lesestoff geschaffen hatte, um Leib und Seele zusammenzuhalten. Hatte sich das Rad des Schicksals einmal ganz gedreht? Mußte ich wieder die Qual psychologischer Regression erdulden und

noch einmal mit lüsternen, blutunterlaufenen Augen durch den Schleier schieren Schlüpferstoffs spähen?
»...Meisssssterverbrecher...« Yamaguchi zischte immer noch über den Tisch.
Ich stieß mich vom Tisch ab und wankte zur Treppe, und die Bürde meines plötzlichen Innewerdens lastete voll auf mir. Ich stieg in meine Dachkammer und brach auf meinem Positionsstuhl zusammen, dem Stuhl, der soviel zusammen mit mir durchgemacht hatte, für jede anatomische Nuance des arbeitenden Schriftstellers verstellbar, einem Stuhl, der meine feinsinnigsten Flüge ins Reich der goldenen Phantasie abgestützt hatte.
Mußte er nun die unaussprechliche Rückgratverkrümmung, die mit »Sex in the Orient« einhergeht, ertragen? War es so weit gekommen? Ich mußte mit aller Kraft dagegen angehen. Aber meine Hand stellte bereits die Rückenlehne so niedrig wie möglich ein und wählte den Winkel so, daß sie zu den Wirbeln eines Abartigen paßte; meine Finger glitschten bereits über die Tasten meiner Schreibmaschine:

In der vergessenen Hafenstadt Wing Pan Tschu lag die Frau, die man Lady Rampole nannte, halbnackt auf ihrer geblümten Couch. Die schwüle Luft war dick von ihrem Parfum. Sie läutete nach dem Boy und lächelte, als der verwirrte und verlegene junge Mensch in ihr Zimmer trat...

Es war Mitternacht, als ich von der Dachkammer herunterkam, Mamba war allein im Wohnzimmer und versetzte seiner großen Trommel leichte Klapse. Ich setzte mich neben ihm auf die Couch. »Ich verliere den Verstand, Mamba.«
»Wem sagst du das, mein Alter. Geht es uns nicht allen so?«

»Nein, ich meine das so, wie ich es sage. Ich komme mir vor, als hätte ich tatsächlich den Verstand verloren.«
»Genau das Gefühl, das ich auch meine«, sagte Mamba sanft zu seiner Trommel. »Du kommst dir vor, als wärst du *abgehauen.*«
»Das ist es. Genau.« Ich ließ mich nicht weiter über den Grund für meine Abwesenheit aus, daß sie nämlich auf die abartige Aktivität Lady Rampoles und ihres Personals zurückzuführen war.
»Derselbe Mist passiert mir auch«, sagte Mamba. »Ich sitze hier und glotze meine Trommel an und bin auch abgehauen. Kapierst du das? Wir sind alle *ab*gehauen.«
Osiris trat aus den Schatten, blieb bei Noras tönendem Wind-Mobile stehen und schlug mit der Pfote danach. Klimpernde Geräusche umgaben ihn, als er mit den Röhren spielte, und er rollte sich auf den Rücken und schlug mit allen vier Pfoten auf das Gerät ein.
»Der Kater hat eine gute Melodielinie drauf.«
Ich nickte. Seit ich in Noras Haus gekommen war, hatte ich meine Flöte kein einziges Mal gespielt. Die einzige Musik, die ich beigesteuert hatte, fand jetzt in »Das Dilemma der Lady Rampole« statt, in welchem die laszive Frau eine einsaitige chinesische Pipa spielt, die sie auf eine so degenerierte Art und Weise hält, daß ich nicht geneigt bin, sie in diese Kurzautobiographie aufzunehmen.
»Ich kenne einen Stutzer«, sagte Mamba, »der seiner Katze beigebracht hat, eine Rolle zu machen. Sind das nicht ausgesprochen irre Manöver, wenn man sie einer Katze beibringt?« Er bückte sich und sprach Osiris an. »Mach die Rolle, Osirah, dreh dich einmal um dich selbst, mein Alter!«

Osiris starrte zu ihm empor.
»Sieh dir das an«, sagte Mamba.
»Was soll ich mir ansehen?«
»Sieh dir an, wie er eine Rolle macht!«
»Mamba, er hatte bereits eine Rolle gemacht.«
Mamba bewegte langsam den Kopf auf und ab und schürzte die Brauen zu einem weisen Stirnrunzeln. »Ja, ich wußte nie, wie er das gemacht hat, daß er einen anmaßenden Kater dazu bringt, eine Rolle zu machen, aber er zeigt einfach mit dem Finger, sagt: ›Mach die Rolle‹, und dieser Kater, sogar wenn er auf einem Baum sitzt, macht eine Rolle, direkt an Ort und Stelle, wie ein gottverdammter Hund. So was habe ich noch nie gesehen.«
Wir starrten durch das dunkle Fenster auf die Wellen der rastlosen winterlichen See. Schließlich erhob ich mich und wanderte den Flur entlang zu Lingards Studio. Das Licht des Mondes kam durch die Verandatüren herein und warf kleine Vierecke aus schwachem Licht auf seinen Flügel. Ich strich herum, von Instrument zu Instrument, befummelte sie nervös und beweinte die Tiefen, zu denen ich heute hinabgesunken war, und außerdem verachtete ich mich, weil ich mich so erfolgreich in ihnen bewegt hatte; als Kontrast zu meiner eben noch erlebten Unfähigkeit, einen einzigen Satz Literatur zu schreiben, der nicht legasthenisch oder von Spitzbärten verunstaltet gewesen wäre, waren die ersten drei Kapitel »Lady Rampole« aus mir herausgeflossen wie Quecksilber aus einem kaputten Thermometer. In Nullkommanichts wäre ich damit fertig und würde sofort bezahlt werden, was dazu führte, daß ich eine unmittelbare Fortsetzung schrieb und so eine Tretmühle schuf, die letzten Endes die kleine Reserve moralischer Integrität,

über die ich noch verfügte, aufsaugte und mich zu Teilen dem Wahn überantwortete, so daß ich in meiner Mansarde schäumte und im schmerzhaften Zustand chronischer Anschwellung irr auf meinem Positionsstuhl herumwirbelte. *Entspanne dich,* sagte eine ruhige Stimme vom alten Schreibtisch beim Fenster her. Ich drehte mich um, bestürzt, und sah Lingards blasse Gestalt im Mondlicht, die sich in einem geisterhaften Manuskript Notizen machte. *Nora hat dich in ihrem Bann,* sagte er und wandte sich mir mit großer Nonchalance zu. *Es dauert nur eine gewisse Zeit.*

»Aber ich höre ja schon Stimmen, *dich* zum Beispiel.«

Mich? Lingard hob eine Augenbraue. *Ich bin immer hier.* Ich beobachtete, wie er auf das leuchtende, durchscheinende Papier schrieb, Noten miteinander verband. »Noch mehr Sirenen?« fragte ich.

Noch viel mehr.

Schließlich verließ ich ihn und ging durch den Flur. Über der Eingangstür war ein hohes Bogenfenster, das meinen Blick anzog. Einen Augenblick später schwebte Lingard an mir vorbei zu diesem Fenster hinauf, und seine Gestalt verschwand in den Strahlen des Mondes. Schwach hörte ich ein Geräusch: Sirenen, die weit entfernt in der Nacht riefen, riefen und dann verklangen.

Es war Morgen, und Nora und ich saßen am Küchentisch. Die Voodoo-Puppe schaukelte hinter mir im Gummibaum. Es wehte keine Brise, aber ich spürte, wie ihre kleinen Strohfüße meinen Hinterkopf berührten und dann wieder abglitten.

Nora schenkte Kaffee ein. »Ich hab' dich heute nacht tippen hören.«

»Ein neues Buch.« Ich gestikulierte vage.

»Echt wahr? Worüber?«

»Es ist eine romantische Arbeit, im Orient angesiedelt.«

»Das würde ich gern lesen.«

»Es wird noch ziemlich dauern, bis es seine endgültige Form gefunden hat«, sagte ich und hoffte, damit weitere Erkundigungen über Lady Rampoles perverse Praktiken abgewehrt zu haben.

Die Eingangstür ging auf, und Yamaguchi trat ein; er bog nach links ins Wohnzimmer ab, und ich hörte, daß Mamba ihn auf seiner Couch begrüßte. Dann wurden ihre Stimmen leiser, und sie erwogen weitere wahnsinnige Pläne, deren Ziel der Reichtum war und deren jeder schwere Maschinerie, Nebel und Noras Hinterhof zu beinhalten schien.

Sie hörte halb zu und zuckte matt mit den Achseln. Sie steckte in ihrem schwarzen Laufanzug, der um Hüfte und

Handgelenke mit silbernen Bändern geschmückt war, eine sehr vorteilhafte Kleidung, über deren Kragen noch dazu die Wogen ihres Silberhaars fielen. Sie trug mein Kordsamt-Smokingjackett, in dem ich einmal im Zusammenhang mit irgendeinem literarischen Ereignis fotografiert worden war. Naturgemäß würde es auf der Rückseite vom »Dilemma der Lady Rampole« kein Autorenporträt geben, kein vornehmes Smokingjackett, keine zwischen die Zähne geklemmte Bruyèrepfeife. Ein Stachelhalsband und ein Ochsenziemer wären der Sache ohnehin nähergekommen, wenn denn ein Foto jenen erlesenen Band begleitet hätte.

Nora stand auf. »Komm, wir joggen!«

»Lauf schon mal vor! Ich komme nach.«

»Ich dachte, du bist ein Fitness-Freak.«

»Ja, natürlich, bin ich auch, aber im Augenblick...« Ich nahm mein Notizbuch heraus und begann, ein bißchen rückwärts zu kritzeln. »... arbeite ich noch an einer Szene.« Wieder zuckte sie mit den Achseln und ging durch die Hintertür hinaus; ich kratzte ein par weitere chaotische Satzfragmente von der Art, wie man sie an den Wänden von Heilanstalten findet, in mein Buch, und als Nora sicher außer Sichtweite war, klappte ich das Notizbuch zu. In Wirklichkeit hatte ich keine Lust zu joggen, aber was war aus meinem ekelhaften Elan geworden? Wo war der Schwung meiner nach außen gewölbten Hacke? Meine einzige körperliche Betätigung in einer Woche hatte darin bestanden, auf meinem Positionsstuhl über den Dachkammerfußboden zu rollen.

»... was wir uns nämlich besorgen müssen, Gootch, das ist ein U-Boot. Dann kommen wir *unter* der Küstenwache rein, peilen mit dem Sehrohr die Lage, dann tauchen wir auf, löschen die Fracht und tauchen absolut lautlos wieder unter...«

Yamaguchi grunzte, und der Plan entfaltete sich im Wohnzimmer immer weiter. Osiris kam auf Zehenspitzen in die Küche und miaute nach seinem Hühnchengericht. Ich öffnete den Kühlschrank und holte es heraus. Es gab im Haus normales Katzenfutter, aber er zog frisches Geflügel vor, von Nora zubereitet. Ich stellte es hin, und er begann, das delikate Fleisch zu kauen.

Ich sank zurück auf den Küchenstuhl und starrte längere Zeit das Biest an. Durch das Fenster sah ich Nora, die am anderen Ende ihres Feldes über eine kleine Anhöhe kam; ihre Arme und Beine pumpten mit Macht; sie joggte echt ganz toll, und ich schien mir so vorzukommen, wie Janet sich vorgekommen sein mußte, warm und unbeweglich, während die Rastlosen dieser Welt zwanghaft rasend ihre Kreise zogen. Aber im Gegensatz zu Janet empfand ich keine echte Heiterkeit auf meinem Fensterplatz; vielmehr wußte ich, daß ich da draußen sein sollte, keuchend und im Wind, spürte tatsächlich irgendwo in meinem Innern den Urtrieb, aber unter meinen Füßen war Treibsand, der mich immer tiefer in die Qual hinunterzog.

Wo war die Muse? Wo war ihre uralte Inspiration?

Die Voodoo-Puppe trat mir leicht gegen den Hinterkopf, und Lady Rampole erschien mir in einer Vision, welche hier wiederzugeben mir der Anstand verbietet, aber die Bedeutung der Vision war klar: Ihre Ladyschaft, liederlich, verderbt, sexbesessen, war nunmehr meine Muse.

Ächzend erhob ich mich vom Stuhl und nahm meine Jacke vom Haken. Ich mußte hinaus, mußte mich bewegen, meinen Geist reinigen, meinen Körper, meine Seele.

Ich schritt am raucherfüllten Strategiezimmer vorbei.

»... wäre ein Einmann-U-Boot, Gootch. Wir stecken dich rein, im Golf von Mexiko, und drehen dich dann in Richtung Miami. Meinst du, du bringst das?«

»Yamaguchi bringt alles.«

»Na, dann haben wir eine Klasseoperation.«

Ich ließ diese profunde Planungssitzung hinter mir, ging zur Vordertür hinaus, die Verandatreppe hinunter und betrat den gefrorenen Erdboden. Ein Pfad war von Legionen Wahnsinniger vor mir über den Hof getrampelt worden, und ich folgte ihm zu meinem Auto. Da stand der Datsun in all seiner Schönheit, die Kotflügel hingen herab wie Ziehharmonikas, und der Wind wehte durch sie hindurch. Moralisten werden sagen, ich hätte, nachdem ich meine Frau verlassen hatte, die Zerstörung meines Autos verdient.

Ich fuhr ins Dorf. Meine Überraschung des Tages war Heinz, der in seinem Trenchcoat nahe der Anleger stand. Ich vermutete, daß er auf der Flucht war. Meine Fragen galten einem anderen Thema. »Hast du sie gesehen?«

»Janet?« Er wandte leicht den Kopf, zur See hin. Seine Falkenaugen waren hinter einer dunklen Brille verborgen, und seine Hutkrempe schützte ihn zusätzlich vor der hellen Wintersonne, die auf das Wasser knallte. »Nein«, sagte er, »ich habe sie nicht gesehen. Tut mir leid.«

Wir gingen zusammen weiter. »Bist du in Geschäften hier?«

»Warum sollte ich wohl sonst in diesem Nest sein?« Er betrachtete die Reihe grauer Fischerhäuser. »Wirst du nicht wahnsinnig? Was machst du, wenn du Aufregung brauchst?«

»Es war schon mal die Rede von einem U-Boot.«

»Komm, wir trinken was.« Wir betraten den Shellfish und setzten uns in die Ecke. »Laß mich bei deinem Job mitmachen«, sagte ich. »Ich brauche die Seeluft.«
»Nur Geduld!« Er klopfte gegen mein Glas. »Ich werde dir was Passendes besorgen.«
»Wie schnell?«
»Spätestens im Frühling. Ich laß dich nicht im Stich. Wie läuft's mit der Arbeit?«
Ich starrte in das Glas Gin, das ich bestellt hatte. »Ich hab' was Ernstes angefangen. Es hat sich in Pornographie verwandelt.«
»Kann passieren.«
»Ja, reden wir nicht mehr drüber, gut?« Wir sprachen über das Rennpferd, das er sich angeschafft hatte, und seine erstklassigen Aktien, Themen, welche die Geschwindigkeit, mit der ich den Gin wegkippte, zu erhöhen schienen.
Er sah auf die Uhr. »Ich habe eine Verabredung mit einem Kutterführer.« Er gab mir einen letzten wertlosen Rat und verschwand. Ich blieb in den Schatten des Shellfish, schlürfte mein Getränk und überlegte, daß man nie an die Stärke eigener Gewohnheiten oder Vorsätze glauben soll, gleichgültig, wie lange man schon nach ihnen lebt. Nach zehn Jahren selbstgefälliger Abstinenz war ich auf dem besten Wege, mich am Vormittag zu besaufen.
An der Bar saßen einige vornübergebeugte alte Seeleute, die sich ebenfalls früh am Tage vollaufen ließen. Wo würde der Abend uns antreffen? Welche Gezeiten, welche eitlen Träume würden über uns hinwegfließen, uns Tahiti versprechen, aber auf der Muschelbank scheitern lassen?
Ich trank mein Glas aus, bestellte ein neues und trug es zurück in die Schatten. Der bereits gestörte Strom meiner

Denkvorgänge verwirrte sich vollends, und ich bemerkte, daß ich mit einem leeren Stuhl schräg gegenüber sprach, und zwar wie ein Tonband, das rückwärts abläuft. Jetzt konnte ich bei Erweckungsveranstaltungen in Zeltbauten als Star auftreten.

Ganz ruhig, Alter!

Ich hielt mich am Tischrand fest, wuchtete mich hoch und stieß mich ab, und der letzte Gin tröpfelte meine Kehle hinunter, während ich blind zur Tür kreiselte.

Einer der Seebären drehte sich auf seinem Hocker herum und schielte mich durch ein leeres Schnapsglas an, als suche er die Uferlinie nach feindseligen Eingeborenen ab. Ich grüßte militärisch und stolperte zur Tür hinaus ins grelle Licht.

Die Straße hatte sich innerhalb der letzten Stunde auf der einen Seite nach oben verbogen; ich ging, diese fünf Grad ausgleichend, durch das Dorf. Ein Geruch nach süßen Krapfen stieg mir plötzlich in die Nase. Völlig ausgehungert betrat ich die Dorfbäckerei. Eine Frau sah über den Ladentisch, ihr Teint glich einer alten Geburtstagskerze. Das hatte ihr der Zucker angetan.

Ich zeigte auf die Vitrine. Sie folgte meinem Finger und ortete eine Reihe mißgestalteter Krapfen, die dick mit einer sirupartigen Schokoladensubstanz und schreiend bunten Bonbonsplittern beladen waren. »Wie viele?«

»Zwei Dutzend, bitte.«

Sie packte sie für mich in eine Schachtel, ich ging wieder auf die Straße hinaus und hatte mein Päckchen zu tragen. Betrunken, auf dem Heimweg, mit den Krapfen.

Ich summte eine kleine Melodie, als ich so vor mich hin ging. Das Licht der Sonne spielte auf den geparkten Autos, und dort unter ihnen war sie, meine Karosse, mein Streitwagen, mit schiefen Scheinwerfern, genauso schief wie meine eigenen dumpf glotzenden Augen. Ich schwankte dem Auto entgegen, kletterte hinein, fuhr bis an die Kreuzung. Der Dorfpenner winkte mich durch und nickte meinem volltrunkenen Antlitz auf vertraute Weise zu. Ich raste tollkühn nach Hause.

Lingard saß an seinem Konzertflügel und sah mich an. Sein mageres Gesicht, von einem strahlenden Lichtbogen umgeben, hatte sich im Vergleich zu den Fotos, die ich von ihm kannte, wenig verändert. *Ich bin dem Ton bis zu seiner Quelle gefolgt*, sagte er. *Es war eine Sirene – wie ich gedacht hatte.*

»Eine große?«

Eine sehr große. Er spielte weiter. Leise Musik, als striche der Wind über die Saiten, drang aus dem Innern des Instruments. Ich drehte mich zum Fenster und wandte dabei Besseres-Sehen-ohne-Brille an, da ich die meine irgendwann im trunkenen Verlauf des Morgens verloren hatte. Jetzt – falls ich nicht mit meinen Augenkorrekturübungen, die nie funktionierten, Erfolg hatte – mußte ich mir eine neue Brille kaufen, um meine alte zu finden.

Wieder drehte ich mich um und tastete mich durch tibetanische Gongs, afrikanische Zithern und andere merkwürdige Saiteninstrumente vor. Auf allen lag Staub, aber sie waren sämtlich gestimmt. Ich überflog kurzsichtig verstreute Partituren, in denen ich eine eselsohrige Speisekarte fand, auf französisch. Ich blickte wieder zu Lingard.

Ein Café auf dem Boulevard St. Germain. Da haben wir uns kennengelernt, sie und ich…

Sein Nimbus wurde grau, und in ihm konnte ich die nasse Straße der Erinnerung sehen: Regen in Paris, ein Mann und eine Frau unter der Markise eines Cafés.

Hinter mir erklangen Schritte, Nora stand in der Studiotür.

»Bläst du immer noch Trübsal?«

Ich ging zu ihr hinaus und tastete kurzsichtig nach dem Tisch mit der Post. »War irgendwas für mich dabei? Vielleicht ein riesiger Scheck von meinem Verleger?«

»Du siehst sturzvoll aus.«

»Völlig korrekt.«

Sie hatte ihren Karateanzug an, da sie ihre Übungen wieder aufgenommen hatte, seitdem ihr nicht mehr die Haare ausfielen. »Kommst du mit zum Training?«

»Ich glaube nicht.« Mein Interesse am Kampfsport hatte sich auf mysteriöse Weise gelegt. Außerdem hatte ich gerade zwei Dutzend Schokoladenkrapfen gegessen.

Sie ging fort, und ich schlängelte mich zur Treppe, navigierte hinauf ins Schlafzimmer und ließ mich krachend in unsere Wiege der Leidenschaft sinken. Der Schlaf näherte sich schnell, und ich verbrachte den Nachmittag im Land der Angstträume, aus welchem ich bei Einbruch der Nacht mit einem furchtbaren Kater erwachte. Ich starrte lange die Zimmerdecke an und versuchte, auf eine gute, solide, prätentiöse literarische Idee zu kommen, die eine Alternative zur Fortsetzung der Abenteuer von Lady Rampole darstellen könnte. Aber alles, was mir erschien, waren Schlagsahnebehälter, Gumminasen sowie, als ich den Blick senkte, ein schierer Schlüpfer, der sich als Noras Dessous erwies und ein paar Fuß vor meinen Augen am Bettpfosten hing. Ich rollte aus dem Bett; immer noch betrunken krängte ich aus dem Schlafzimmer. Ich blieb auf dem oberen Flur stehen

und lauschte den Geräuschen des Abends: Mamba sah im Wohnzimmer fern, Nora klapperte mit Pfannen in der Küche und Yamaguchi zischte »...ssaaaaaaa...«, während sein Besenstiel irgendwo unter mir die Luft zerschnitt. Offensichtlich war er jetzt einer der ständigen Gäste, und dies war meine Welt, meine kleine Heilanstalt am Meer. Ich hielt mich am Geländer fest und ging vorsichtig hinunter; auf der letzten Stufe trat ich aus Versehen auf Osiris' Schwanz. Der Kater brach in bösartiges Geschrei aus und raste davon. Nora erschien aus der Küche und hob ihn hoch. »Hat der Untermieter meinem Süßi auf den Schwanz getreten, meinem kleinen, alten Katzgör, meinem kleinen Muschmauser?«
Ich tappte weiter ins Wohnzimmer. Mamba, auf seiner Couch ruhend, sah die Halbsieben-Nachrichten. Ich taumelte in einen Sessel, starrte den verschwommenen Fleck aus sich verschiebenden Farben an, und die klangstarke Stimme des Sprechers erfüllte meinen Kopf mit Mord, Steuern, Völkermord und Schiebung. Mambas samtenes Echo kam aus den Tiefen der Couch. »Eben hab' ich gehört, daß ein Pilot in 25000 Gänse reingeflogen ist. Das ganze Flugzeug kaputt, und die Gänse fliegen durch die Gegend...«
Seine Stimme verlor sich, wurde wieder still, und das unendliche Durcheinander des Erdballs ergoß sich weiter über uns, und dann kam eine Quizsendung. Lichter blitzten, Glocken gingen los, und erstaunliche Wechselfälle des menschlichen Gefühlslebens folgten. Ich saß wie angewurzelt, ließ mich gleichzeitig treiben und berechnete meine eigenen Chancen in so einer Show. Ihre kreischend schrille Vulgarität stimulierte irgendwie in meinem Kopf einen

Dialog zwischen zwei debilen Frauen, die offenbar Teil meines persönlichen Unbewußten waren, obwohl ich sie nicht erkennen konnte. Sie redeten Unsinn, knapp unter der Schwelle der geistigen Hörbarkeit, und ich strengte mich an, sie zu hören, wußte aber gleichzeitig, daß das, was sie sagten, unerträglich banal war. Wenn dies eine ständige Einrichtung auf meinem inneren Spielplan werden sollte, mußte ich sicherlich Selbstmord begehen. Gnädigerweise umfing mich wieder der Schlaf, und ich träumte von in Krapfenform aufgedunsenen Neonfischen.

Ich erwachte, aufgeschreckt, irgendwann zur besten Sendezeit. Mamba und Yamaguchi waren in ein Gespräch vertieft, das von einem Gartenbaukünstler handelte, den Mamba in Kalifornien kannte. »... und Absolvent der Schule von Hollywood Hills/Luther/Burbank für die Aufzucht von allerfeinstem Gras. Wenn wir den kontakten, Yamagootch, dann läuft der Laden.«

Yamaguchi nickte nachdenklich, die unter dem Kinn gefalteten Hände auf seinen abgesägten Besenstiel gestützt. Sein Sinn war von zahlreichen unausführbaren Plänen beschwert, Operationen zu Lande, zu Wasser und in der Luft. Er sah mich an. »Du hast Geld. Du besorgst uns Schiff.«

Ich nickte ihm zu und versicherte, ich würde gleich als erstes morgen früh eins anschaffen. Dann ging ich zum Abendessen, welches nicht da war. Nora hatte sich gesättigt, saß jetzt am Fenster und zog ein neues Fell auf ihre Trommel. Ich starrte argwöhnisch die Membran an. »Nora, wessen Haut ist das?«

»Nur die von einem kleinen, ollen Esel. Warum?«

»Ich dachte, vielleicht...«

»Nein, Baby, ich lasse sie alle wieder frei.« Ihr zynisches

Gelächter konnte meine Befürchtungen nicht zerstreuen, ich würde dereinst über ihre Bongotrommel gespannt enden, mit ganz schwachen Erinnerungen an das Leben als Mann, damals, in einer anderen Zeit.
Mamba trat ein. Noras Blick voll Wut und Trauer, erst auf den neuen Berg schmutzigen Geschirrs und dann auf ihn, bestätigte meinen Argwohn, daß sie Pläne hatte, was sein Fell betraf, wenn er sich nicht besserte. Offenbar spürte Mamba das ebenfalls. »Okay, Babe, nun wollen wir mal diesem Haufen zu Leibe gehen, und zwar mit sofortiger Wirkung.« Er ging einen Schritt rückwärts in Richtung Wohnzimmer. »Ich will nur rasch ein bißchen Musik auflegen, damit wir den richtigen Soundtrack für diese Maßnahme haben...«
Eine Stunde später, als ich die letzten Geschirrstücke abtrocknete, kehrte er zurück wie aus einem anderen Land. »Tut mir leid, Alter, habe ich rein stückzahlmäßig was aufzuholen? Ich zieh' mal eben für dich den Stöpsel raus.« Er rieb einmal über den Spültisch, arrangierte sorgfältig ein Weinglas und richtete die Seifenschale auf Mitte aus. »Wird allmählich wieder, was?«
Der Abend klang dadurch aus, daß wir uns zusammen den Spätfilm ansahen. Ich schlief ein, immer noch betrunken, und wachte irgendwann in der Nacht aus einem Traum auf, in dem ich ein im Schlamm versunkenes Nilpferd war, das seinen enormen Schlund für Schachteln mit Schokoladenkrapfen aufriß, die von glotzenden Touristen dort hineingeworfen wurden. Auf der Couch beschäftigte sich Mamba mit meinem Schachcomputer. Er fütterte einen Schachzug ein, und der Computer reagierte blinkend.
»Okay, du Miststück, jetzt mußt du *zurück*...« Mamba

plazierte flink einen Springer. »Laß das von deinen Staffelläufern beim Technologischen Institut von Massachusetts knacken, und dann zeig mir, was dabei rauskommt!« Er sah zu mir hoch. »Jetzt muß sich die Maschine gleich ergeben; ich hab' ihr gerade den irrsten Zug des Jahres vorgesetzt.«
Der Computer antwortete, und Mambas Augen verengten sich zu Schlitzen. »Was ist denn *hier* los... Jetzt wird die Maschine *frech*...«

Als sich meine Augen an die trübe Beleuchtung gewöhnt hatten, bemerkte ich Yamaguchi, der in der Ecke saß, eine Büchse mit Nägeln auf dem Schoß. Er verbog sie mit den Zähnen und stellte chinesische Geduldsspiele her. Ich hatte gehofft, eine Orgon-Box herstellen zu können, um meine Aura zu revitalisieren, aber jetzt hatte Yamaguchi alle Nägel ruiniert.

»...jetzt paß auf, Computer! Jetzt kommt Mamba mit seinem Mamba Spezial und macht dir Beine... Siehst du, da rollst du über den Tisch und weißt nicht mehr, wo vorn und hinten ist...«

Der Computer piepte seine Antwort, Mamba sackte vornüber, seine Ellenbogen gaben zu beiden Seiten nach, sein Mund klaffte. »...so was Heimtückisches... Die Maschine muß sich irgendwo erkundigt haben...«

Ein zappeliges Fernsehtestbild erhellte das Zimmer wie eine verlorene Seele, die endlos in Schleifen durch die große Leere irrt. Meine Augen wurden glasig, und als ich sie wieder scharf eingestellt hatte, war es heller Tag. Ich war in einen Läufer gewickelt, den ich offenbar im Schlaf vom Fußboden aufgehoben hatte. Yamaguchi war fort, und oben konnte ich Mamba im Badezimmer singen hören. Ein Rohr rumpelte in der Wand und dann unter meinen Füßen: eine

Nachricht von Mamba an die Erde. Ich sah auf meine Uhr, und es war bereits zehn. Der Schlaf machte Ansprüche auf mein Leben geltend. Ich tappte zur Küche, wo ich Nora traf, das Gesicht vom Joggen rosig.

»Wie geht es dir denn so?« fragte sie, obwohl ihre Frage rhetorisch schien, als wäre mein Zerfall etwas, das sie als gegeben hinnehmen konnte, wenn man meine sprunghafte Natur bedachte. Zu Hause bei Janet war es mir gutgegangen, dort lebte ich in friedvoller Illusion, aber nun, da meine erzwungene Routine dahin war, hatte ich mich in einen Läufer gewickelt. Ich vollführte schwache Gesten zum Herd hin, mußte den Weg erst finden zu elf Tassen Kaffee mit einer Tüte weißem Raffinade-Zucker. Sie trat beiseite, war desorientierte Männer offenbar gewohnt. Während ich mit den Fingern ein Glas Marmelade leer aß, überlegte ich, ob das Haarwaschmittel auf Kräuterbasis, das zu trinken sie mich gezwungen hatte, eine dauernde Nervenschädigung hervorgerufen haben mochte. Mamba, das war mir aufgefallen, hatte sich vorsichtshalber geweigert.

Argwöhnisch blickte ich auf und erwog, ob ich sie der vorsätzlichen Unterminierung meiner eisernen Disziplin mit dem Ziel, mich an sie zu ketten, anstatt mich in meiner Arbeit aufgehen zu lassen, beschuldigen sollte. Aber sie war zu ihrer Trommel zurückgekehrt, zu ihrer Arbeit am neuen Trommelfell, und ich sah, daß es sie überhaupt nicht scherte, was ich tat.

»Nora, gibt es noch irgendwo Marmelade oder irgendein Gelee?« Ich spähte kurzsichtig in den Schrank.

»Ich weiß nicht, kuck doch mal nach!«

Ich drehte mich um, plötzlich tief gekränkt und auf dem besten Wege, eine meiner Reden eines rechtschaffenen Ehemanns zu halten, in denen es darum ging, daß ich Anspruch auf ein bißchen Verständnis hätte, auf ein paar mitfühlende Vibrationen, auf etwas Brot, in Ahornsirup getränkt. Sie sah von ihrer Trommel zu mir auf, und mir wurde klar, daß ich so nicht mit ihr reden konnte, daß ich nie mit Janet so hätte reden dürfen, daß ich es in Wahrheit nicht anders verdiente, als in einen Läufer gewickelt dazustehen, daß mein Leben mit Janet eine pompöse Lüge gewesen war und daß ich mir meine gegenwärtige Lage bei Nora ausschließlich selbst zu verdanken hatte.

Kraftlos griff ich nach dem Küchentresen; mein Ego machte einen neuen Kollaps durch, all meine kleinen Eitelkeiten und Selbstsicherheiten bröckelten ab; warum Janet mir nicht längst eine Pistole an den Kopf gesetzt oder mich wie Heinz' lateinamerikanisches Revuegirl im Bett in Brand gesteckt hatte, das konnte ich nicht begreifen. Ich hatte sie all meinen törichten Launen und Krankheiten ausgesetzt, meinem ganzen Stolz und, am allerschlimmsten, meiner hinterhältigen, protestantischen Predigertour, sie wie von der Kanzel herab anzureden, mit allen Antworten des Lebens deutlich vor mir in demütigen Sentenzen aus goldenem Licht, Wissen, in das ich, was das Zusammenleben von Mann und Frau und wie es sein sollte, eingeweiht war: Janet mußte immer Schuld empfinden, wenn sie nicht meine Ansichten zu jedem Thema teilte, und sie sollte mich um Verzeihung bitten, wann immer wir geteilter Meinung waren. Sie sollte außerdem dankbar sein, hatte sie doch einen Mann, der in Dingen des täglichen Lebens nach psychologischen Erklärungen suchte, denn nur durch die Wahrheit konnten wir zur Freiheit gelangen.

»Nora, hilf mir! Ich sehe mich, wie ich wirklich bin, und ich halte es nicht aus.«

Ich schielte sie kurzsichtig an, den Finger immer noch im Marmeladeglas. Sie schien mich nicht gehört zu haben und beugte sich neben ihrer Trommel tief hinunter, um die Spannung richtig einzustellen. In dem Raum, in dem mein Echo hallte, hörte ich all die anderen neurotischen Reisenden, die sich mit der einen oder anderen Geisteskrankheit in diesem Haus eingemietet hatten, in verschiedenen Abstufungen von Ichbezogenheit, und mit jeder hatte Nora sich abgefunden, und alle mußte sie inzwischen langweilig finden. Sogar in meinem Läufer kam ich mir plötzlich nackt vor, und ich erinnerte mich lebhaft an jenen bestürzenden Augenblick mit Janet, als sie mitten in einer meiner schmeichlerischen, moralistischen Reden gegen ihren Lebensstil plötzlich schrie: »Ich hasse dich, ich hasse dich, ich hasse dich«, so laut, daß ich fast in Ohnmacht fiel, und mit einer solchen aufgestauten Wut in den Augen, daß ich das Gefühl hatte, sie müsse mich schon seit Jahren verabscheut haben, und daß ich sie, wenn ich ihr weiterhin Predigten hielt, in die Psychose treiben würde, in einen Zusammenbruch aus schierer frustrierter Raserei, der eigentlich nur eine Bemühung war, mich dazu zu bringen, daß ich endlich das Maul hielt. Sie beendete ihren Anfall mit der Mitteilung, daß ich einmal im Monat mit der Präzision eines Uhrwerks zu einem verkrampften, überempfindlichen weiblichen Wesen würde und daß ich mal wieder meine Periode hätte.

Das brachte mich dann allerdings dazu, daß ich das Maul hielt, und jetzt weiß ich, daß der Mond uns tatsächlich fahrplanmäßig verrückt macht. Ich sah Nora an, und mir

wurde klar, daß die Stunde meiner Menstruation wieder geschlagen hatte, diesmal in einer neuen Form: als Gefühl, daß mein Leben auseinanderbrach. Und *daß* es auseinanderbrach, war auch keine Hilfe.
»Ich muß mich zusammenreißen«, sagte ich, zuckte heldisch mit den Achseln und schüttelte so meinen Läufer ab.
»Wie wär's, fährst du mich zum Einkaufszentrum?« fragte Nora.

Wir gingen den gefrorenen Pfad zu meinem Auto hinunter. Vor mir lag ein neuer Tag. Ein neues Blatt wurde aufgeschlagen. Zwangstäter sind berühmt für diese Denkweise, wobei frischgewischte Schiefertafeln wichtig sind, damit sie das Gefühl haben, daß es vorangeht, vorwärts und nirgendwohin.
Wir stiegen ins Auto. Wenigstens konnten Nora und ich jetzt etwas Zeit allein miteinander verbringen, Zeit, in der ich aus ihrer Erfahrung mit dem männlichen Menschen in der Midlife Crisis Nutzen ziehen konnte.
Ich fuhr rückwärts aus den Büschen. Yamaguchi und Mamba hielten uns an.
»Gut, daß wir dich noch erwischt haben, mein Alter.«
Sie kletterten auf den Rücksitz. Wir verließen Noras Einfahrt und fuhren auf den Feldweg. Ein alter Hund watschelte uns entgegen. Nora kurbelte das Fenster herunter. »Hallo, Baby, wie geht's denn ...«
Der Hund sah zu ihr auf und hob freundlich die Pfote.
»Sieht aus wie ein Spürhund vom Rauschgiftdezernat«, sagte Mamba.
»Ich kenne ihn aber schon seit Jahren.«
»Das hat gar nichts zu sagen. Das ist so ein ganz Heimli-

cher; der schnappt zu, wenn man am wenigsten damit rechnet.«

Wir rollten durch das Dorf und auf die Landstraße. Yamaguchi brummelte über seinen verbogenen Nägeln; seine geschlitzten Augen konnte ich im Rückspiegel sehen. Unsere Blicke trafen sich. Er lächelte und zeigte aufs Wasser.

»... Schiff kommt. Mit Dlogen ...«

Mambas Profil erschien im Spiegel; auch Mambas Augen waren aufs Wasser gerichtet. »Da kommt das Sehrohr raus, Gootch, und du wirst es für uns bedienen. Oh, Mann, das ganze Boot voll Stoff.«

Yamaguchi verbog einen neuen Nagel und hielt ihn hoch. Mamba sah ihn voll Bewunderung an. »Gootch, wir werden dich beim Befestigen der Radkappen verwenden. Wir hauen dir auf den Kopf und drehen dich einmal um.«

»Scheiß.«

»... der beste verstellbare Schraubenschlüssel, den ich je gesehen habe. Und kann sprechen.«

Und Nora? Sie schien in Gedanken verloren, fragte sich vielleicht, wie groß die Wahrscheinlichkeiten waren, was ihr der Wind als nächstes zuwehen würde, um ihre Sammlung von Gespenst, Kater und auseinanderbröckelndem Pornographen abzurunden.

Bald hatten wir jenes Rechteck des krassesten Wahns erreicht, den Parkplatz unseres FEKZ, unseres Freundlichen Einkaufszentrums. Mamba und Yamaguchi gingen ihrer Wege, Nora und mich trieb es auseinander, und ich blieb in der Campingabteilung, um mir eine Petroleumlampe anzusehen, damit ich nachts die Garage erleuchten konnte. Meine Überraschung des Tages bestand in Janet, die ich bei der Damenunterwäsche antraf. Ich stürzte ihr nach, nahm eine

Abkürzung durch den Gang für geschmacklose Möbel und betrat eine Dimensionsdelle; irgendwie verließ ich den Laden am anderen Ende in unmittelbarer Nähe der Nagetierkäfige. Ich raste noch einmal durch den Gang, aber sie war verschwunden.

Aber jetzt wußte ich es: Sie war in unserem Haus an der kleinen Bucht geblieben und erwartete meine Rückkehr. Denn warum sollte sie wohl sonst in dieser Gegend bleiben, wo es weder Kunst noch Künstler gab, in einer einsamen Unterwelt voll Menschen, die nur zu Fisch eine Beziehung hatten?

Nora erschien mit neuen Schlafzimmerpantoffeln, und wir verließen den Laden. Es war nur ein kurzer Weg zu Fuß bis zur Imbißbude, wo ich einen Milch-Shake bestellte, der aus zu fünf Prozent eßbarem Plastikmaterial bestand. Ich stürzte die inspirierende Substanz hinunter und lächelte; Leib und Seele waren mit neuer Hoffnung erfüllt.

Nora, die vielleicht etwas spürte, war am Nachmittag liebevoll, und wir steigerten unser Vergnügen mit üblen Drogen, welche bewirkten, daß ich zu einem Klecks ekstatischen Gelees schmolz. Ihr Kopf war dem meinen ganz nah, als wir in warmem Sirup trieben, ihre Stimme ein kehliges Flüstern. »Da möchte man sich doch nur noch zurücklegen und alles laufen lassen, wie es läuft, stimmt's...«

»Genau das hat mir gefehlt. Frieden; tiefe, fließende Stille.«

»Nichts wird den Frieden stören«, sagte sie. »Wir stehen weit über allem.«

Am anderen Ende der Diele ging knarrend die Badezimmertür auf, und Noras Kopf fuhr herum. Dann wurde ihr

Körper brettsteif, als das Geräusch eines kleinen Elektromotors zu hören war. »Dieser Schweinehund...«
Sie sprang aus unserem Sirup, stieg torkelnd in einen gestreiften Schlüpfer, den sie in ihrer Narkose für eine komplette Garderobe halten mochte, und stürmte halbnackt den Flur entlang.
Einen Augenblick später hallte Mambas Stimme im Badezimmer wider: »Ich verbrauche doch gar kein heißes Wasser, Babe, also stelle mir bitte auch nicht mit gewalttätigen Aktionen nach. Der alte Mamba putzt sich doch nur die Zähne.«
»Mit meiner elektrischen Zahnbürste. Von sämtlichen unhygienischen Arschlöchern, die hier bisher...« Der kleine Elektromotor wurde ausgeschaltet.
»Hör mal, Babe, willst du nicht als nackte alte Ziege des Jahres kandidieren? Da schneidest du bestimmt nicht schlecht ab.«
»Hör *du* mal zu, Jack...« Der Stecker der Zahnbürste wurde aus der Wand gerupft. »...in meinem eigenen Haus latsche ich herum, wie es *mir* paßt.«
»Ich beklage mich ja gar nicht, Baby, ich halte mich lediglich bereit.« Mamba begann zu summen, bürstete sich vielleicht die Zähne mit dem Zeigefinger, während Nora wuchtig über den Flur zurückstürmte und die elektrische Zahnbürste ins Schlafzimmer trug. Sie sah sich nach einem Platz für das Gerät um und ließ es dann ins Bett fallen.
Ich erhob mich, auf einen Ellenbogen gestützt. »Hier drin wird es noch voll werden.«
Sie stürmte eine Weile im Zimmer umher und berichtete vom jahrelangen Mißbrauch, den ihre Logiergäste mit ihr

getrieben hatten. Ärgerlich zog sie ihre Jeans an und zurrte sie zu, betrachtete dann ihren baren Torso im Spiegel. »Sag mal, hängt es bei mir schon durch?«

»Keine Spur.«

Sie beugte sich vor, näher an den Spiegel. »Ich kriege Tränensäcke. Weißt du, woher?«

»Nein.«

»Vom Ärger.« Sie legte die Hände unter ihre Brüste und hob sie etwa einen Zoll weit hoch. »Früher waren sie hier oben.«

»Das Leben ist grausam, aber mit Vitaminen stehen wir es durch.«

Sie drehte sich wieder auf die Seite und studierte die verbesserte Position ihres angehobenen Selbst. »Vielleicht sollte ich nach Tibet gehen.«

»Betreiben denn die Lamas Verjüngungskliniken?«

»Ich weiß nicht, aber man hört so einiges.« Sie zog ihr Sweatshirt an. »Ich brauch' ein bißchen Luft.«

Sie verließ mich und donnerte treppab. Mambas geschmeidiger Schritt erklang auf dem Flur, und er erschien in der Schlafzimmertür. Er starrte Noras Zahnbürste auf ihrem Kopfkissen an. »Sie nimmt sie mit ins Bett.« Er seufzte. »Kommt mir eher vor wie eine ungemütliche Todesart, aber so ist sie nun mal.«

»Vielleicht sollten wir ihr ein Geschenk kaufen.«

»So ziemlich das einzige, was sie braucht, ist Pfeil und Bogen.« Er setzte sich auf Noras Schaukelstuhl am Fenster und begann, langsam zu schaukeln, den Blick aufs Meer gerichtet. »Man muß allerdings als Mann philosophisch sein. Wenn man überhaupt mit einer Schnalle zusammenleben will.«

»Ich glaube, Nora war hier die ganze Zeit etwas zu exponiert.«
»Exponiert ist mein Arsch.« Mamba schaukelte langsam weiter und steckte sich einen Joint an.
»Ich meine«, fuhr ich fort, »all die Männer, die hier gelebt haben.«
»Von denen, die ich kenne, hat ihr nur einer *echte* Schwierigkeiten gemacht«, sagte Mamba, während seiner Nase Rauch entströmte, »ein gemeingefährlicher Irrer, vor einiger Zeit. Der hat ihr ein paar lange Stunden bereitet.«
»Was hat er getan?«
»Hat versucht, sie umzubringen und noch so dies und jenes.« Mamba schaukelte weiter. »Aber zum Schluß hat sie sich mit einem Hackklotz vom Schlachter hinter ihm aufgestellt und ihm das Ding auf den Kopf geknallt. Ich bin gerade rechtzeitig vorbeigekommen, weil sie ihn schon unten hatte, und ich glaube, sie war gerade auf dem besten Wege, ihm die Kehle durchzuschneiden. Auf jeden Fall hatte sie das Messer schon parat, das große, mit dem sie Zwiebeln schnetzelt.«
»Du hast die daran gehindert?«
»Jedesmal, wenn er aufwachte, hat sie ihm wieder auf den Kopf geklopft. Sie hat ihn etwa fünfundzwanzigmal gehauen, bis wir am Flughafen waren, dann hat sie ihm ein Ticket bis zur anderen Seite der Erde gekauft und das Arschloch abgeschickt. Als er in den Flieger kam, hatte er Dellen am ganzen Kopf, und einige davon hat er heute noch. Als er die Gangway raufging, wußte er gar nicht, wer er war, und er fragt sich wahrscheinlich bis zum heutigen Tage, wer ihn so zugerichtet hat, aber er kann von Glück sagen, daß er nicht da draußen begraben ist...« Mamba schnippte mit

den Fingern und deutete mit dem Daumen auf das Feld hinter dem Haus. »... denn Platz ist genug da.«
»Eine willensstarke Frau.«
»Amen, Bruder, und ohne einen Funken Verstand, wenn sie mal was von ihrer Zahnpasta abgeben soll. Da könnte man sich als Mann die Zähne mit einem gottverdammten Stück Birkenrinde putzen, und sie würde immer noch stänkern.« Er wandte mir zwei melancholische Augen zu. »So was ist doch unnatürlich, oder? Da wohnen wir alle hier zusammen und warten auf U-Boote und dergleichen, und da müssen wir auch ein wenig netter zueinander sein. Das nimmt mich alles dermaßen mit...« Er hob eine schlaffe, elegante Hand und führte langsam den Joint an die Lippen, inhalierte tief und lenkte seinen Blick wieder auf die See. Der Schaukelstuhl bewegte sich sanft auf und ab, und ein langer, schwarzer Finger tippte leicht auf die Armlehne. »... ich bin richtig aufgebracht.«
Er schaukelte weiter langsam in die Dunkelheit hinein.
»Mamba, darf ich dir eine ernste Frage stellen?«
»Alles, was du willst, solange es nicht meine Exgattin betrifft. Von dem Thema kann ich gar nicht wenig genug kriegen.«
»Nein, ich spreche über meine Exgattin. Ich habe das Gefühl, ich empfange Signale von ihr; ich soll zurückkommen.«
»In welcher Form kommen diese Signale?«
»Och, so Liebesrufe, die über die Bucht dringen; so in der Art.« Ich gestikulierte zum Fenster.
»Nichts am Telefon?«
»Nein.«
»Dann würde ich dem keine große Bedeutung beimessen.«

»Zum Schluß war Lingard nur noch im Delirium. Die hatten ihm alle möglichen Drogen eingeflößt...«
Nora saß am Schlafzimmerfenster und redete leise. Ich lag auf dem Bett unter einer schweren Flickendecke.
»...er hat mich dann um ein Notizbuch gebeten, damit er noch ein bißchen allerletzte Musik transkribieren konnte.«
Sie wandte sich mir zu. »Ich habe hier gesessen, und er war im Bett, wo du jetzt bist, und genau da hat er seine letzte Symphonie geschrieben. Weißt du, was es war?«
»Was?«
»Etcetera etcetera. Nur dies Wort, immer wieder hingeschrieben. Etcetera etcetera etcetera, auf jeder Seite, von einem Ende des Notizbuches bis zum andern, ausschließlich jede Menge Etceteras. Ich habe ihn gefragt, was es bedeutet, aber er hat nur die Zimmerdecke angestarrt.«
Ich starrte die Zimmerdecke an.

»Tja«, fragte ich das Gespenst, »was hat das zu bedeuten? Was sollten all diese Etceteras?«
Lingard war in seinem Studio: ein bleicher Umriß neben dem Klavier. Er zeigte auf den Flügel; dort, wo normalerweise die Noten standen, war das Notizbuch, und ich betrachtete es, aber für mich ergab es ebenfalls keinen Sinn, es

waren nur jede Menge Etceteras. Dann, während meines Mittagsschlafes, hörte ich das Wort in meinen Träumen, etcetera etcetera etcetera in mechanischem Rhythmus, wie eine Druckerpresse, die Seite um Seite ausstieß, musikalische Manuskripte, Protokolle von Kongreßdebatten, wichtige Romane, Gutenberg-Bibeln, Nazi-Memoiren, etcetera etcetera etcetera.

»... und nach den vielen Etceteras hat Lingard dann den Löffel abgegeben.« Nora saß an ihrer Frisierkommode und bürstete sich das Haar. »Und da war er dann mausetot.« Sie drehte sich um und zeigte mit ihrer Haarbürste auf das Bett, in dem ich meine abendlichen Übungen machte; ich bog den großen Zeh, vorwärts und rückwärts, zwanzigmal. Ich sah sie an. »Er ist hier gestorben?«
»Auf dem Kissen da.«
Ich verschob das Kissen so, daß es nicht mehr unter meinem Kopf lag. Sie wandte sich wieder ihrem Spiegel zu und sprach mit meinem Abbild. »Ich konnte es gar nicht glauben, daß ein Typ wie Lingard tatsächlich jemals abkratzt, aber er war eiskalt und wurde schon blau. Ich kriegte Angst, als ich ihn so sah, aber irgendwie konnte ich den Hörer nicht abheben, um jemanden anzurufen. Ich saß einfach rum und sah ihn an, und dann bin ich schließlich zu ihm ins Bett gegangen und habe mit ihm die Nacht verbracht. Ich fand es nicht richtig, ihn allein zu lassen, nur weil er tot war.«
Nora starrte das Bett an. Ein Teil von ihr lag für alle Zeiten neben ihm und war nicht aufgestanden, als der Morgen dämmerte.

Die Geschichte von Lingards Ableben wirkte als ein weiterer Anreiz zu meinem Entschluß. Meine hinfällige Gestalt verlangte nach frischem Linnen, und ich verabredete mich mit Mamba in Noras Waschküche.
»Okay, mein Alter, ich glaube, diese Socken könnten Gootch gehören, schwer zu sagen, aber macht nichts, wir haben ja alle so ziemlich die gleiche Größe.«
Wir stopften die Waschmaschine voll, klappten den Deckel zu und drückten auf den Knopf. Das Wasser begann zu laufen. »Man muß diese Maschine im Auge behalten«, sagte Mamba und trat einen Schritt zurück. »Einmal ist sie letztes Jahr in die Luft geflogen.« Er berichtete, wie seine Jockey-Unterhose gegen die Lichtleitung an der Decke geknallt war, und wir kamen überein, uns während des Schleudergangs wieder hier zu treffen, da dies die gefährlichste Aktivität der Maschine war.
Ich spürte, daß ich den Pfad zur Selbsterneuerung eingeschlagen hatte, und ging hinunter zur Küche. Yamaguchi sprach mit Nora und deutete mit seinem Besenstiel auf das weite Feld hinter ihrem Haus. »... kommt an, landet, hebt apppp.«
Nora ignorierte dies umnachtete Gegrunze und trank ihren Tee, während Yamaguchi weiterhin mit seinem Besenstiel wedelte. »Allesss, wasss wir brauchen, issss *Snignal.*«
»Snignal?« Ich trat zu ihm ans Fenster.
»Snignal«, wiederholte Yamaguchi und zeigte, wie er eine Laterne halten und gen Himmel schwenken würde, aus welchem dann ein Flugzeug erschien, gefüllt mit »Dlogen«. Woher er dieses Flugzeug kriegen wollte, wer es fliegen sollte, und warum der Betreffende ausgerechnet in Noras Hinterhof landen mußte – das waren Dinge, die seinen

wirren Geist nicht berührten. Aber bereits neben ihm zu stehen führte bei mir zu Realitätsverlust. Ich stahl mich davon und setzte mich an den Tisch.
Mamba kam herein und ging an den Kühlschrank. Er öffnete ihn und holte mit einem Lächeln einen Teller mit Scheiben weißen Putenfleischs hervor.
Nora sah von ihrer Teetasse auf. »Stell das zurück!«
Er drehte den Kopf langsam in ihre Richtung, ein Fragezeichen auf seiner Braue. Sie zeigte auf Osiris. »Das ist für ihn.«
»Der Kater wird besser verpflegt als alle anderen in diesem Haus. Kommt mir nicht richtig vor.«
»Warum nicht?«
»Weil dieser kleine Stutzer nicht *arbeiten* muß. Was soll er mit diesen ganzen Kalorien? Noch dazu Truthahn.« Mamba gestikulierte mit dem bepackten Teller. »Der hängt doch den ganzen Tag nur rum und pennt.«
»Und was machst du?«
»Unfreundlich, Babe, überaus unfreundlich. Du weißt doch, daß der alte Mamba stets in Gedanken vertieft ist. Ich schmiede Plan A und B, Babe, damit ich reich werde und damit du auch was davon abkriegst.«
»Stell endlich den Truthahn zurück!«
Er schüttelte den Kopf, eine weitere Illusion war zerbrökkelt, und stellte den Truthahn zurück in den Kühlschrank.
Ich blieb auf dem Stuhl am Fenster, unter dem Voodoo-Baum. Kleine Füße aus Stroh kamen herangependelt, traten leicht gegen die beiden Akupressurpunkte an meiner Schädelbasis, und ich schlief fast augenblicklich ein. Ich träumte von Treibsand. Das ganze Haus versank. Eine ferne Sirene ertönte.

»Das ist die Waschmaschine«, sagte Mamba, als ich von dem heulenden Lärm erwachte. »Da halten wir uns lieber bereit.«

Während wir die Treppe hinaufgingen, begann der Schleudergang. Als wir die Waschküche erreichten, hüpfte die altertümliche Maschine auf der Stelle, und ihre Seitenwände schepperten. Der Fußboden knarrte, und die Zimmerwände schienen sich wegen der Last nach innen zu biegen.

Wir standen in der Tür, unter uns bewegte sich der Boden.

»Mein Alter, wir sollten diese Maschine an die NASA verkaufen.«

Gips begann, von der Decke zu bröckeln. Der Deckel der Maschine öffnete und schloß sich wie das Maul eines vom Teufel besessenen, aufgedunsenen Geschöpfs aus dem Weltraum. Wir verließen rückwärts den Raum, als sie anfing, auf uns zuzuhoppeln.

»Jetzt ist Schluß, Bruder, jetzt hat sie absolut keine Selbstkontrolle mehr.«

Aber plötzlich endete der Schleudergang, die Maschine fiel in ihre alte Trägheit zurück, und ihr gläsernes Auge starrte uns nach ihrem schrecklichen Anfall leer an.

»Okay«, sagte Mamba, als wir nähertraten, »ich geb' ihr noch zwei Wochen, bis sie zu ihrer *Höchst*form aufgelaufen ist. Dann lockern sich die Dachsparren nebst allem anderen, und die verdammte Wand stürzt ein. Ich hab Nora schon gesagt, daß sie eine neue Maschine braucht.«

Er begann, Unterwäsche herauszuholen und sie zu sortieren. »Wenn der ganze Laden so vibriert, gibt früher oder später alles nach. Du weißt, was ich meine? Das ganze Haus fällt um uns zusammen.« Er warf Socken, Unterho-

sen und Taschentücher auf einen Stapel. »... der Schornstein könnte einem auf den Kopf fallen... Ist das deine Socke oder meine?«
»Sieht aus wie meine.«
»Könnte aber auch meine sein.« Mamba warf sie mir zu. »Genau hier fängt der Einsturz wahrscheinlich an, dann geht alles die Treppe runter und knallt auf meine Couch.«

Das Mondlicht spielte auf dem Fenster von Noras Schlafzimmer. Ich hörte Mambas Conch-Schneckenhaus, schwach klang es vom Feld herüber, wo Mamba seine Trommelgötter anrief. Noras Haar war ausgebreitet wie eine Seeanemone, immer noch von Kräutertinkturen naß, von ihrem Ozean aus Heilmitteln. »*Anemos*«, sagte ich und tauchte meine Lippen in ihre Wellen. »Das kommt aus dem Griechischen und heißt Tochter des Windes.«
Mondlicht war auf dem bemalten Kopfteil des Bettes, auf dem sich altmodische Blattgoldranken krümmten, einige abgeblättert und verblassend wie Nora und ich, aber wir segelten gemeinsam auf unserem Bett der Träume hinaus, über den Ozean. Die Tochter der Brise umfing mich sanft, wo die Strandwinden nicht mehr wachsen, die Seeglocken nicht mehr läuten, wo dem Reisenden keine Hilfe mehr winkt. Wir wendeten beim Mond, kamen im Tiefflug zurück zur Landebahn und fuhren die Räder aus.
Ich seufzte und rollte auf mein eigenes Kissen zurück. »Wie Hemingway sagte: Viele Romane sind in den Laken steckengeblieben.«
»Von der Sorte habe ich eine ganze Bibliothek«, sagte Nora.

Lady Rampole nahm das seltsame Gerät, das ihr der laszive Mandarin geschenkt hatte; ihre blutjunge Dienerin konnte ein Erröten nicht unterdrücken, doch wurde dies bei der gedämpften Beleuchtung kaum bemerkt. Unbekümmert ließ Lady Rampole ihn herabgleiten, den Rand ihres…

Ich ließ den Rand meines Kopfes auf die Schreibmaschine herabgleiten. Wie konnte ich nur mit dieser Ungeheuerlichkeit fortfahren? Mein Roman blieb nicht in den Laken, er war daraus hergestellt, triefend, verdreht, verheddert in den Sprungfedern der Verworfenheit.

Ich stand auf und hielt mich an der Rückenlehne meines Positionsstuhls fest. Regen schlug gegen das Fenster. Die Landschaft war grau, der Horizont ausgelöscht. Aus der Kuppel über meinem Kopf hing der Glockenstrang herab. Ich rollte meinen Positionsstuhl dort hinüber.

Als Kind hatte ich gelernt, eine Henkersschlinge zu knüpfen, um meine Spielzeugsoldaten aufzuknöpfen; es hatte mir Spaß gemacht, sie baumeln zu sehen. Nun, mit Fingern, die sich erinnerten, schlang ich das Seil, immer wieder um sich selbst.

Dann stieg ich auf den Stuhl und starrte zur Glocke hinauf. Es schien ein passendes letztes Bild für eine Hemingway-Figur; frag nicht, wem die Stunde schlägt, frag nicht, für wen die Glocke läutet, etcetera etcetera. Lingard erschien in der dunklen, runden Höhlung der Glocke und sah auf mich herunter, als ich mir die Schlinge um den Hals legte.

Selbstmordglocken sind immer interessant, sagte er, und ich bemerkte, daß er ein eigentümlich glänzendes Tonbandgerät bei sich hatte, das aussah, als wäre es nicht von dieser Welt, und dessen Spulen sich bereits drehten.

Ich machte mich bereit, mich vom Stuhl abzustoßen und zu baumeln, das Spielzeug eines unfreundlichen Schicksals. Ich flüsterte ein letztes Gebet an die Muse, auf daß meine Selbstmordnotiz gefunden werde und gute Verkaufsziffern erlebe. Ich sah hinaus auf die graue, abweisende Landschaft. Es schien nichts weiter zu sagen oder zu tun zu geben. Ich hatte meine Frau, meine Selbstachtung und meine Gesundheit verloren. Ich hatte keine Aussichten für die Zukunft. Und doch, wie die Chinesen sagen, und doch...

Irgendwo in meinem Innern schien sich wieder ein Bestseller zu rühren. Die Neonreklame meiner höheren geistigen Blase ging an, und ich erblickte eine Handlung, an der ein flotter Börsenmakler und eine brillante, aber zärtliche Chirurgin beteiligt waren. Eine weitere Blase ging neben der ersten an, und ich sah meinen Helden und meine Heldin, wie sie in einem Ferrari durch eine überladene ausländische Landschaft voll trivialer Details fuhren. Mein Gott, passierte das wirklich? War ich dabei, die volle Bedeutung des Klischees zu erfassen?

Ich griff nach dem Strick, um mich sofort loszubinden, aber ich bewegte mich zu hastig, und mein Postitionsstuhl begann, unter mir davonzurollen.

Eine Sekunde später baumelte ich am Glockenzug.

Nein, nein, ich durfte jetzt nicht sterben, nicht jetzt, da ich im Begriff stand, das Ganze zu erfassen: ein riesiges Reich der Wunscherfüllung, denn der Börsenmakler betreibt insgeheim den Ruin eines Landes der Dritten Welt, in welches seine Geliebte gerade geflogen ist, um den dortigen Diktator zu operieren und ihm das Leben zu retten, und den sie politisch verachtet, der aber, wie sie gerade erfahren hat, ihr Vater ist, und zwar infolge einer exotischen Affäre, die ihre Mutter vor Jahren gehabt hatte, als sie noch Präsidentin einer großen Kosmetikfirma gewesen war.

Verzweifelt strampelte ich und schlang meine Füße um die verstellbare Lehne des Stuhls; sie neigte sich mir in vertrauter und gehorsamer Weise zu, und im nächsten Augenblick hatte ich den Stuhl wieder unter Kontrolle und unter mir zum Stillstand gebracht. Sekunden später war die Schlinge gelöst, und ich hüpfte auf den Fußboden und rollte auf meinem Stuhl zu meinem Schreibtisch. Die Aufregung darüber, daß ich mich beinahe erhängt hatte, hatte die Vollkommenheit meines großen Einblicks kurz getrübt, aber nun riß ich die Schutzhülle von meiner Schreibmaschine und überließ mich ganz der Inspiration.

Nein, sie war nicht dahin, hatte sich nur ein wenig zurückgezogen und konnte zur Rückkehr überredet werden, eine kraftvolle, dynastische Saga um ungeheuren Wohlstand und fortgeschrittene chirurgische Technik, wie geschaffen für Mütter, Frauen überhaupt, für Männer mit elitärer Phantasie und Transsexuelle beider Geschlechter. Ja, da kam sie zurück, hier waren sie, die hochgestochenen Personenbeschreibungen, die Generationen umspannten, und, ja – Tränen rannen mir die Wangen hinunter –, hier war der Familiensitz auf der Plantage, die arrangierte Ehe, der Aufsichtsratsvorsitzende der großen Firma, der an einem Taubenknochen erstickt, als das Imperium endlich in Reichweite ist. Die hohle Bedeutungslosigkeit all dessen war atemberaubend. Meine Finger begannen, in einem einleitenden toten Prosagestöber über die Tasten zu tanzen. Kodein, Koffein, Schokoladenkrapfen und schwere Melancholie hatten sich vereint, um ein Wunder zu vollbringen. Ich konnte Lady Rampole in den Mülleimer werfen, in den sie gehörte. Dies neue Werk, der Pornographie so ähnlich, aber unendlich viel lohnender, stand auf dem Sprunge, sich zu offenbaren. Das große Ganze schimmerte vor meinen feuchten Augen. Die vorletzte wichtige Feineinstellung, der Fokus, das wahrhaft Gebündelte drang in die Vision, jener exquisite letzte Schliff, der den Unterschied zwischen einer Idee mit Hand und Fuß und einer Chimäre ausmachte; alle Künstler werden dies bestätigen: Es gibt da einen letzten kleinen Sprung des Geistes, der einen, wenn er stattfindet, auf die nächsthöhere Ebene trägt. Ich fühlte, wie sich meine Nerven vor dem Sprung duckten, und ich ließ es geschehen, ließ es kommen.

Hinter mir wurde die Tür geöffnet.

»Hey, mein Alter, wie geht's, wie steht's? Ich dachte, jetzt ist vielleicht die richtige Zeit; damit wir endlich mal mit meiner Lebensgeschichte anfangen können: Die Wahrheit über Mamba und seine vielen Schnallen.« Er setzte sich neben meinen Schreibtisch und entzündete einen Joint von Zigarrenlänge. »...die Sorte Buch würde uns reich machen...« Rauch wehte über mich hin. »...denn viele Leute suchen ja nur so eine Geschichte wie meine Geschichte, wenn sie ebenfalls mit zickigen Schnallen und dergleichen zu tun haben. Genau, mein Alter, du läßt den Kopf schön auf der Schreibmaschine liegen, genau wie jetzt, während der gute, alte Mamba für dich auspackt. Wahrscheinlich sollten wir mit dieser einen Mausi anfangen, wie sie mir den Gummi von meinem Pyjama durchgeschnitten hat...«

Musik: Mamba und Nora spielten Inselrhythmen von der Sorte, die unsere träumende Seele anrührt und zum Tanz beschwingt. Sogar Yamaguchi schlug mit seinem Besenstiel auf den Gong und führte einen fernöstlichen Two-step vor, der ihn immer wieder um den eisernen Rahmen des Gongs führte.

Ich saß auf meinem Sessel und starrte den Fernsehschirm an. Mein Mund klaffte offen, meine Kinnlade hing durch, ich hatte nicht mehr Interesse an Musik als ein gestreifter Teppichkäfer. Ich sah mir einen älteren Gärtner an, der erklärte, wie der frühe Pilzbefall frisch ausgesäte grüne Bohnen angreift. Er zeigte aus dem Bildschirm heraus:

»... früher Pilzbefall scheint auch Sie angegriffen zu haben.«

Er hatte natürlich recht. Überall auf meinem Kopf hatte sich leuchtender Schimmel gebildet. Mit dem frischen Verlust meiner hochgestochenen Idee fühlte ich auch all meine Hoffnung schwinden. Einen Augenblick lang hatte es geschienen, als könnte ich zu Janet mit einem literarischen Triumph am Gürtel zurückkehren, als Beweis für die Notwendigkeit unserer kurzen Trennung. Aber nun hatte ich nur Lady Rampole zu bieten, mit ihrem Teppich aus Schamhaaren und ihrem batteriebetriebenen Orgasmus. Aus diesem Grund, Geliebte, mußte ich fort und mich selbst finden. Diese Szenen hinter der Couch des Botschafters oder im Kabinett des Faktotums, sogar auf dem Kronleuchter, sind's, was ich dir bringe, als Zeichen meiner Weiterentwicklung.

Ich starrte die Gartensendung an. Sie endete mit einer Montage aus Pastinaken, und ich beugte mich vor, um die Lokalnachrichten zu sehen, die als nächstes angesagt waren. Nun kam ein unscharfer Film über eine Bürgerversammlung, bei der es um die Behandlung ungeklärten Abwassers ging, so was ist immer interessant, und dann ein Interview mit Sheriff Wasnichtalles.

»*...fordern die Todesstrafe für Drogenschmuggler, die in großen Mengen harte Drogen, Marihuana und was nicht alles ins Land bringen. Wir sind hier personell unterbesetzt, und wir haben mit der normalen Aufrechterhaltung des Friedens und was nicht alles genug zu tun, weshalb ich den Bürgermeister bitte...*«

Ich muß eingeduselt sein, denn als ich wieder hinsah, war es Zeit für Sport, Spiel und Spannung geworden.

»*...unsere nächsten beiden Teilnehmer sind von Geburt an die allerletzten Deppen, und zwar aus Columbus, Ohio. Ich bitte um einen schönen Applaus...*«

Ich applaudierte leise in der Dunkelheit.

»... da war ich also, und Lingard war tot und begraben. Ich hatte mich komplett in ihn eingewickelt; das Haus und alles, was drin war, gehörte ihm...« Nora stand im Wohnzimmer beim Fenster, durch das Fenster fiel Mondlicht herein und auf ihr Haar. »... und eines Morgens mußte ich in den Spiegel kucken und sagen: Wer zum Teufel

bist du eigentlich? Ich hatte nie damit gerechnet, eine Antwort auf die Frage haben zu müssen. Mit so was rechnet man nie, wenn man mit jemandem lebt, der das offenbar alles längst weiß.«
»Und was hat der Spiegel gesagt?«
»Ich stellte fest, daß ich oft dem Tode nahe war; ich fuhr mit meinem Auto wie eine Besessene und wagte mich im Winter in dummen kleinen Booten aufs Wasser, und natürlich kann man immer einen Mann abkriegen, der einen wegen irgendwas umbringen will – und da wurde mir klar, daß ich sterben wollte und bei Lingard sein, egal, wo er war.«
Sein Geist erschien im Mondstrahl, rutschte auf ihm herunter und flüsterte mir leise zu: *Deshalb bin ich zu ihr gekommen.*
Sie schien es nicht zu hören, sah durch das Licht des Mondes aufs Wasser. Ich machte es mir auf dem Fußboden bequem. Osiris stieg auf meinen Brustkorb und rollte sich zusammen. Nora ging in die Küche; ich blieb auf dem Fußboden, und Osiris' Schwanz lag auf meinem Nasenbein. Das Gewicht eines schnurrenden Katers kann ein tiefer Trost sein; wenn der Kater faul ist, macht es ihm nichts aus, die ganze Nacht auf einem zu verbringen. Irgendwo in der Dunkelheit, als ich so dalag, wurde mir bewußt, daß Osiris und ich ineinander verliebt waren. Zu einer Trägheit, die bereits überwältigend genug war, war nun ein zehnpfündiger Kater gekommen. Die ganze Nacht träumte ich dann von einem kleinen Mäusebankett, bei dem ein nackter Neger auf der zentralen Platte lag, umgeben von marinierten Sperlingen.
Ein Streifen Sonnenlicht ließ mich aus dem Schlaf aufschrecken. »Der Kater hat dich völlig unterworfen, mein Alter«, sagte Mamba von seiner Couch aus, auf der er

rauchend lag. Yamaguchi trat ein und stellte eine Zeichentrickfilmserie an. Kann es erniedrigendere Idiotie geben als den Soundtrack solcher Kreationen? Trotzdem stellte ich fest, daß ich über die Aneinanderreihung von Beschimpfungen, komischen Explosionen und kreischenden Enten lächelte. Yamaguchis leises Gekicher rundete die Vorstellung ab. Osiris' Schwanz schlug gegen meine Nasenlöcher. Auf diese Weise verbrachten wir den Morgen. Es muß ein Sonnabend gewesen sein, denn der Görenschrott ging ohne Unterbrechung weiter, ein anal-sadistischer Witz nach dem anderen; geschlagene, zerquetschte und implodierte Opfer randalierten bis in alle, wie es schien, Ewigkeit. Unerträglich quälender Hunger zwang mich schließlich zum Aufstehen, und ich mußte Osiris von meiner Kehle verstoßen. Mit Gummischritten fand ich meinen Weg in die Küche.
Mambas Stimme erklang hinter mir, als ich den Kühlschrank öffnete. »Da drin brauchst du gar nicht erst zu suchen, mein Alter; das hat Nora inzwischen alles versteckt.«
Wir forschten nach ihren Verstecken, fanden auch ein paar Artikel wieder, aber im wesentlichen war es eine fruchtlose Suche. Mamba wandte sich an den Kater. »Hey, Osir', wo hat Nor' das Hühnchen?«
Osiris sprang auf das Spülbecken, steckte die Nase unter den Wasserhahn und sah mich an. Er mochte frische, kalte Tropfen, ganz langsam geträufelt. Ich stellte das Wasser auf ›klein‹, und er trank, enthüllte aber nichts über den Verbleib seines Hühnchens.
Wir bereiteten uns eine Suppe aus Ketchup und Wasser und servierten sie mit einigen Gesundheitskeksen von Grace Rideout. »Staubtrocken, das Zeug«, sagte Mamba und hielt

einen Keks in die Höhe, bevor er ihn in seinen Teller tunkte. »Kein Waschbär würde so was anrühren, weil er Schiß hätte, daß er sich einen Zahn ausbeißt...«

Yamaguchi, von den Possen seiner Lieblingszeichentrickhelden beflügelt, sprang in die Küche; seine Füße befanden sich in Augenhöhe, als er über den Tisch flog.

»Hey, Yamagootch, hast mal wieder die Schuhe zum Aufziehen an? Ich dachte, wir hätten sie vor dir versteckt.« Mamba wandte sich an mich. »Wir müssen ihm mal so viel Koks geben, daß er aus dem Stand über das verdammte Haus springt.«

Yamaguchi machte einen Salto rückwärts zur Küchentür hinaus und einen zweiten am Fenster vorbei. Mamba schüttelte den Kopf. »Der Mann fliegt in der Gegend herum wie ein gottverdammter Käfer...«

Wir beobachteten, wie Yamaguchi zum Meer hinunter sprang, um wie jeden Tag im eiskalten Wasser zu schwimmen. Da trat Nora ein und ging zum Spülstein, an dem sie eine Teekanne voll Wasser laufen ließ. Mamba drehte sich auf seinem Stuhl um. »Machst du uns Tee und ein bißchen französischen Toast, mein Mädchen?«

Nachdem sie die Kanne mit Wasser gefüllt hatte, gab sie einen Teelöffel Salz hinzu und steckte sich die Tülle der Kanne in ein Nasenloch, was nur eins jener endlosen Rituale sein konnte, die ihr halfen, jung und schön zu bleiben. Sie warf den Kopf zurück, und das Wasser floß hinein, in ihre Stirnhöhlen; sie würgte, klammerte sich am Spülstein fest. Mamba hatte das Kinn auf eine Hand gestützt und sah sie gebannt an. »Ist das nicht ein Anblick? Eine Dame, die sich eine Teekanne in die Nase steckt?«

»...duhältstdiefresse...« keuchte Nora und schenkte sich

Salzwasser durch das andere Nasenloch nach. Ihr Kopf schnappte zurück, als sie es hochschnupfte. »... ogott...« Das Wasser tröpfelte ihr aus dem Mund.

»Überschrift: Dame bei einem Anfall mit ihrer Teekanne...«

Ihre Augenbrauen verwuchsen miteinander, nachdem die Stirnhöhlen zwar offenbar in Brand gesteckt, aber doch gesäubert worden waren. Sie leerte die Teekanne ins Spülbecken. Mamba gestikulierte zu ihr hinüber. »Und jetzt ein bißchen Oolong, Baby, falls du mit allem fertig bist.«

Nora knallte die Kanne auf den Tresen; ihre Nerven waren bis zum Zerreißen gespannt. »Mach dir deinen Tee selbst!«

»Sowieso, Baby, sowieso...« Mamba spülte Noras Kanne aus und warf eine Handvoll Tee hinein. »Solange wir wissen, daß du nicht noch eine andere Übung hast, bei der du dir die Tülle in den Hintern steckst. Das würde es nämlich verzögern...«

Nora lümmelte sich auf ihren Stuhl und massierte sich die Stirn mit den Fingerspitzen. »... ich hab' zuviel Salz genommen...«

»Völlig in Ordnung, Baby; scharf genug bist du ja schon.«

Yamaguchi kam vom Meer zurück und kletterte nackt über das Felsenkliff. Wir sahen zu, wie er über den alten Weg der Fischer zu uns rannte und in den Wind boxte. Wenige Augenblicke später sprang er die Verandatreppe herauf, platzte in die Küche und landete in der Pferdestellung, mit ausgebreiteten Beinen, unbeweglichem Körper und blau vor Kälte. Er blieb in der Pferdestellung, ohne mit der Wimper zu zucken, und fletschte die Zähne vor Wut. Eine kleine Pfütze bildete sich zu seinen Füßen, als das Eis von seinen Geschlechtsteilen schmolz.

»Yessir, Gootch, wir stellen dich in die Tiefkühlabteilung.« Mamba ging zum erstarrten Krieger. »Mit einem Schild: ›Aus dem Tal des fröhlichen blauen Japsen‹, und in die Hand stecken wir dir eine Dose Erbsen.«
Yamaguchi starrte geradeaus, die Gesäßmuskeln knotig angespannt. Nora stand von ihrem Stuhl auf. »Was, glaubst du, ist das hier? Ein Badehaus?« Sie warf ihm einen ausgefransten mexikanischen Poncho über den Kopf. »Ich brauche mir nicht den ganzen Tag deinen Piephahn anzusehen.«
Der Poncho blieb auf der reglosen Gestalt liegen, die mich an gußeiserne Tempelwächter erinnerte, vor den Toren einer verlorenen Zivilisation. Er starrte das Meer an, wartete auf Fracht.
Nora, die sich immer noch die Stirnhöhlen massierte, sah zu mir auf. »Ich komme mir vor wie in einer Falle. Ich habe das ganze gottverdammte Haus am Hals, mit allem, was drin ist, inklusive den da.« Sie fuhr einen Daumen in Richtung Yamaguchi aus.
»Es gibt einen Klub, dem kannst du beitreten«, sagte ich. »Da tauscht man sein Haus mit jemand anderem, mit jemandem in Europa oder Tahiti oder sonstwo.«
»Genau«, sagte sie, »aber dann müßte ich es saubermachen.«

Meine Brille fand sich wieder, zerbrochen in meiner Gesäßtasche. Das Leben wurde zu einem Spinnennetz aus Korridoren, Gesichtern und Möbeln, aber es gab ein kleines Segment im linken Glas, das klargeblieben war, und durch dieses Guckloch beäugte ich Nora, als wir beide bei Kerzenlicht in ihrem Schlafzimmer dinierten. Die Kerzen flackerten, und wir sprachen über die Bedeutung der Dinge, über spirituelle Themen, über Kunst.

»... Benny Bongo brachte dann also noch Aruba mit und sagte, der sei Söldner, aber Aruba war lediglich bescheuert. Ich hab' mich trotzdem in ihn verknallt. Die Löcher in der Täfelung sind von seinen Messerübungen, siehst du meinen Umriß? Er hat mich gezwungen, einen Kohlkopf zwischen den Knien zu halten. Ich hab' mir alles mögliche von ihm gefallen lassen, aber zum Schluß hab' ich ihm eine gescheuert. Immerhin konnte er Saxophon spielen...«

Ich legte den Kopf schief; meine gesprungenen Brillengläser machten ihr Gesicht zu einer Kristallmaske, aus der helles Licht heraussplitterte, wie etwas, das in einer alten aztekischen Ruine gefunden wurde. Ihre Stimme leierte weiter und beschwor weitere Gestalten aus ihrer romantischen Vergangenheit, sämtlich Psychopathen.

»... alles blieb etwa zehn Tage lang ruhig, und dann erschien Moustache mit seiner Tuba und fiel vom Anlegesteg...«

Ich nickte hinter meinen verzerrten Prismen; die tanzenden Kerzenflammen wurden entlang den Sprüngen in meinen Gläsern zerlegt, so daß ich wie beim Bankett eines Wahnsinnigen von Feuerzungen umzingelt schien, dabei lauschte ich ständig dem Bericht von der Rettung eines ertrinkenden Tubaspielers. Wasserfontänen waren aus Moustaches Instrument hervorgequollen, während der versinkende Eigentümer um sich drosch und blies und dabei vergaß, daß er die Messingmonströsität nur loszulassen brauchte, um sich zu retten.

Wie Moustache, so sank auch ich immer tiefer, und ich klammerte mich dabei an Nora; und wie er hatte ich mich an die Bürde gewöhnt und konnte meinen Armen nicht befehlen, sich zu öffnen.

Dann segelten wir auf unserer schlappen Matratze hinaus über die Lagune. Die Laken flatterten, und ich hatte meine normale Vision von ihr – oder meine normale Einsicht in sie –, das Gefühl eben, das ich hatte, wenn ich in ihre Umarmung eingewickelt war. Ich hörte, wie sie intim mit meiner Seele sprach, aber ich bin sicher, daß ich es mir nur einbildete. Was kann ich Ihnen denn schon über Nora mitteilen, was Sie sich nicht längst zusammengereimt haben? Aber das spielt, glaube ich, keine Rolle. Als wir unter jenen mondbeschienenen Wolken dahinsegelten, sah ich, wie ihr Silberhaar zu Jade wurde, ganz entschieden, und unser Kissen wurde zu einer polierten Kurve unter ihrem Kopf. Dieses Stück befindet sich im Museum der vergessenen Liebe, ohne Titel, am Ende der Halle. Dann ließen wir uns zurücktreiben und tranken etwas Wein, und wir aßen ein paar Kekse, die sie versteckt hatte. Einige Krümel ließen sich auf ihrem Bauch nieder, und wieder sprach sie, und das Licht der Kerzenflamme lieh ihren nackten Brüsten, unter denen sie die Arme verschränkt hielt, seinen Zauber.

»... ich kam also nach Hause, und da war Sanchez mit dem Motorrad in meinem Wohnzimmer, und auf dem Fußboden lagen die numerierten Einzelteile. Ich sagte, er soll den heißgemachten Ofen wegschaffen, und er sieht mich richtig süß an und sagt: *Er war aber doch für dich, Baby ...*«

Nora redete sich schließlich selbst in den Schlaf, in welchem sie dann die nächsten acht Stunden versunken blieb, überzeugt davon, wie wesentlich dies für ihre Schönheit war. Ich stellte den Wecker entsprechend, zog mich aber nicht auch in den Schlummer zurück, da ich bereits tagsüber zehn Stunden geschlafen hatte. Nun mußte ich mich erheben und meinen Beitrag leisten an jener Arbeit, die auf dieser Welt getan werden muß. Ich stieg die Stufen zu meinem Dachkammerbüro hinauf, wo ich etwas nicht völlig Unanständiges zu schreiben hoffte, etwas über das Leben, über Ethik und die *condition humaine*. Aber die Nacht war kalt. In Nullkommanichts war ich auf meinem Positionsstuhl eingeschlafen, und meine Arme hingen auf den Fußboden hinunter wie die Arme eines toten Affen.

Ich wachte von dem Geräusch auf, das beim Holzhacken entsteht. Ich spitzte das Ohr und hörte, wie Mamba im Schuppen vor sich hin summte. Ich sah auf meine Uhr. Es war fünf Uhr, nicht siebzehn Uhr, sondern fünf Uhr.

»*Hey!*«

Nora war aufgewacht, und jetzt war ein Klatschen von Füßen in der Diele, dem ein »*Was ist da unten, verdammte Scheiße nochmal, eigentlich los?*« folgte.

Das Hacken ging weiter, und ich hörte Donnerbüffel, die Indianerfrau, über den Flur zur Treppe stampfen. Da war etwas an der Art, wie Noras Füße auf dem Fußboden auftrafen, das immer das ganze Haus in Schwingungen versetzte. Sie stürmte plattfüßig weiter, gewaltige Entschlossenheit und Angriffslust in jedem Schritt. Nun ertönte eine rasche Folge solcher Schritte die Treppe hinunter, und dann hallte das Haus von dem Ruf »*Es ist fünf Uhr morgens, du Sack!*« wider.

Diesem Ruf folgte das sanfte Gemurmel von Mambas Stimme, welches Nora in Gekreisch ausbrechen ließ: »*Du Sackratte! Du weißt doch, daß ich meine Ruhe brauche!*«

Ich ging die Bodentreppe hinunter bis zur Diele und dann

weiter zum Treppenhaus. Ich hörte unten im Wohnzimmerkamin das Geprassel von Flammen. Donnerbüffels Schritt dröhnte unten durch den Flur, dann hinaus zum Schuppen, wo ihr Schrei die Luft zerriß: »Musikergesindel! Blutsauger!«

»Aber, aber, mein Mädchen, so beruhige dich doch...« Mambas geschmeidiger Schritt begleitete den ihren über den überdachten Teil des Vorplatzes, die beiden erschienen im Eingang, und Mamba hatte die Arme voll Feuerholz. Nora war in ihren schwarzen Kimono gehüllt, dessen Ärmel sich bauschten, während sie gestikulierte und stampfte.

»Jetzt werde ich nicht wieder einschlafen können!«

»Hau dir einfach mit einem Stück Holz auf den Kopf, Babe; das müßte funktionieren.« Mamba ließ seine Ladung Holz neben dem Kamin fallen und begann, das Holz einzuschichten.

»Du Miststück!« Nora hatte sich mit ihm gebückt, damit er keine Silbe verpaßte, und vorne klaffte ihr Kimono. »Wenn ich nicht acht Stunden Schlaf kriege, habe ich Ringe unter den Augen.«

Mamba arrangierte die brennenden Scheite in Tipi-Form. Die Flammen knisterten, leckten gierig an der polierten Maserung. Noras Kopf schoß hackend Richtung Feuer. »Du Arschgesicht, ist das da ein Stück von meinem Gartenstuhl?«

»Der unbequemste Stuhl, auf dem je ein Mann gesessen hat, Babe. Es gibt nur einen Platz für diesen Stuhl, und Mamba hat ihn für dich gefunden.«

»Zufällig hat Osiris diesen Stuhl geliebt.«

»Ich liebe zufällig etwa acht bis neun meiner Zehen, Babe, und die drohten mir abzufrieren, weil ich immer ohne

Heizung im Wohnzimmer schlafe.« Mamba streckte die Hände zum Feuer und rieb die Handflächen gegeneinander. »Du stellst den verdammten Thermostat immer auf Null.«
»Ich spare Energie und schütze die Umwelt.«
»Und ich erspare mir das alles und schütze meine Füße.« Mamba gaffte in das Feuer. Sein Lager war daneben auf der Couch, unter einem Haufen von Decken, Läufern und Afghanen-Jacken, alles etwas in Unordnung.
Nora sank auf die Couch und zog sich eine Afghanen-Jacke um die Beine. Sie blickte finster ins Feuer, die Augen zu Schlitzen verengt, das Haar zerzaust. »Um fünf Uhr morgens, du Sack!«
»Gute Zeit zum Aufstehen, Babe. Man kriegt noch was vom Sonnenaufgang mit und kann seinen ganzen Scheiß in die Gänge kriegen.«
Wir starrten die brennenden Stuhlbeine an, die vom jahrelangen Stehen auf Noras Hof trocken waren und schnell verbrannten. Mamba fügte noch ein paar Scheite hinzu. »Hübsches kleines Feuer haben wir jetzt; da meint man doch gleich wieder, man lebt. Stimmt's, oder hab' ich recht, Baby?« Er klapste ihr spielerisch aufs Knie, und sie ging ihm an die Kehle, mit ausgestreckten Fingern, um seinen Adamsapfel herauszulösen; er zuckte schnell instinktiv zurück, und die Messerhand zischte an ihm vorbei. »Verdammtnochmal, Nor', du wirst Mamba doch nicht mit sowas angreifen wollen.«
»Doch. Wenn ich könnte.«
»Du mußt dich in der nächsten Zeit mal wieder einkriegen, du Ziege. Du trägst den Schwarzen Gürtel, stimmt's? Was meinst du denn, wie ich mich verteidigen soll? Ich hab' an so viel zu denken, da vergeß ich vielleicht irgendwann mal

abzublocken, und dann bringst du mich um, Baby. Dann ist meine Luftröhre im Arsch oder so was in der Art, kapierst du das? Du mußt dich beherrschen, Nor', sonst hast du mich für alle Zeiten als Krüppel am Halse.«

Noras Braue kräuselte sich, als sie das Bild eines schwerbeschädigten Mamba, den sie nie mehr hinausschmeißen konnte, vor ihrem geistigen Auge bedachte.

Er rückte das brennende Stuhlbein zurecht. »Genau, Babe, ich spreche von einem verbogenen Rückgrat, genau der Scheiß, den du immer übst. Wenn du mich in Stücke reißt, wirst du mich nie wieder los, Baby.«

Allmählich schien sich ihr Fokus zu ändern; das Licht, das in ihre Augen drang, schien anders gebündelt zu sein, und sie sah durch Mamba hindurch, durch mich hindurch und durch die Schleier anderer lästiger Schatten, die sie einst gekannt hatte und die sämtlich in ihrem Gehirn hingen. Ein Gewebe hatte sich gebildet, seidig glatt, so, wie Lügen sein können, die Männer für Frauen erdenken. Aber sie sah durch das Gespinst hindurch, sah einen Ort, der frei war von Buhlknaben und Blasmusikern, von unbekannten berühmten Schriftstellern und allen anderen Formen dieser Spezies, eine vielleicht ausgenommen.

»Holzhacken macht ganz schön Appetit, was...« Mamba spielte im Feuer herum, stocherte hier und da und ordnete den verkohlten Stuhl. »Für ein paar Bratkartoffeln wäre ich jetzt durchaus zu haben.« Er sah zur Couch hinauf. »Was hältst du davon, Nor'? Und für den Kater noch ein paar Scheiben Truthahn?«

Sie legte den Kopf zurück und schloß die Augen. Wenige Minuten später atmete sie tief, den Kopf in Mambas Kissen gekuschelt. Er zog ihr eine Afghanen-Jacke über den Körper und steckte sie sanft um die Schultern herum fest. »Schlaf es aus, Babe! Schlaf all deine Sorgen aus! Wir passen so lange aufs Haus auf und versuchen, deine ganzen Wertsachen zu finden. Dann machen wir ein großes Schild mit der Aufschrift ›Räumungsverkauf‹ draußen dran, und wenn du wieder aufwachst, haben wir den ganzen Kram verscherbelt.« Er kicherte in sich hinein und ging zur Küche, wo wir erfolglos nach einem Frühstück suchten.

Nora und ich gingen ins Dorf und kehrten im Fischerrestaurant ein. Ich zeigte wie ein stummer Schimpanse auf den Käfig mit Marmeladekrapfen, eine Plastikglocke auf einem Metallgestell, der die Kellnerin mein Frühstück, Mittagessen, Abendessen oder was es sonst war, was wir gerade aßen, entnahm. Nora redete, und wir setzten uns.

»... ich hatte gerade eine Operation hinter mir, aber er hat sich trotzdem mein Auto genommen, und ich mußte zu Fuß zum Einkaufen und konnte mir dabei meine Stiche halten ...«

Sanchez, wenn man so will, in Noras Wagen, und er fuhr davon, verschwand für immer mit besagtem Fahrzeug. Ich sah mich, als säße ich neben ihm, dahinschwindend, mit der Ferne verschwimmend.

»He, denkst du schon wieder an deine Alte?« Nora klopfte mir mit ihrem Löffel auf die Knöchel.

»Für was für einen Schurken hältst du mich?« Ich gestikulierte mit meinem Krapfen.

»Ja, schon gut ...« Nora nippte an ihrem Kaffee, dann lächelte sie mich über den Rand ihrer Tasse an. »Du wirst zu ihr zurückgehen. Leute wie du sind die besten Ehemänner.«

»Unter den gegenwärtigen Umständen scheint mir das eine eher merkwürdige Aussage.«

»Nur weil du dich ein bißchen abgesetzt hast?« Sie schüttelte den Kopf. »Eines Nachts wirst du es schon noch kapieren...« Ihre Stimme schien hinter dem Zynismus sentimental zu sein, und ich sah, daß sie sich daran gewöhnt hatte, daß ich neben ihr war, in einen Läufer gewickelt meine Zehenübungen machend, während ich an die Decke starrte.

»Wir wollen mal nichts überstürzen.« Ich hob der Kellnerin einen Finger entgegen und zeigte ihr an, daß ich eine weitere Teigkugel brauchte.

»Ich hab' geträumt, daß du mit anderen Damen fickst«, sagte Nora. »Und da bin ich zur Eheberatung gegangen.«

»Es gibt viele Orte, an denen du enden könntest, Nora, aber die Eheberatung gehört nicht dazu.«

»Im Traum kam es mir ganz real vor.«

»Ja, und ich träume, daß ich in einer Gemeinschaft von Nilpferden lebe, aber wir wachen dann doch in unserem eigenen Bett auf; das ist nämlich der Witz.«

»Treibst du's mit dem Hippo?«

»Wir wälzen uns hauptsächlich im Schlamm.«

»Ein Nilpferd...« Sie grübelte über die Bedeutung nach, dann sah sie mich an. »...du mußt finden, daß ich fett werde.«

»Das Symbol hat andere Implikationen.«

»Ach ja, welche?«

»Es ist unelegant, die Natur der persönlichsten Gedanken zu enthüllen, aber ich versichere dir, daß das Nilpferd nicht für Nora Lingards Zellulitis steht.«

»Du hast Gedanken, über die du nicht sprichst?«

»Gewiß. Du nicht?«

»Ich versuche, offen zu sein.« Sie sah mich vorwurfsvoll an.

»Und ich versuche, verschlossen zu sein.« Ich sah meinen Krapfen an, hatte eine Vision, wie er vor kurzem noch in einer Wanne mit ranzigem Fett geschwommen hatte, und verschluckte ihn als Ganzes. Dann setzte ich meine kaputte Brille auf und betrachtete die Pier. Heinz erschien und bewegte sich ungelenk an den schadhaften Linien meiner Linsen entlang. Ich klopfte ans Fenster und signalisierte ihm, er möge uns Gesellschaft leisten.

»Wer ist das?« fragte Nora.

»Er war mal Schriftsteller. Jetzt ist er nur noch Millionär.« Heinz betrat das Restaurant, Reichtum stand über und über auf seiner pummeligen Gestalt geschrieben. Ich fühlte mich sehr zu ihm hingezogen, wahrscheinlich im Zusammenhang mit dem Geld, das ich von ihm borgen würde, sobald wir allein waren.

»Diese Frau ist ein Kobold«, sagte er, nachdem Nora uns verlassen hatte, um ihr Gejogge weiter zu betreiben.

»Was meinst du damit?«

»Sie erinnert mich an dich«, sagte er, während wir beobachteten, wie sie die Straße hinunterrannte. »Oder daran, wie du mal warst. Was ist mit dir passiert? Du siehst aus wie ein Penner.«

Ich fuhr über die Stoppeln auf meinem Kinn. »Ich habe ein bißchen gelebt.«

»Wo? In einer Müllpresse?«

Ich borgte mir weitere tausend Dollar und erkundigte mich nach Janet. »Du hast sie gesehen?«

»Ich hab' mal reingeschaut.«

»Malt sie?«

»Klar, sie malt. Ich habe ihr sogar eines ihrer Stücke abgekauft; ich dachte, sie kann die Kohle gebrauchen.« Hierbei schien er ein wenig zu erröten, als entspreche Großzügigkeit nicht seinem Charakter, oder vielleicht war es auch seltsam für ihn, uns beide auszuhalten. Er wechselte das Thema. »Die Küstenwache hat eine Massenverhaftung durchgeführt.«

»Von dir jemand dabei?«

»Nein, ein Haufen Amateure. Die haben alles falsch gemacht.« Er lächelte trocken und sah aus dem Fenster. Draußen hatte ein Trawler festgemacht, das eiserne Deck voller Netze, Taue und Ketten. »Das Gebiet hier wimmelt von Typen vom Rauschgiftdezernat. Sie wissen, daß die Fischer Ware mitnehmen.« Er überreichte mir die Karte eines Rechtsanwalts. »Wenn du Schwierigkeiten kriegst, ruf diesen Kerl an!«

»Ich weiß deine Besorgnis zu schätzen. Aber du bist der einzige Typ, den ich im Schmuggelwesen kenne, und bisher hast du mich an dem Deal noch nicht beteiligt, falls ich dich daran erinnern darf.«

»Vielleicht gerätst du in irgendwas hinein. Hier arbeiten die verschiedensten Leute.«

Ich bemerkte, wie sein Blick zur Straße geschweift war, wo Yamaguchi in Sicht kam, der auf eine Art vor sich hin spazierte, die typisch für ihn war, nämlich wie eine Dampframme aus Fleisch und Blut. »Kennst du den Mann?« fragte Heinz.

»Ich hab' ihn schon ein paarmal gesehen. Warum fragst du?«

»Laß dich nicht mit ihm ein, egal, was du tust.« Heinz hatte seine Sonnenbrille abgenommen, seine meerblauen Augen verengten sich leicht, als er beobachtete, wie Yamaguchi

vorüberging. »Er ist die Sorte Amateur, bei der jeder für seine Mitarbeit zehn Jahre kriegt.«
»Ich werde mich bemühen, ihm aus dem Weg zu gehen.«
Heinz setzte seine Brille wieder auf, dunkle Gläser verbargen seinen Blick. »Zwei Worte, die du dir merken solltest: Traue keinem!«
»Den Spruch kenne ich seit Jahren.«
»Traue nicht mal mir!«
»Wenn ich dir nicht trauen kann...«
»In diesem Geschäft«, sagte er, »gibt es niemanden; es gibt nur dich selbst.«
Wir regelten die Sache mit dem Scheck und gingen zur Pier hinaus, stellten uns dort hin und betrachteten das verlassene Deck des Trawlers. »Verdienst du soviel, wie du gedacht hast?« fragte ich.
»Ich habe mir gerade ein Mietshaus gekauft.«
»Vielleicht miete ich bei dir mal ein Zimmer.«
»Jederzeit gern.«

Osiris saß vor seiner Katzentür und wartete.
»Der Kater möchte in den Schnee getragen werden«, sagte Mamba. »Gib ihm einen schnellen Tritt, mein Alter!«
Ich stellte das stolze Biest auf der Veranda ab, bewunderte ein paar Momente lang die zerklüftete Landschaft und kehrte ins Wohnzimmer zurück, wo Mamba das Studium von »Popular Mechanics« wiederaufgenommen hatte. »Hier drin hat ein Mann sein eigenes U-Boot *gebaut*, aus einem alten Boiler und einem Gartenschlauch.« Er wandte sich an Yamaguchi. »Na, wie klingt das, Gootch?«
»Kling gud.«
»Ein paar Wasserhähne an die Seiten und ein paar ver-

schiebbare Gewichte in den Bug, und schon ging der Mann runter.« Mamba blätterte um. »Ich muß das fertiglesen; mal sehen, ob er jemals wieder hochgekommen ist.«

»Wer kommt mit joggen?« Nora erschien in der Tür. Ihr Grad an physischer Fitness kam mir unerträglich vor. Die Frau sprang ständig auf, um irgendwohin zu rennen.

Mamba sah von seinem Magazin auf. »Ich komme in etwa zehn Minuten nach, Babe...«

Nora rannte hinaus, und ihre geschmeidigte Gestalt glitt die alte Fischerstraße hinunter. Ich fragte mich, wie alt sie wirklich war, aber ich wußte, daß keine chinesische Wasserfolter ihr eine Zahl entreißen würde. Am Ende der Straße, in der Nähe des Deichs, wendete sie und verschwand in den Kiefern.

Mamba legte seine Illustrierte beiseite und beugte sich über den Kaffeetisch, auf dem sein Ballen Marihuana lag. Er sah ihn an und schüttelte den Kopf. »Unser Vorrat geht zur Neige.« Vor uns lag genug, daß jedes normale menschliche Wesen zehn Jahre damit ausgekommen wäre. »Wir haben hier nur noch etwa für fünf Tage was zu rauchen...« Immer noch den Kopf schüttelnd, klebte er fünfzehn Blätter Zigarettenpapier aneinander und schüttelte eine Unze Gras hinein, um einen Joint von der Größe einer Regenrinne herzustellen. »Ab jetzt können wir sie nur noch *so* klein drehen...«

Rauch hüllte uns ein, und ich begann, von einem bezwingenden Drama über Liebe zu träumen, in welchem...

»Versuch, mit Besenstiel zu schlagen! Los!«

»Jetzt nicht, Yamaguchi.« ... in welchem der Held entdeckt, und zwar zu seinem maßlosen Erstaunen, daß seine Frau...

»Wo bewahrt Nora ihre Dlogen?«

»Weiß ich nicht.«
»Sie hat Pille für alles.« Der Besenstiel wirbelte. »Hat Pille für in den Arsch stecken.«
Mambas Kopf tauchte aus dem Rauchschleier auf, der ihn umgab. »Heda, Augenblick mal, Yamagootch. Du sagst, Nora hat ein paar Opiumsuppositorien, von denen sie uns nicht sagt, wo sie sie hat?«
»Hab' gesehen, wie sie benutzt hat«, sagte Yamaguchi. »Sehe durch Schlüsselloch von Badezimmer.«
Der Held versucht vergeblich, die Tat seiner Frau zu verstehen, und dann kommt ein mysteriöser Brief – oder ein Anruf? Die Stimme klingt entfernt bekannt, und...
»So eine Sauerei«, sagte Mamba. »Die Alte weiß ja wirklich, wie's gemacht wird. Da hat sie Opiumzäpfchen und sagt uns nichts davon. Das sieht ihr mal wieder ähnlich, stimmt's?« Er sah sich im Zimmer um. »Man weiß gar nicht, wo man mit dem Suchen anfangen soll.«
»Im Arsch«, sagte Yamaguchi.
Mamba stand auf und ging langsam zum Fenster hinüber. »Jetzt ein kleines Zäpfchen wäre nämlich genau das Richtige.«
Der Held, über die Maßen schockiert, verliert seinen Job. Er scheint gleichgültig; nur die Droge, die ihm ein Freund der Familie zugeführt hat, eine Psychiaterin, ist ihm noch wichtig, und etcetera etcetera etcetera.
»Da kommt die miese Zicke zurück.« Nora joggte auf uns zu, von Wölkchen kalten Atems begleitet. Sie zügelte ihr Tempo und umkreiste das Haus ein paarmal im Schrittempo, wobei sie mit den Armen baumelte. Mamba suchte die Konfrontation, als sie eintrat. »Wie geht's, Süße, hast dich schön ausgejoggt?«

Sie drängte an ihm vorbei in unsere verräucherte Mitte, ließ sich aufs Sofa fallen und massierte ihren Wadenmuskel. Mamba lehnte sich gegen den Türrahmen, das Kinn in der Hand, und betrachtete sie.

»Fühlst dich richtig schön glatt und geschmeidig, was, Babe, mit dem geschmolzenen Zäpfchen im Arsch?«

Sie schien ihn nicht gehört zu haben, schnürte die Senkel ihres Turnschuhs auf. Er beugte sich ganz nah über sie. »Kommen schon die ersten Visionen, Baby? Überall ein schönes warmes Glühen?«

Sie sah zu ihm hoch. »Sag mal, wovon redest du eigentlich die ganze Zeit?«

»Hör mal zu, Baby, Yamagootch hat *gesehen*, wie du dir das Zäpfchen in den Arsch gesteckt hast. Also hör auf, uns zu verscheißern, okay?«

Nora sah die beiden an, in ihren Augen standen Überdruß und Verachtung. Mamba gab den Blick nachdenklich zurück. »Egoismus wird dich nirgends auf dieser Welt sehr weit bringen, Babe.« Er schüttelte gewichtig den Kopf. »Ich tue einen Ballen Gras auf, und schon stelle ich ihn auf den Tisch. Aber du stößt auf jede Menge Opiumzäpfchen und stopfst sie dir alle ins eigene Gesäß. Hast du sie dir alle auf einen Haps reingesteckt, Babe? Verhält es sich so?«

Nora zog beide Turnschuhe aus und stellte sie ordentlich neben der Couch auf. Mamba schlich um die Couch herum, bis er vor ihr stand. »Dabei weißt du sehr genau, daß ich ebenfalls ganz schlimme Hämorrhoiden habe, Baby. Ein Zäpfchen würde meinem Arschknochen genau die Erleichterung verschaffen, die er braucht, falls du verstehst, was ich meine.«

Nora seufzte tief und lehnte sich in die Kissen zurück.

Mamba wandte sich an uns. »Was hab' ich gesagt. Jedesmal lassen die Weiber einen im Stich.« Dann wieder an Nora. »Du hast wahrscheinlich gar nicht mal bemerkt, wie ich mich immer seitwärts auf den Stuhl setze und meine Arschbacke über dem Rand ausbalanciere, oder?«

»Wovon *sprichst* du eigentlich?«

»Ich spreche von Hämorrhoidal-Zäpfchen, Babe, aber nicht mit Hamamelis, sondern mit O-pi-um, und von dieser Sorte hast du ein paar Proben abgestaubt.«

»Du spinnnst doch, ist dir das überhaupt klar?«

»Okay, Babe, wenn du deinen alten Freund Mamba so behandeln willst, der dich sein Lebtag noch um nichts gebeten hat außer um etwas Truthahn von deinem Kater und etwas Linderung für seinen Arsch. Okay, ich hab verstanden.«

»Ich habe dir bereits die gesamten Arzneien gegeben, die sich in diesem Hause befanden, und das weißt du auch.«

Mamba deutete mit einem langen, schlanken Finger auf sie. »Yamagootch hat dich *gesehen*, Babe. Wir haben einen Zeugen für den gesamten Fakt, vorher, während und hinterher.« Er wandte sich an unseren Trainer. »Sprich es aus, Gootch! Sag es, wie es ist!«

»Steck in Arsch!«

Nora maß Yamaguchi kalt mit den Augen. »Ich habe heute morgen jemanden auf Händen und Füßen vor dem Badezimmer gehört. Warst du das?«

»... Kniiee-fallll ...« Er deutete an, in ihrer Diele gebetet zu haben.

Mamba richtete seine rechte Gesäßbacke vorsichtig auf dem Stuhl aus. »Ich habe so ein Gefühl, als hätte ich Reformhauskost oder sonst was Gräßliches gegessen; meine ganzen Eingeweide sind ausgeleiert ...«

Nora verließ den Raum und ging die Treppe hinauf. Mamba glitt vollends auf den Stuhl. »Muß ein Herz aus Beton haben, die Frau, daß sie einen Mann hier so in Schmerzen sitzen läßt...« Er griff nach seinem großen Ballen grüner Blätter.

Ich stand mit Yamaguchi in der Küche und fragte mich, was ich vielleicht essen könnte. Mir kam in den Sinn, daß ich die Gewohnheiten eines Tieres angenommen hatte, das im Käfig gehalten wird, eines Gorillas vielleicht, der all seine natürliche Anmut verloren hat und abwechselnd nervös von einer Seite zur anderen geht und schlaff in seinem Gummireifen hängt. Die Erinnerung sagte mir jedoch, daß ich vor nicht allzu langer Zeit ein geordnetes und produktives Leben geführt hatte. War die Ordnung eigentlich ganz und gar Janets Ordnung gewesen, und war meine Produktivität in Wirklichkeit irgendeine Art Reflex auf ihre kreative Kraft gewesen, die ich angezapft und mein eigen genannt hatte? Ich hatte von untalentierten Männern gelesen, die mit brillanten Frauen zu tun bekamen und dann selbst brillant wurden, während die Frau zu verblassen begann, da das stolze Männchen ihr die Lebenskraft aussaugte.
Aber so ein Pfau war ich doch bestimmt nicht gewesen. Oder?
Und wenn nicht, was hatte ich dann vorzuweisen, seitdem ich Janet verlassen hatte?
Sechs ölige Kapitel über Lady Rampole.
Mit einem Ruck fiel mir etwas ein: Ich hatte Pornographie gemacht, als ich Janet traf! Ja, das war meine Blaue Periode gewesen, und zwar nicht *Blau* wie bei Picasso, sondern *Blue* wie in *Blue Movie*, und in dieser Blauen Periode war ich

einer der fruchtbarsten Autoren von Sheer Panties Publications gewesen. Erst nachdem ich Janet geheiratet hatte, schien ich mir Witz, Intelligenz und anständige literarische Manieren angelegt zu haben.

»Yamaguchi, mir wird gerade etwas Schreckliches klar...«

Yamaguchi öffnete gerade den Schrank unter dem Spülbekken und holte eine Dose Nine-Lives-Katzenfutter heraus. Er hielt sie lächelnd in die Höhe, öffnete sie und begann zu dinieren. Erst nachdem ich ihn beim Essen beobachtet und den Glanz in seinen Augen bemerkt hatte, als Osiris vorbeiging, wurde mir klar, daß Yamaguchi annahm, Nine-Lives-Katzenfutter bestehe allen Ernstes aus *Büchsenkatzen*, vielleicht mit Gerichten zu vergleichen, die er in Tokioter Pinten genossen hatte.

Die Parallele zu meinen eigenen Mißverständnissen drängte sich geradezu auf: Der unbezahlbare Kaviar von Janets Geist war der meine geworden, aber im Grunde war ich lediglich ein...

»... Kotzen in Böchsen...« Yamaguchi hielt mir seine Dose hin, drängte mich, sein Mahl mit ihm zu teilen.

Ich wirbelte davon und verbarg mich im Gummibaum. Die Voodoo-Puppe baumelte mir entgegen, ihre Flitteraugen glitzerten; ein Joint, von Mamba spendiert, hing im Mundwinkel der Puppe, ein Ende glimmte, und dünner Rauch kräuselte sich um ihren spitzen Kopf.

Die existentielle Falle klappte zu, und wie immer, wenn man sieht, was man wirklich ist, überschwemmte mich die große Furcht.

Janet hatte mich still und leise und vielleicht sogar unbewußt zu einem unbekannten berühmten Autor gemacht. Ich hatte, eingebildet, wie ich war, unsere Ehe immer als

etwas betrachtet, was auf charmante Weise zeitlich mit der Entdeckung meiner eigenen Stimme zusammenfiel. Was ich wirklich entdeckt hatte, war ihre Stimme, sanft in der Nacht, die mir zeigte, was geschmackvoll, würdig und gemeinhin als Literatur anerkannt ist. Sie hatte das Nachtgeschirr, das meinen Geist umgab, zertrümmert und mich gelehrt, die Sterne zu sehen.
Ich verließ den Gummibaum und versuchte, meiner rasenden Gefühle Herr zu werden. Ich war mir des Umstands, daß ich alles übertreibe, wohl bewußt, aber trotzdem davon überzeugt, daß ich so schnell und so bald wie möglich zu Janet zurückflitzen mußte.
Mamba betrat den Raum, bückte sich und kraulte Osiris, wobei seine Finger das Rückgrat des Biests massierten. »Der Typ hier hat einen Knick im Schwanz, oder...?«
Hinter ihm erklang verteidigend Noras Stimme. »In dieser Gegend haben viele Typen einen Knick im Schwanz.«
Sie schubste Mamba aus dem Weg und streichelte Osiris liebevoll, dann begann sie, ihn sanft zu schlagen, direkt über dem Schwanz. Er begann zu schnurren. »Das gefällt dir, was, du alter perverser Schummelkater...«
Sie schlug ihn noch heftiger, so daß er flach zu Boden ging, mit hochgestelltem Schwanz, die Pfoten von sich gestreckt. Das Schnurren schwoll weiter an. »... ja, das magst du, wenn du gehauen wirst, stimmt's, du böser, alter Kater...«
Jetzt trommelte sie mit beiden Händen schnell auf ihn ein, und seine Augen verengten sich zu ekstatischen Schlitzen. Diese abnorme Zurschaustellung von Zuneigung streckte sich noch eine gewisse Zeit hin, und in dieser Zeit brachte ich meine Paranoia ein wenig zur Ruhe. Ich mochte wertlos sein, ja, und auf mich gestellt, war ich nur für die niedrig-

sten literarischen Vibrationen empfänglich, von der Sorte, wie sie einem Gerät aus geformtem Gummi entströmen, $ 12,95 per Nachnahme, ohne Batterien. Aber – ich hatte Janet.

Ich brauchte nur zu ihr zurückzukehren, um meinen Elan wiederzubekommen, die schmuckvolle Feder höheren Strebens. Und – ich wollte es sofort tun. Ich machte kehrt, um in die Dachkammer zu steigen, um zu packen, um zu fliehen. Die Blätter des Gummibaums streiften meine Wange, die kleinen Strohfüße der Strohpuppe pendelten nach vorn und berührten einen Druckpunkt hinter meinem Ohr.

Ich sank fast augenblicklich auf den Stuhl unter der Pflanze, mein Leib füllte sich mit Mattigkeit und Zufriedenheit, während die kleine Puppe über mir baumelte und flüsterte: *Noch jede Menge Zeit...*

Natürlich hatte sie völlig recht; es bestand keine Notwendigkeit, zwanghaft loszurennen. Und Nora begann, ein Abendessen vorzubereiten. Vielleicht fühlte sie sich schuldig, weil sie ihre Opiumzäpfchen gehamstert hatte. Auf jeden Fall servierte sie uns allen in sehr kurzer Zeit einen großen Teller Spaghetti. »*Das* ist Essen, Babe«, sagte Mamba. »Jetzt wird man endlich nicht mehr wie eine seelenlose Maschine behandelt.« Er hielt ihr seinen Teller hin, und sie füllte ihn. Er zog ihn nah an sich heran und fing an zu essen.

»Hat das der Kater in sein Katzenklo geschmissen? Ist das der Grund?«

»Sei nicht so witzig!«

»War doch nur ein Scherz, Babe.« Er wickelte sich Pasta um die Gabel. »Du weißt doch, daß der alte Mamba dich hin und wieder mal ein bißchen auf den Arm nimmt, damit du in Form bleibst.«

»Statt dessen könntest du mal ein paar Fressalien auf den Arm nehmen und hierherschleppen; wir haben nämlich nichts mehr im Hause.«

»Die Fressalien kannst du so gut wie abhaken, Babe. Es ist ja erst halb vier.«

Ich vertilgte ungeheure Mengen Pasta. Das Blut aus meinem Gehirn wanderte zum Magen, und mein Kopf sank gegen die Stuhllehne, in die Blätter des Gummibaums. Von weitem kam Noras Stimme.

»Wer möchte Kräutertee? Ich habe hier eine neue Verjüngungsmischung.«

Ich hob langsam den Kopf und sah, wie Mamba die Hand über seine Teetasse hielt. »Für mich bitte nicht, Nor', wenn's dir nichts ausmacht. Von dem letzten Schub Verjüngung, den du aufgebrüht hast, ist mein Gesicht feuerrot geworden und hat gekratzt wie sonst was, und ein widerlicher Auschlag ist mir die ganze Brust hinuntergekrochen, daß ich dachte, ich sterbe.«

Sie hielt die Kanne über meine Tasse. Ich gab ihr lahm ein Zeichen. »Danke nein, ich bin bereits im Koma.«

Ich tauchte wieder in die Bewußtlosigkeit ein; Kopf zurück, Mund offen, aber gelegentlich zuckte mein Körper bei der einen oder anderen Bemerkung senkrecht in die Höhe. Als ich die Augen wieder öffnete, spielten Mamba und Yamaguchi Karten, wobei Mamba kläglich den Kopf schüttelte. »Du gibst ganz schön lausige Blätter, Gootch.«

»Nie Japsen trauen!« Yamaguchi strich Mambas Geld ein. Wieder mischte er, ließ die Karten durch die Luft wirbeln, und die Blätter sammelten sich in neuen und wahrscheinlich ungünstigen Konstellationen. Er sah mich an und lächelte: »Kartenspielen?«

Ich rückte meinen Stuhl heran, und was ich an Geld besaß, wäre bestimmt in Yamaguchis Besitz übergegangen, wäre Nora nicht mit einer neuen Idee dazwischengetreten. »Kommt, wir gehen in den Squid und steigen ein bißchen bei der Band ein!«

Sie knuffte uns, bis wir die Bongos zusammenpackten und aus dem Haus trugen. Ich schleppte ihre geschultert über den dunklen Rasen, und neben mir ging Mamba, der seine trug. Es schien mir, als träumte ich und sollte eigentlich wieder auf meinem Stuhl unter dem Gummibaum sein. Yamaguchis pfeifender Besenstiel weckte mich jedoch auf, indem er meinen Schädel um Haaresbreite verfehlte und tatsächlich ein bis zwei Haare meiner Augenbraue sträubte. Ich wandte mich ihm zu, um zu protestieren, und der Stiel zischte an meiner Nase vorbei, wobei er die Nasenspitze mit erstaunlicher Genauigkeit streifte. Daraufhin verbeugte sich Yamaguchi und steckte sich den Besenstiel in den Gürtel.

»Wir nehmen meinen Wagen«, sagte Nora. »Ich hab' Lust zum Autofahren.«

Wir luden die Trommeln in ihren Kofferraum. Ich drehte mich um und betrachtete ihr Feld. Mit einem letzten quietschenden Blitzstart hätte ich in meinem Datsun über das Feld rasen können und über die Klippe ins Meer. Nora tappte mir auf den Arm. »Steig ein, Baby, wir kaufen eine neue Batterie für deinen Hörapparat.«

Wir stiegen ein, Nora knallte den Gang rein, und wir schleuderten in ihre verschneite Einfahrt. Ihre Reifen waren glattgefahren. Wir rutschten seitwärts auf die Straße, als sie den Stereo mit einem tüchtigen Puff anstellte und Trommeln der Leidenschaft meine Wahrnehmung verwischten. Ich saß vorne neben ihr. Sie holte einen Trommelstock heraus und begann, beim Fahren den Rhythmus auf der Lenkradsäule mitzuklopfen. Ihre andere Hand, in einem geschmeidigen Rennfahrerhandschuh, chauffierte uns unberechenbar durch das Dorf. Ich beobachtete, wie die Häuser vorüberhuschten und die Fischersfrauen nervös durch die Gardinen spähten, um einen Blick auf die Witwe und ihre Gefangenen zu erhaschen.

Wir schossen aus dem Dorf und auf die Landstraße, wobei Nora mit ihrem Trommelstock den Takt auf den Rückspiegel schlug, indem sie erst auf seinen Rand klackerte und dann direkt gegen das Glas, mitten in ihr eigenes Abbild. Das Auto vibrierte wild, und in meiner Erinnerung bewegten wir uns in einer Serie von kreiselnden Schleifen über die Landstraße, während Mamba sich ruhig vorbeugte, um mit mir zu reden. »Wie kommst du mit meiner Lebensgeschichte zurecht? Hast du schon jemanden gefunden, der die Memoiren eines Bongotrommlers will?«

»Ich stelle Nachforschungen an.«

»Genau das Buch, mit dem wir einen Haufen Knete machen.«

Der Mond schien auf die gefrorene, salzige Marsch, und wir fuhren lange neben ihr her; ein einsamer Eisläufer glitt über die Gezeitenkanäle, einen Beutel aus Sackleinen über der Schulter. Ich starrte ihm nach, aber er verschwand im hohen, steifen Schilf. Die Marsch endete, der Ozean tauchte wieder auf, und auf dem Ozean erschien für einen Augenblick ein Fischerboot.

»Geisterschiff«, sagte Mamba. »Davon gibt es hier jede Menge.«

Wir rutschten wieder von der Landstraße herunter und

kurvten noch etwa hundert Meter auf einer Nebenstraße, bis wir das erleuchtete Reklameschild des Squid House erreicht hatten.

Wir trugen die Trommeln ins verräucherte Vestibül, wo Nora und Mamba den Rausschmeißer und andere Bekannte begrüßten. Sie wurden vom gehörlosen Bassisten zur Bühne komplimentiert, und Yamaguchi und ich gingen an die Bar, wo Yamaguchi sich mit einem Telefonarbeiter von der Störungsstelle zu unterhalten begann, den er offenbar kannte, vielleicht, weil er gelegentlich barfuß auf Telegraphenmasten kletterte. Ich bestellte mir etwas zu trinken und beobachtete, wie Nora und Mamba ihre Trommeln aufstellten. Als ich mich wieder Yamaguchi zuwandte, konversierte er mit einem Asiaten, den er als Fungotchki vorstellte. Ich gab dem Mann die Hand und fragte ihn, woher er sei.

»Fungotchki.«

»Aha.« Ich nippte an meinem Drink. »Und wo genau ist Fungotchki?«

»Fungotchki.«

Er war untersetzt, trug ein weißes Stirnband und sah aus, als bereite er sich darauf vor, aus dem Fenster auf die Straße zu springen. Ich entschuldigte mich und bezog am anderen Ende der Bar Stellung. Von dort aus war ich in der Lage, sowohl den ganzen Raum zu überblicken, als auch mich selbst im Barspiegel zu betrachten, dessen billige, getönte Oberfläche mich aussehen ließ, als wäre ich auf ein Goldfischglas gemalt.

Genau in diesem Augenblick kam Sheriff Wasnichtalles durch die Tür. Er ging an der Bar entlang, ein großer Mann mit einem Revolver an der Hüfte. Halfter und Pa-

tronengurt knarrten, als er sich auf einem Hocker in meiner Nähe niederließ und das Wort an den Barmann richtete. »Flasche Saurierblut, und...« Er zeigte mit einem dicken Finger. »...geben Sie mir einen Teller mit diesen gesalzenen Piranha-Köpfen.«
Ich saß auf meinem Platz inmitten der Schatten und beobachtete, wie er die getrockneten Fischköpfe knabberte, und mir fiel ein, was er im Fernsehen über Drogenschmuggler gesagt hatte. Er wolle, hatte er gesagt, »...daß sie *braten.*« Danach würde er sie vermutlich fressen. Ich drückte mich noch tiefer in den schützenden Vorhang der Dunkelheit an meinem Ende der Bar, während der Barmann ihn in ein Gespräch verwickelte.
»Was gibt's bei Ihnen Neues, Sheriff?«
»Arbeit. Da haben wieder viele Jungs ihre Frauen vermöbelt und wasnichtalles.« Er knackte einen weiteren Fischkopf und wandte sich der Bühne zu. Nora befand sich im Lichtkegel, wiegte sich über ihrer Trommel, ihr Silberfuchshaar glänzte, ihre Hände schlugen einen sinnlichen Inselrhythmus. Die Augen des Sheriffs verengten sich; eine blaue Lampe ging an seinem breitkrempigen Sheriffshut an und rotierte einmal, ganz langsam.
»Die kleine Dame weiß, wie man das Tom-Tom schlägt.«
»Wohl wahr, Sheriff...«
Der Sheriff wischte sich Teile von zermalmten Fischzähnen von der Lippe. »Trägt jede Menge Hippie-Ketten und wasnichtalles, stimmt's? Sagen Sie mal...« Er wandte sich wieder an den Barmann. »...haben Sie noch mehr von diesen menschlichen Wirbelsäulen?«
»Sind schon unterwegs, Sheriff.«
Er aß mehrere und kaute sie nachdenklich, als die Tür

aufging und Heinz hereinkam mit einer Kosakenmütze aus Fell und einem ebensolchen schwarzen Mantel, wodurch er aussah wie ein russischer Spion. Sheriff Wasnichtalles sah ihn an und zerriß etwas menschlichen Knorpel zwischen den Zähnen. »Kennen Sie den Burschen?«

»Nicht, daß ich wüßte.«

Heinz setzte sich allein an einen Tisch bei der Tanzfläche. Da ich annahm, er sei hier, um einen seiner Ewerführer zu treffen, stieß ich mich von der Bar ab und bewegte mich so unauffällig, wie ich konnte, durch die Menge und dorthin, wo Heinz saß. Ich tauchte hinter seinem Stuhl auf und stand da, als beobachtete ich die Kapelle. Meine Stimme war gesenkt. »Der Sheriff sitzt an der Bar. Sei bloß vorsichtig!«

Heinz drehte sich um. »Eric, was für eine angenehme Überraschung! Setz dich!«

Ich setzte mich zu ihm und wiederholte meine Warnung. Er nahm die Mütze ab und glättete seine wenigen noch verbliebenen Haare. »Kein Grund zur Sorge. Ich habe den Laden dichtgemacht.«

»Was ist passiert?«

»Das Maximum ist zwei Jahre; danach muß man sich zurückziehen. Die Chancen stehen dann einfach zu schlecht. Aber es ist noch etwas anderes passiert...« An dieser Stelle schien er zu erröten, als sei er gerade dabei, einen neuen Charakterfehler zu enthüllen. »... ich schreibe wieder.«

»Wirklich?«

»Ja...« Seine Augen waren verlegen, und ich konnte sehen, daß sich die scharfen Ecken und Kanten, die er in letzter Zeit an den Tag gelegt hatte, abzuschleifen begannen. Er war wieder auf dem besten Wege, neurotisch und gepeinigt zu werden wie jeder Schriftsteller, den ich je gekannt hatte.

»So was kann schon mal vorkommen.« Ich nickte mitfühlend.
Sein Blick traf zum erstenmal den meinen, und in seinem Blick war wieder jener gehetzte Ausdruck. »Man kann nichts dagegen unternehmen, wenn es einen erwischt, oder...?«
»Sieh dir doch meine Rückkehr zu Sheer Panty Publications an!«
»Ich hege höhere Hoffnungen«, sagte er leise.
»Ja. Sowieso. Niemand, der sie noch alle beisammen hat, setzt seine Hoffnungen auf Sheer Panty Publications, klar.« Er berührte mein Handgelenk und umklammerte es mit Anteilnahme. »Du wirst den Weg an die Spitze wieder finden, Eric.«
»Es muß ja nicht die Spitze sein, Heinz. Nur knapp oberhalb der Eichmarke.«
»Es muß einfach so kommen.«
»Bestimmt«, sagte ich. Ich war halb betrunken und begann, es selbst zu glauben. Aber vielleicht war es ja wahr. Durch den Rauchschleier des Raumes spürte ich Janet, die mir jetzt so nahe war, tatsächlich nur etwa eine Meile an der Küste entlang entfernt in unserem Häuschen am Wasser. Ich wollte zu ihr zurückkehren, mich wieder von ihrem Geist erheben lassen, in jenen eleganten Lyrizismus hinauf, den ich einst gekannt hatte.

Wir parkten Noras Auto – der Morgen wollte schon dämmern – und stolperten über ihren Hof. Sie tastete sich den Weg zu ihrem Haus, das Haar zerwuschelt, die Jacke verrutscht, und sang sich etwas vor. Ich starrte mit trüben Augen den Ozean an und versuchte, einen klareren Kopf zu bekommen. Mamba war hinter mir, stützte sich auf seiner Trommel ab und würgte.

»... hat mich wohl jemand vergiftet...«

Er hing über dem Rand des Instruments und jammerte leise die Erde an. Nora erklomm die Verandastufen und ging ins Haus. Die Tür hallte hinter ihr in der leeren Morgenluft wider. Graues Licht kam von links, wo sich die Sonne hinter der nächsten Landzunge erheben würde. Die Leuchttürme leuchteten noch, und Möwen weckten alles ringsum mit heiseren Rufen. Yamaguchi stieg aus dem Auto, vollführte ein paar Übungen zum Aufwärmen und flog dann an mir vorbei, wobei er Salti vorwärts über den Rasen machte und danach wie eine Bowlingkugel zur Treppe rollte. Ich hätte ein paar Kegel aufstellen müssen.

Mamba hob den Kopf. »... Yamgootch macht schon wieder alles kaputt... ballert überall dagegen und so weiter...« Er stieß trocken auf und hängte sich wieder über seine Trommel; seine Arme baumelten, seine Fingerknöchel berührten den Boden.

Ich ging langsam über die alte Fischerstraße zum Wasser, atmete tief und versuchte, den Alkohol aus meinem System zu kriegen. Am Ende der Straße war der vergammelnde Anleger, seine ausgefransten Ränder ragten über das Wasser hinaus. Ich kletterte das Felsenkliff hinunter und fand zu meinem Erstaunen, daß sich ein altes Ruderboot in den schwankenden Stützbalken am Ende der Pier verfangen hatte. Ein Ankertau hing locker ins seichte Wasser; das Boot hatte sich losgerissen und war von der Flut hierhergetragen worden. Ich arbeitete mich an einem der Querbalken der Pier vor, ergriff den Tampen und vertäute das Boot sicher an den Balken. Beide Ruder waren säuberlich im Boot verstaut, und es sah trocken aus. Das Meer hatte es als Geschenk präsentiert, und ich hatte das Gefühl, daß ein Omen darin lag, aber wie wir alle wissen, habe ich kein Talent, Omina zu interpretieren.

Ich ging auf der alten Straße durch das Feld zurück. Mamba hing immer noch über seiner Trommel; die aufgehende Sonne sandte einen goldenen Strahl durch die Bäume, und seine Gestalt wurde plötzlich zusammen mit seiner Trommel erleuchtet, deren Metallbänder glänzten.

»Schei-ei-ei-ei-ei-ei-ei-ei...« Er erhob sich langsam. »... ei-ei-ei-ei-ei-ei-ei-ße!«

Er rückte seine Sonnenbrille zurecht, schulterte das Instrument, und wir gingen zusammen ins Haus.

»Was wir brauchen«, sagte er, als er seine Trommel im Flur abstellte, »ist etwas Frühstück.« Wir gingen zur Küche, wo Nora bereits saß, den Kopf auf den Tisch gelegt. »Hey, Nor', wie wär's, wenn wir uns ein dickes, großes Omelett machten, mit Marmelade drin?«

Dieser Vorschlag schien ins gähnend Leere zu fallen, aber er versuchte es noch einmal. »Omelett – und schon fühlen wir uns alle viel besser.«

Nora hob den Kopf. »Ich würde mich wesentlich besser fühlen, wenn du die Fresse hieltest.«

»Hey, Baby, da bin ich aber froh, daß ich dich knurren höre. Was wäre das denn für ein Tag, an dem du dir kein Haar seitwärts in den Arsch wickelst.«

Ich machte Kaffee, und Mamba stellte eine Tasse an Noras Ellenbogen ab. »Na bitte, Nor', davon wachst du im Nu auf und verspürst sofort den Drang, für zehn Männer und einen Kater zu kochen. Zuallererst kannst du uns schon mal auf die schnelle ein paar makronarkotische Kekse servieren.«

Nora wischte sich das Haar aus den Augen und hob mit bebender Hand den Kaffee an die Lippen. Ich dachte, ich hätte gehört, wie sie zu Mamba sagte, er solle sich schon mal in den Backofen legen, aber er machte hoffnungsfroh an ihrem Ellenbogen weiter. »Verbringe ein paar Eier in Butter, Nor'. Eins deiner Spezialomeletts, mit Schrumpfköpfen drin.«
Ich lehnte mich gegen den Küchentresen, trank eine zweite Tasse Kaffee, und mein Kopf drehte sich vom nächtlichen Gelage. Heinz hatte sich uns bei der Bühne angeschlossen, hatte Nora betanzt, sich heftig betrunken, Yamaguchi seinen Revolver geschenkt und später bei mir erbarmungswürdig geweint, den Kopf auf meiner Schulter, und gemurmelt, was für ein teurer Freund ich sei und wieviel wir in all den Jahren durchgemacht hätten, und ich konnte sehen, daß er wieder dabei war, ein selbstmordgefährdeter Schriftsteller zu werden. Es tat mir leid, daß er in diesen Pfuhl aus Ärger und verzerrtem Gefühl glitt, aber vielleicht erhob sich daraus ja wieder eins seiner düsteren Bücher. Ich tat mein Bestes, um ihn zu trösten, als wir alle aus der Bar taumelten, aber als ich ihm in seinen Mercedes half, schluchzte er immer noch, und das Nachbild seines aufgedunsenen, tränenüberströmten Gesichts blieb mir erhalten. Ich hatte es jetzt vor Augen, als ich meinen Kaffee trank und aus dem Fenster starrte. Hinter mir durchstöberte Mamba den Küchenschrank, aus welchem er eine Schachtel Croutons zog.
Nora hob den Kopf. »Washassu damit vor?«
»Ich will sie verschlingen, Nor', und zwar so schnell wie möglich.« Er aß eine Handvoll und sah die Schachtel an. »Hier steht, man kann den Kram in einen Truthahn stopfen, als Füllung. Hier steht, Katzen mögen so was.«
Nora trank noch etwas Kaffee und sah sehnsuchtsvoll aufs

Meer hinaus. »Ich wünsche mir von Gott, daß er mich ein bißchen von hier abhauen läßt...«

»Dem Haus kann nichts passieren, während du weg bist, Nor'. Der gute, alte Mamba wird hiersein und schön aufpassen.«

»Du mußt mich für bescheuert halten.«

»Mehr oder weniger.«

Ich wanderte die Treppe hinauf, ließ mich ins Bett fallen und dachte daran, wie ich als Kind Bauklötze gehabt hatte. Jetzt sehnte ich mich nach ihnen, mit ihren klaren, leuchtenden Buchstaben, die ich in Lehm abgedruckt hatte. Ich wollte das Leben neu beginnen und es diesmal richtig machen und die Talente, die mir gegeben waren, richtig entwickeln, kurz: Ich wollte jemand werden, egal wer, nur nicht ich selbst. Inmitten dieses löblichen Wunschs verlor ich vom Saufen die Besinnung.

Später schloß sich Nora mir an, und wir verschliefen den Tag, nur durch kurze Lektionen aus meinen neuen »Alten chinesischen Sex-Geheimnissen für die Jugend von heute«, geschmackvoll illustriert, unterbrochen. Hätte ich diese Bauklötze aus der Kindheit sorgfältiger angeordnet, so wäre das ein Bändchen, das man im ganzen Land in Bibliotheken und Schlafzimmern anträfe, aber nein, es war nur ein Traum, eine verblassende Papierblume aus dem Reservoir unerfüllter Hoffnungen. Andere hatten mit ihren sexuellen Phantasien, in der richtigen Umgebung angesiedelt, Millionen verdient, während ich vor der Residenz der Rampoles am Bordstein entlangkroch. Nur Janet konnte mich aufheben, mir zeigen, wie man ein Sex-Handbuch schreibt, das die Welt erschüttert. Sie konnte es illustrieren, in vornehmen Pastelltönen.

Es war ein Traum, den es zu träumen lohnte.
Ich schwang mich aus dem Bett und suchte meine Schuhe.
»Wohin willst du, Schatz?« Nora beugte sich zum Nachttisch, auf dem eine Teekanne mit frisch aufgebrühtem Tee und zwei Tassen stand. »Trink ein bißchen hiervon!«
Es war angebracht, daß ich einen Abschiedstee mit ihr trank. Der Winter neigte sich dem Ende, unsere Saison war vorüber, und nur ein Barbar würde sich einfach die Hose anziehen und verschwinden. »Natürlich«, sagte ich sanft und setzte mich zu ihr aufs Bett, während sie einschenkte. Ich trank den Tee, und eine sofortige allergische Reaktion schoß durch meinen Körper: Mein Gesicht brannte, mein Brustkorb schien von Soldatenameisen attackiert zu werden, und aus meinen Armen und Beinen schien alles Gefühl gewichen zu sein. »Was... Was ist...«
»Ein echter Reinigungstee. Er bewirkt, daß der Körper all seine Giftstoffe ausscheidet.«
Ich sank ins Kissen zurück, mit brennendem Kopf, verschlossener Kehle, mit Atemzügen, die nur noch als Keuchen kamen. Nora betrachtete mich von oben. »Du hast wahrscheinlich eine Leber voller Pestizide. Dieses Kraut schafft sie dir aus dem Körper.«
Ich lag da wie eine sterbende Küchenschabe, kleine orangefarbene Lichter explodierten unter meinen Augenlidern. Die Reinigung dauerte Stunden, während derer mich ein riesenhafter Djinn mit einer Sprühdose jagte. Nora saß neben mir, las einen Roman von meinem am wenigsten bevorzugten Autor der Welt und zitierte daraus in langen, grammatikalisch morschen Passagen.
»Er ist der beste Schriftsteller in Amerika«, sagte Nora. »Ein echtes Schwergewicht.«

Mit Ausschlag bedeckt, mit einem Kopf, der um Atem ringend zuckte, schien ich zustimmend genickt zu haben, denn sie fuhr fort, seine Biedermeiersträußchen zu zitieren. »So'n Zeug solltest du mal schreiben ...«
Purpurne Ewigkeiten vergingen, in denen die Wirkung des verwünschten Tees endlich nachzulassen begann, so daß ich nur noch hie und da einen brennenden Schmerz empfand, am heftigsten in der Achselhöhle, wo es sich anfühlte, als trüge ich eine Drahtbürste.
Ich erhob mich, zog mich an und ging die Teppe zur Dachkammer hinauf. Nora kam hinter mir her und beobachtete, wie ich meinen Positionsstuhl zur Tür rollte.
»War's das?«
»Ich muß weiterrollen.« Ich hatte die Papiere der Lady Rampole bereits in meine Aktentasche gepackt, und meine Schreibmaschine trug ich auf der flachen Hand. Nora fing mich mit einem Kuß ab, und ich spürte, wie der Filmstreifen zum Anfang zurücklief. Ich sah ihr in die Augen, und da waren wieder die seltsamen Lichter, die über das Wasser blinzelten, wie sie es zu Beginn getan hatten.
»Es war schön, dich dazuhaben«, sagte sie, als ich meinen Stuhl die Treppe hinuntertrug. Ich machte kurz beim Schlafzimmer halt, um ein paar verstreute Teile meiner Garderobe einzusammeln. Vor mir hing Noras Karateschwert an der Wand, mit goldenen Quasten, von unserer abendlichen Kerzenflamme erleuchtet, und einem Paar geschnitzter Drachen, die ihren Schwanz um die Scheide schlängelten. Ich entbot dem Schwert ein stilles Lebewohl und trat wieder auf den Flur hinaus.
Nora lehnte sich gegen die Wand, und wieder trafen sich unsere Blicke. Es gab noch mehr Dinge, die wir gemeinsam

besitzen mochten, und sie schienen uns anzurufen, um den Abschied noch schmerzlicher oder vielleicht unmöglich zu machen. Ich weiß nicht, was geschehen wäre, wenn Mamba nicht in diesem Augenblick die Dusche im Badezimmer aufgedreht hätte.

Noras Kopf schnappte nach rechts. »Der Schweinehund verbraucht das letzte warme Wasser!« Sie stürmte den Flur entlang. »Hey...« Sie riß die Badezimmertür auf. »Das Badewasser hab' ich mir für nach der Liebe aufgespart, und du verbrauchst es einfach!«

»Wonach, Babe? Ich kann dich so schlecht hören; ich hab' Seife in den Ohren.«

»Gleich hast du ein Knie in den Eiern, du hinterlistiges Arschloch.« Ich hörte, wie der Duschvorhang zur Seite flog, und dann griff Nora hinein und stellte das Wasser ab, so daß sich das Donnern jäh in ein paar vereinzelte Tropfen verwandelte.

»Hey, Baby, ich habe gerade angefangen, mich zu waschen!«

»Du hast gerade aufgehört.«

»Da fehlen einem doch die Worte.«

Ich ging am dampfenden Eingang vorbei und rollte meinen Positionsstuhl vor mir her, während Mamba in seinem Protest fortfuhr.

»Scheiße, Mädchen, wir können hier doch nicht rumlaufen, ohne uns zu waschen! Da riecht es hier doch bald wie im Zoo.«

»Los, raus hier!« Die metallene Duschkabine rumpelte. »Und laß meine Handkrem zufrieden!«

»Ich rühre sie nie an, Baby. Das muß dein Kater sein, der sie verwendet, damit sein Schwanz wächst. Dieser kleine Saftsack glänzt doch in letzter Zeit ganz unnatürlich, stimmt's? Hast du nicht auch den Eindruck?«

Die kampferprobten Stimmen verklangen, als ich meinen Positionsstuhl die Treppe hinunterschaffte. Osiris hockte über seinen Truthahnscheiben auf dem Küchenfußboden. Ich blieb stehen und streichelte seinen geknickten Schwanz.

»Ich hab' dir mein Heizkissen dagelassen, mein Alter...«

Eins seiner Ohren wurde zur Bestätigung abgewinkelt, und ich rollte weiter, zur Hintertür hinaus.

Draußen war Yamaguchi, offenbar im Begriff, das Jahr der Dampframme zu feiern. Ein Licht loderte in seiner Hand auf, das wilde Schatten auf sein Gesicht warf. Seine Augen waren in dem flackernden Licht wie transparente Belohnungen aus einem Kaugummiautomaten, sonderbare Gummireptilien und andere Monstrositäten, die dort schwammen.

Dann wurde ein Arm langsam erhoben und ein Finger ausgestreckt; er deutete in den Nachthimmel. Ich sah, wie sich zwei Sterne aus dem Großen Bären lösten und näherkamen. Ihre juwelenbesetzten Ränder erweiterten sich, wurden heller: zwei Scheinwerfer an den Tragflächen eines Flugzeugs, das über die Bucht hereinkam.

Yamaguchi rannte mitsamt seinem Lodern mitten aufs Feld und schwenkte das Licht auf und ab. Das Flugzeug wackelte mit den Tragflächen und fuhr das Fahrgestell aus. Es glitt über die Felsen herein, und seine Scheinwerfer erhellten die alte Fischerstraße.

Hinter mir ging die Tür auf, und dann kam Nora in ihrem Kimono herausgerannt. »Himmelherrgott...«

Der Flieger setzte auf, er holperte und schrammte die Straße entlang, die Scheinwerfer fest auf Yamaguchis geschwenktes Geloder gerichtet. Die ramponierten Landeklappen des Flugzeugs waren nach unten gerichtet, sein geflickter Schwanz wackelte im Seewind, und die Tragflächen zitterten wie ausgefranste Mottenflügel. Er sah aus, als sei er im Jahre 1943 von der guatemaltekischen Luftwaffe abgekauft worden. Das Cockpit-Fenster öffnete sich, und ich sah das debile Gesicht des Piloten, und das Gesicht lächelte. Er schien Lateinamerikaner zu sein, und ein langer Schnurrbart baumelte ihm an den Wangen herunter. Er winkte trunken, und Yamaguchi hüpfte auf die Tragfläche.

Pakete wechselten zwischen den beiden den Besitzer, als Nora herangerast kam und in das Gebrüll des Flugzeugs kreischte, während ihr Haar im an Fehlzündungen reichen Toben des Propellers hochgepustet wurde. Ich konnte sehen, daß sie bereit war zu töten. Sie sprang auf die Tragfläche, genau in dem Augenblick, als Yamaguchi, mit zwei großen Koffern beladen, heruntersprang. Einen Augenblick lang sah sie verwirrt um sich, dann schoß sie ihre geballte Faust unter die Nase des Piloten ab. Er zündete sich nonchalant eine Zigarre an, schloß das Cockpit-Fenster und begann, das Flugzeug zu wenden. Dann begann er zu rollen, Nora mußte abspringen, und ihr Kimono bauschte sich im Wind, als sie zu Boden kullerte.

Das baufällige Flugzeug hoppelte zurück in Richtung Ozean, über die Löcher des amerikanischen Waldmurmeltiers und andere Hindernisse, und seine altehrwürdigen Motoren tosten. Der Pilot zog den Knüppel zurück, und weg war er, über die Pier und in die juwelenbesetzte Nacht hinein. Nora reckte einen vor Wut rasenden Mittelfinger in die Luft, der Pilot wedelte mit den Tragflächen, und dann wurden seine Scheinwerfer zu zwei winzigen Lichtpunkten über der Bucht, Kleingeld, das der Gaucho im Dunkel zurückgelassen hatte.

Nora wirbelte herum, zum Haus, schwere Körperverletzung im Blick. Sie durchkämmte das Gelände nach Yamaguchi, aber er war fort – genau wie mein Datsun, eine Tatsache, die mir wenige Momente später klar wurde, als ich meinen Positionsstuhl in die Büsche rollte, wo das Auto geparkt gewesen war.

Mamba schwebte hinter uns heran; er trug Noras Bademantel, und seine Knie stachen durch den Faltenwurf hervor. »Gootch hat seinen Flieger anschwirren lassen, stimmt's? Mir ist, als hätte er heute morgen so was erwähnt.«

Nora fuhr herum und teufelte auf ihn ein. »Das hast du gewußt? Du hast gewußt, daß er das vorhatte?«

»Reg dich doch ab, Baby! Kein Grund, böse zu werden, nur weil dein Hinterhof zufällig mal von jemandem als Landebahn genutzt wird.«

Ich saß schwer auf meinem Positionsstuhl und drehte ihn seewärts, als Nora begann, Fragen auf Mamba abzufeuern, mit denen sie ihn rückwärts über den Hof scheuchte. Ich begann, langsam die alte Fischerstraße hinunterzurollen. Der Ozean glitzerte vor mir, und von hinten nach vorn war ein schimmerndes Band Mondlicht über ihn gebreitet. Ich rollte bis zum Felsenkliff, stieg ab und betrat die vergammelnde Pier, von der ich Positionsstuhl, Aktentasche und Schreibmaschine ins Ruderboot hinunterhievte.

Ich schiffte mich ein und warf die Leinen los. Als ich mich zwischen den modernden Stützbalken abstieß, war mir, als hörte ich das Gurgeln einer versunkenen Tuba; da erst fiel mir ein, daß ich meine Flöten zurückgelassen hatte. Das war

vielleicht auch besser so, als ein Zeichen für die Kosten der Illusion.
Ich ruderte von der Küste fort, und Noras Haus starrte mir nach. Von der Kuppel hörte ich leise die geisterhafte Glocke läuten: Lingard sagte mir Lebewohl.

Ich ruderte die ganze Nacht die Küste entlang. Das Meer war kalt und das Wetter mild. Um mich senkte sich Dunst, aber ich konnte immer noch die Küste sehen, wo Straßenlaternen brannten oder die Lampe eines Schlaflosen im Fenster flackerte. Als allmählich die Morgendämmerung kam, waren die Lichter der Fischerboote zu sehen, die im Dunkeln ablegten; ihre Kabinen glommen, und bald erschien das Grau des Morgens. Die Austernfischer fuhren zu ihren Fallen, und ich ließ meine Falle hinter mir. Das stete Rudern eines ganzen Morgens brachte mich nach Osprey Head, wo Janet und ich Küstenvögel beobachtet hatten. Weit oben an der Küste konnte ich die Straße sehen, auf der ich sie zum Joggen gezwungen hatte.
»...ein Mann muß sich seinem Schicksal beugen, Janet, und seine Lektion gründlich lernen. Ich gebe ja zu, daß ich mich wie ein Narr benommen habe, aber jetzt bin ich klüger geworden, jetzt sehe ich deutlich, daß du die wahre Kraft hinter meiner Arbeit bist, daß du ihre Inspiration und ihr Zweck bist. Janet, mein Liebling, etcetera etcetera etcetera.«
Ich bereitete meine Rede im Rhythmus des Hebens und Senkens der Riemen vor. Ein offenes Boot ist ein hervorragender Ort für solche Proben, und bald lag unsere Bucht vor mir; ihre vertrauten Steine und Felsen kamen mit jedem Ruderschlag näher. Aus der Bucht klangen die Geräusche

eines Hummerfischers, der seine Töpfe überprüfte, zu mir herüber. Doch dann, als ich in die Mündung der Bucht einbog, sah ich, daß es eine Yacht war, die dort vielleicht über Nacht vertäut gewesen war und nun mit der Mittagssonne auf dem Bug wieder auslief.

Das Deck schien zunächst leer zu sein, aber dann sah ich den Steuermann, einen salzigen alten Neu-Engländer mit weißem Bart und dunkelblauer Wollmütze. Die Kombüsentür wurde geöffnet, heraus trat Fungotchki mit Schürze und Kochmütze und kippte den Inhalt eines Eimers über die Reling. Das Boot sah neu aus, war wohl gerade erst gebaut worden und nun vielleicht auf dem Weg nach Florida und danach in die Karibik. Ich lenkte mein eigenes kleines Fahrzeug zur Küste und ließ es auf dem Kieselstrand auflaufen. Als ich hinaussprang, schlich die Yacht an mir vorbei, und ich sah ihren Eigner auf einem Liegestuhl mit einer Schreibmaschine auf dem Schoß.

Ja, es war Heinz bei der Arbeit an seinem neuen Roman. Ich begann zu winken, als ich ein Gesicht bemerkte, das aus dem Kabinenfenster blickte, das Gesicht einer Frau, welche die Welt verträumt von einem Fensterplatz aus beobachtete. Ich rückte meine kaputte Brille zurecht, so daß ich durch das eine verbliebene klare Stückchen Glas sehen konnte, und ich sah: Die Frau hatte einen Morgenrock an, mittags. Einen Augenblick später öffnete sich die Kabinentür. Die Frau trat hinaus aufs Deck und ging zu Heinz. Der Motorenlärm wurde stärker, und die Yacht bewegte sich auf diese selbstbewußte Art, die Yachten nun mal haben, aus der Bucht. Heinz sah von seiner Schreibmaschine auf, gestikulierte dramatisch und zeigte dann auf das, was er geschrieben hatte, sein neues und geniales Werk. Janets Morgenrock wehte ungehindert im Seewind und entblößte etwas mehr von ihrer stämmigen Gestalt als unter guten Freunden üblich, aber es war nicht seine Unaufmerksamkeit, die mich tief ins Herz traf. Das, wodurch mir klar wurde, daß ich sie eingebüßt hatte, war folgendes: Sie hörte ihm nicht zu. Ich konnte sehen, wie sein eitles männliches Gehabe sie umwallte, so, wie es meins fünfzehn Jahre lang getan hatte, und seine große Rede wurde hingenommen, ohne Zweifel, ohne Einschätzung, ohne Unterbrechung.

Er fuhr fort, gestikulierte in den Horizont hinein, und sie starrte in den Raum und hörte nichts. Die Wolken verlagerten sich weit hinten in der Ferne und bildeten langsam ein Styropor-Gesicht, das Gesicht von Arthur Strangways, der lächelnd sein vollendetes Werk betrachtete.

Knaur®

Roman

William Kotzwinkle

Weihnachten für Wellensittiche

Deutsche Erstausgabe

Nach dem Weltbestseller »E. T.«, ausgezeichnet mit dem World Fantasy Award, ist »Weihnachten für Wellensittiche« William Kotzwinkles erster Roman. In ihm mischen sich Witz, Schärfe, Humor und liebenswerte Schrulligkeit in bezaubernder Weise zu einer phantastischen Geschichte.

Taschenbuch Band 1186 **240 Seiten**